JACK, POUR TOUJOURS

La suite d'Eversea

NATASHA BOYD

Traduction par
ISABELLE WURTH

JACK POUR TOUJOURS

EVERSEA, TOME 2

Traduction française ISABELLE WÜRTH
de

NATASHA BOYD

Première édition électronique : Novembre 2013
Première édition de poche : Novembre 2013
Edition française : Fevrier 2020 (?)

Print ISBN : 978-1-7322385-7-2

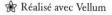 Réalisé avec Vellum

Jack

PROLOGUE

L E BRUIT DE la porte d'entrée qui claque derrière Andy semble faire réagir tout le monde. Pas moi. Mon cœur bat la chamade, ma main tremble et mon estomac se crispe, mais je ne bouge pas.

— Seigneur ! dit Devon. Il s'efforce de rester à mes côtés, il est le seul ami que je semble avoir en ce moment. Il faut qu'on ait Sheila au téléphone, comme, hier. Il faut qu'on minimise les dégâts. Je n'ai jamais fait confiance à ce petit con. Il agite la tête en direction de l'agent que je viens de virer.

Je me repasse la scène dans ma tête. Le visage suffisant d'Andy quand il se gaussait de m'avoir maintenu dans le droit chemin en inventant la grossesse de ma petite amie. Petite amie ? Audrey est peut-être ma petite amie contractuelle, mais notre relation vient de passer l'arme à gauche.

Le fait qu'il mentionne Sheila, mon attachée de presse, me fait lever la tête et regarder Audrey droit dans les yeux. Elle est là, immobile, je suppose qu'elle ne sait pas quoi faire depuis que j'ai craqué. Ses yeux marron sont écarquillés et larmoyants. Un regard qui m'a déjà séduit à d'autres moments.

— A moins que Sheila ne le sache déjà, n'est-ce pas Audrey ?

Elle était dans le coup pour ce canular sur la grossesse ? Ça faisait partie de votre plan de "gestion" de ce pauvre abruti de Jack Eversea ? Ma voix est rauque, comme si je venais de crier. Quelque chose que j'aimerais pouvoir faire. Elle secoue la tête de manière véhémente, une larme sur la joue.

Je serre les dents contre l'envie instinctive de la réconforter et de la protéger comme je l'ai toujours fait. Depuis que notre histoire d'amour inventée a commencé il y a des années, nous avons quitté une franchise pour que les fans restent accrochés à l'histoire d'amour. C'était une amie, et parfois quelque chose de plus. Une partenaire. C'est du moins ce que je pensais.

Devon tape un texto sur son téléphone.

Malgré tout, j'ai encore du mal à croire qu'Audrey m'ait menti comme ça. Au sujet de quelque chose comme ça.

— Non, Jack. Ce n'était pas moi, c'était Andy, tente-t-elle.

— Oh s'il te plaît, Audrey, fais-moi au moins la politesse d'être franche là-dessus.

— Je le jure...

Je ricane, méprisant.

— Attends, Jack, plaide-t-elle. J'ai accepté, je l'admets, mais c'était son idée. Je me suis confiée à lui parce que j'étais... en retard.

Je déglutis difficilement. *Oh mon Dieu*. Elle était en retard. Bien sûr. Je suis coupable des charges retenues contre moi. C'est pour ça que je l'ai crue si facilement. C'est pour ça que j'ai quitté Butler Cove. Admettre ma part dans tout cela refroidit ma colère, laissant dans son sillage une culpabilité écrasante. Suivi d'une panique du même ordre.

— Alors... J'essaye d'avoir une voix aussi calme que possible. Alors, tu es toujours... en retard ? Je ne peux plus dire enceinte j'imagine après qu'Andy ait dit qu'elle ne l'était pas, mais...

Audrey hoquète un sanglot, et instinctivement je fais un pas vers elle, me retenant juste à temps. Je prends un instant pour la regarder vraiment et je vois un chagrin sincère. Bien que son visage soit rougi et gonflé par les larmes, elle est toujours aussi belle dans sa robe blanche et ses longs cheveux châtain foncé qui tombent en vagues légères sur ses épaules. Elle compte là-dessus, je le sais. Miser sur le fait qu'elle soit belle et que nous ayons... un passé ensemble. Mais je vois aussi sa tristesse.

Il me vient donc à l'esprit qu'Audrey, loin de remplir les obligations de notre association type « amis avec bénéfices », ait pu être sincèrement amoureuse de moi.

Des bribes de ses paroles me reviennent maintenant, avec un nouveau sens. Je réalise à quel point nous sommes faits l'un pour l'autre, à quel point ce serait bien drôle si nous finissions par nous marier et fonder une famille un jour, comme nous formerions une belle équipe basée sur l'amitié et le respect !

L'idée qu'elle soit peut-être encore enceinte, malgré le fait qu'Andy ait utilisé la nouvelle à leur avantage, me serre la gorge. Non, elle ne l'est pas. Ça ne se serait pas passé comme ça si elle l'avait été. J'ai l'impression de me noyer dans un rêve bizarre où le radeau de sauvetage est juste là, mais hors de portée.

En expirant fort, je serre le poing de ma main valide et je grimace de douleur alors que ma main blessée essaie de suivre le mouvement.

Audrey laisse tomber sa tête.

— Je l'ai perdu. J'ai perdu le bébé, chuchote-t-elle, d'une voix brisée.

Mon estomac se retourne. La nausée, causée par le soulagement d'une douceur écœurante, est prise en sandwich entre la pression violente de la culpabilité et m'oblige à ravaler ma bile. Je me mords les lèvres et j'essaie de me ressaisir.

— Quand ? Est-ce que... est-ce que ça va ? dis-je finalement. Je suis vaguement conscient que nous sommes les seuls à être restés dans la pièce, les autres étant tous partis, Dieu merci.

Elle baisse les yeux et elle hésite.

— Quand on était à Londres.

Pendant un moment, je ne la crois pas, mais je me souviens

qu'elle pleurait dans les toilettes de l'hôtel Lanesborough. Je m'étais comporté en connard ce jour-là, avec elle comme avec tout le monde. Je m'en voulais de ne pas avoir appelé ma mère, même si elle vivait à moins de deux heures de là et savait que j'étais à Londres. Il y avait un vrai cirque médiatique autour de nous et j'étais comme un lion en cage. Heureusement, nous n'avions dû y passer que deux nuits avant de partir pour Paris.

— Je suis désolé. J'aurais dû m'en rendre compte. Je passe ma main valide dans mes cheveux, et je laisse tomber le menton sur ma poitrine pendant un moment, je remarque que j'ai quelques gouttes de sang sur ma chemise blanche.

Audrey sanglote toujours et fait deux pas hésitants vers moi.

Je ne l'arrête pas, je ne m'éloigne pas et elle continue jusqu'à ce que j'ouvre les bras et que je les enroule autour de son grand corps mince. Et même encore, après des mois, et au milieu de toute cette merde, j'aimerais avoir les bras enroulés autour d'une fille plus petite, une fille qui faisait faire des sauts périlleux à mon cœur rien qu'en la regardant, et que je n'aurai peut-être plus jamais l'occasion de tenir comme ça. Je ferme les yeux.

Les épaules d'Audrey tremblent sous ses pleurs et elle renifle.

— Je t'aime, Jack.

Soudain tendu, j'éloigne sa tête de mon épaule pour regarder son visage. Je suis instantanément en état d'alerte. Elle souffre peut-être en ce moment, mais on devrait toujours être prudent avec Audrey. Je l'ai déjà vue faire face à des menaces perçues contre sa carrière. Et je suis dans le rôle principal de cette menace perçue. Je dois être capable de le faire amicalement, mais la façon dont elle me regarde me fait penser qu'on n'est pas sur la même longueur d'onde.

« Laisse faire le temps, Jack. On reviendra là où on en était, quand tu étais amoureux de moi, avant que je ne te fasse du mal. »

Mon cœur bat la chamade. Mon Dieu, elle ne me connaît pas du tout.

— Audrey, je dis ça aussi gentiment que possible, sachant qu'il n'y a pas de bonne façon de le dire. Tu comptais pour moi, tu comptes toujours pour moi et je t'aimais, c'est vrai. Mais je n'ai jamais été *amoureux* de toi.

Ses yeux s'élargissent.

Je sais que je gâche tout, mais je n'arrive pas à m'arrêter. C'est comme un sprint en fin de course.

« Et c'est à mon ego que tu as fait du mal surtout. »

Sa gifle sur ma joue gauche arrive vite et fait très mal.

On dirait que j'excelle à provoquer cette réaction chez les femmes. Je ne bouge pas, mais elle n'a pas fini. Son visage se transforme en grimace et avant que je ne m'en rende compte, j'ai saisi son poing qui volait en l'air, avec ma main valide, et je le serre fort.

— Salaud ! grogne-t-elle et elle essaie avec l'autre poing.

Je me recule d'un bond.

— Calme-toi, Audrey.

— Non, je ne me calmerai pas, *putain*, hurle-t-elle. Ses yeux doux de biche, visant à susciter la sympathie, se sont transformés en de minces fentes haineuses, et elle arrache son poing de ma main. Tu ne me feras pas ça !

— Faire *quoi*, Audrey ? Reprendre ma vie en main ? Ignorer ce stupide contrat ? Les films sont terminés maintenant. Je serre les dents et j'en finis avec ça. C'est fini entre nous. Ça fait des lustres que c'est fini. Je ne sais pas trop ce que l'on considère comme une relation qui fonctionne, mais je peux t'assurer que la nôtre n'en est pas une.

— Non. Tu ne me feras pas ça ! Pas avec elle !

— Ne t'avise pas de la mêler à tout ça ! Ma voix résonne comme le tonnerre, la faisant sursauter.

Elle a des taches rouges dans le cou mais elle croise les bras sur sa poitrine, et se ressaisit rapidement.

— Je peux faire tout ce que je veux si j'en ai envie. Mais pas toi. Tu crois qu'Andy te laissera le virer sans rien faire ? Et tu crois que je vais te laisser me quitter comme ça ? Nous sommes une équipe, Jack. Nous sommes beaucoup plus puissants ensemble que séparément. Tu as besoin de moi. Tu ne le crois peut-être pas, mais c'est le cas. Et tu sais pourquoi ? Parce que je m'assurerai que tu n'auras même plus de carrière si tu t'en vas. As-tu pensé à ce que ça va faire à ta pauvre petite plouc d'avoir des paparazzis qui la harcèlent à chaque mouvement ? Je ne voulais pas attirer l'attention sur elle avant, mais peut-être que si c'est bien tourné... elle laisse la phrase en suspens tout en tapotant avec délicatesse un ongle sur son menton.

J'écoute, sans voix, et j'observe son visage devenir de plus en plus laid à mesure qu'elle prononce chaque mot. Je serre fermement les mâchoires pour me retenir d'exploser. Je secoue la tête.

Elle se tourne vers une personne imaginaire à côté d'elle.

— Je me suis jetée dans les bras d'un autre homme parce que Jack Eversea est tellement froid et sans cœur. Elle prend une fausse voix larmoyante et blessée. Je me sentais tout le temps maltraitée d'un point de vue émotionnel. Elle renifle pour faire de l'effet et détourne le regard un instant. Quand elle me regarde à nouveau, ses yeux sont larmoyants, et une seule larme coule sur sa joue. Et la chose la plus horrible de toutes, c'est qu'il m'a mise enceinte, et quand j'ai perdu son bébé, il a été si *méchant* et il semblait tellement soulagé. Il a ri et m'a dit qu'il n'avait jamais été amoureux de moi. *Il a ri !*

Elle sanglote encore. Tout le temps où je croyais qu'on était ensemble, il couchait avec des salopes de serveuses qu'il ramassait n'importe où. Il y avait cette fille... Elle s'arrête et me regarde. Enfin, tu vois où cela peut mener à partir de là !

Elle s'essuie soigneusement sous les yeux, puis laisse échapper un rire strident.

« La tête que tu fais, Jack ! Ça n'a pas de prix ! »

Je recule d'un pas et je me cogne contre une chaise. Je m'écroule dessus avec reconnaissance. J'ai besoin de quelques instants pour me vider la tête. J'ai mal à la main, mais cette Audrey-là, cette grenade dégoupillée, me fout la trouille.

Je ne sais pas trop comment elle et Andy peuvent ruiner ma carrière, ce qu'elle menace de faire est déjà assez grave, mais je suis sûr qu'Audrey y a bien réfléchi et qu'elle a quelques bonnes cartes dans sa manche.

Je repense à mes débuts, aux fêtes stupides et à la drogue. S'il y a la moindre chance que Peak Entertainment pense que je fais toujours ça, ils me lâcheront plus vite que je ne pourrais pisser dans une bouteille. Leur responsabilité ne couvrira pas ça et cela faisait partie de l'accord sans équivoque que nous avons signé pour la série d'Erath, ainsi que les prochains films pour lesquels ils m'ont engagé.

Si Peak me lâche, il n'y a aucune chance qu'un plus petit vienne me chercher. Les ragots sont rois dans cette ville. Mais le pire, c'est qu'ils pourraient me poursuivre en justice pour rembourser ce que j'ai gagné avec eux jusqu'à maintenant, et Audrey le sait.

En ce moment, je réalise qu'elle dirait n'importe quoi et inventerait n'importe quelle histoire pour s'assurer que je joue selon ses règles. J'ai toujours su que cette dispute était un risque, mais je n'aurais jamais pensé qu'Audrey serait l'ennemie. Je n'aurais jamais cru que ce serait elle qui m'enterrerait vivant. Je pensais qu'elle voudrait peut-être sortir du contrat autant que moi, qu'on trouverait un moyen de le faire ensemble.

Comment ai-je pu être aussi naïf ? Et maintenant, elle menace Keri Ann aussi, et connaissant Audrey, elle ne fera pas les choses à moitié et ce ne sera pas que des dégâts. Keri Ann sera anéantie.

Je prends ma tête entre mes mains et je respire en essayant de me calmer. Un poing à travers un mur suffit pour ce soir. Je ne sais pas comment lui demander de ne pas me faire ça. Je ne veux pas faire le choix qu'elle m'impose. Mais je le ferai. Je vais m'éloigner de tout ça. J'ai failli le faire avant, mais il y avait le bébé. Le bébé qui n'existe pas.

Il faudra du temps avant que les gens se remettent assez du scandale pour ne pas me jeter en pâture aux requins. Si jamais ils s'en remettent. Et où irais-je cette fois ? Et pendant combien de temps avant que les gens s'en fichent ? D'ici là, j'aurai perdu ma carrière *et* ma copine. Je l'ai probablement déjà perdue.

— S'il te plaît, Audrey...

— Et qu'est-ce que tu me demandes au juste, Jack ? Son ton hautain ne laisse rien paraître des émotions qu'elle exprimait il y a quelques minutes.

Je relève la tête et la regarde droit dans les yeux.

— Je te supplie d'épargner le reste de ma vie.

UN

C inq mois plus tard...

J'AI REMONTE LES FENÊTRES DU PICK-UP EN JETANT UN coup d'œil nerveux sur les ventres gonflés et noirs des nuages qui me surplombent. Il était temps, aussi. La première grosse goutte de pluie vient de glisser sur le pare-brise, suivie d'un déluge, lorsque les eaux des nuages se sont rompues.

J'ai mis les essuie-glaces en marche, en regardant devant moi le soleil qui brillait sur la route et en secouant la tête. Nana appelait toujours ça *Un Mariage de singe*. Je n'avais aucune idée de ce que ça voulait dire, mais il y aurait un sacré arc-en-ciel dans quelques minutes. Il faudra que je le cherche dans le ciel. Les averses d'avril ont été incessantes cette année.

Une sonnerie stridente a retenti par-dessus le rugissement des lourdes gouttes qui frappaient le pick-up, et je me suis penchée aveuglément sur le siège à côté de moi en essayant de ne pas quitter la route glissante des yeux.

— Allo ?

— Salut, ma belle. Tu es presque arrivée ? La voix grave de Colton m'a réconfortée.

J'ai coincé le portable sous mon menton pour pouvoir garder les deux mains sur le volant alors que la route devenait plus difficile à suivre.

— Ouais. Presque. Je déteste conduire sous la pluie. Ça t'avais manqué ?

— A peine. J'aurais aimé que tu me laisses te conduire.

— Je sais, Colt. Mais tu as sûrement d'autres choses à faire que de t'occuper de la petite sœur de ton meilleur ami parce qu'il est trop occupé pour rentrer à la maison. Comme ça, tu pourras continuer ta journée après m'avoir aidée à décharger ces trucs.

Il y a eu un léger silence à l'autre bout du fil.

— Colt ?

— Ouais. Il s'est raclé la gorge. Je suis là. Je suis garé devant l'entrée de service. Quand tu arrives devant le Westin, tourne à gauche et fait le tour de l'immeuble.

La ligne a été coupée.

J'ai laissé le téléphone glisser sur mes genoux et j'ai pincé les lèvres en plissant les yeux sur la vue déformée par l'eau. C'était stupide de faire à nouveau référence à la petite sœur. Mais c'est Joey qui devait m'aider à déposer ces pièces pour l'exposition. C'est lui qui a appelé Colt parce qu'il ne pouvait pas venir. Il m'a encore piégée.

— Merde, ai-je murmuré.

Je n'aurais pas dû accepter de sortir avec Colt alors que mon cœur n'y était pas. C'était un type si gentil. En fait, plusieurs filles de Savannah ne seraient probablement pas d'accord avec moi, mais il était gentil avec *moi*. Trop gentil. Je le faisais marcher, et je le savais. Même si je lui avais dit, à plusieurs reprises, que je n'étais pas prête pour une relation sérieuse.

Mais il y a un mois, j'avais capitulé. J'avais accepté de dîner avec lui. Genre un rencard. Un seul dîner. Cela s'était transformé en quelques autres occasions de dîner, il m'avait emmenée déjeuner après être allé déposer des trucs au bureau des admissions de la SCAD, on était allé au cinéma, faire du kayak le samedi matin, et bon... on se voyait... en gros. Ou du moins on avait *une relation privilégiée*, comme disait Mme Weaton, ma locataire âgée. J'ai ricané et j'ai roulé des yeux. Je n'étais pas très fière de moi. C'est exactement pour ça que je ne lui avais pas demandé de m'aider aujourd'hui.

La pluie s'est finalement calmée lorsque j'ai tourné sur William Hilton Parkway en direction de la Plantation Port Royal et je me suis frayé un chemin sous la voûte de chênes courbes qui bordaient l'allée principale.

— C'EST TOUT, ALORS ? A DEMANDÉ COLT ALORS QUE JE SORTAIS la dernière pièce du pick-up, un socle pour la sculpture que j'avais faite. Ses cheveux noirs étaient en brosse, ce qui le faisait ressembler un peu à un marine.

J'ai hoché la tête.

— Je dois juste installer quelques pièces. Celle-ci, par exemple, ai-je dit en soulevant légèrement le poids que je portais. Merci beaucoup pour ton aide, je sais que tu dois probablement y aller.

Il s'est balancé sur ses talons et a fourré ses doigts dans les poches avant de son pantalon kaki délavé.

— J'aimerais rester et te regarder faire, si c'est d'accord ? Il m'a fixée d'un air interrogateur.

— Euh, oui, bien sûr.

— Ensuite, je pourrai t'inviter à dîner de bonne heure au *View 32*. Il a fait une pause, en essayant de paraître innocent. Puisqu'on est là et tout...

J'ai secoué la tête en déposant la pièce que je tenais, mais je souriais. Il n'abandonnait jamais.

— Tu n'as pas besoin de m'inviter à dîner, mais oui, on pourrait manger ensemble.

Il a souri tout content et s'est approché, en glissant une main sur ma nuque et en déposant un baiser sur mon front. Et je le jure, *je le jure*, il a respiré juste un peu.

En m'écartant, je lui ai mis mon coude dans les côtes d'un air taquin.

J'ai travaillé vite, puis je suis allée trouver la coordonnatrice de l'événement, Allison, avant de repartir à la recherche de Colt. J'avais rencontré Allison lors de mon vernissage à la galerie *Picture This* en décembre dernier. Elle m'avait invitée à faire partie de cette exposition. Bientôt, je reviendrais ici à Hilton Head Island pour un cocktail habillé, en tant qu'une des invités vedettes. Ça semblait totalement surréaliste. Et tous mes gentils amis de Butler Cove allaient devoir faire des raids dans des agences de location de vêtements de cérémonie. Qu'est-ce que j'allais bien pouvoir porter ? Ça me faisait paniquer à chaque fois que ça me traversait l'esprit, alors j'essayais de ne pas le faire trop souvent. La fête était genre « tout à l'heure » et j'étais encore toute nue.

Colt n'était pas là où je l'avais laissé, alors je me suis dirigée vers la passerelle en bois, puis j'ai regardé par-dessus la piscine et je l'ai suivi vers le restaurant. Je l'ai trouvé appuyé sur les coudes en train de regarder la plage et l'océan.

J'ai dit :

— Coucou, en venant à côté de lui et en posant mes bras à côté des siens.

— Salut toi, a-t-il répondu doucement en me cognant l'épaule.

On s'est tu tous les deux en regardant l'ombre grandir autour de la piscine alors que le soleil déclinait derrière nous. Des rubans blancs attachés à des chaises en bois près de la plage battaient au hasard dans l'air marin, vestiges d'une célébration de mariage.

Je n'avais pas encore assisté à un mariage dans ma vie d'adulte, bien que je me souvienne d'y être allée quand j'avais neuf ans avec mes parents en Virginie occidentale. La meilleure amie du lycée de ma mère allait se marier. Mes parents s'étaient disputés pendant tout le trajet en voiture pour quelque chose que mon jeune esprit n'a pas retenu. Ils étaient restés silencieux pendant tout le retour. J'avais hâte de voir certains de mes amis se passer la bague au doigt dans les années à venir, ce serait des occasions plus heureuses, j'en étais sûre.

Colt a inspiré profondément, me ramenant au présent.

— C'est un gros truc, Keri Ann. Je ne veux pas paraître condescendant, mais je suis si fier de toi et de ce que tu as accompli. Il a incliné la tête vers moi.

J'ai souri, un peu gênée.

— Je te remercie. C'est plutôt cool, hein ? Je n'arrive pas à m'en remettre, vraiment. Je sais que ce n'est qu'un hôtel et pas une galerie de New York, mais cette île reçoit plus de deux millions de visiteurs par an, et je pense qu'ils font la promotion de cette exposition tout l'été. J'ai haussé les épaules et j'ai senti mes joues s'empourprer.

Colt a souri.

— Viens, il faut que tu manges.

Je l'ai regardé se détourner pour marcher vers l'entrée du restaurant.

— Colt ?

Il s'est retourné, les sourcils levés au-dessus de ses yeux bleu vif.

— Ouais ?

— Merci. Je me suis tordu les doigts avec nervosité et j'ai détourné les yeux pendant que je parlais. C'était sympa d'avoir un ami avec moi pour faire ça. De t'avoir *toi,* ai-je rapidement rectifié et j'ai jeté un coup d'œil sur lui. Pour m'aider. Aujourd'hui c'est un grand jour pour moi.

Colt a presque fait un pas vers moi, puis s'est arrêté, comme s'il se forçait. Il a secoué la tête et il a soupiré un grand coup.

— De rien.

LES CIEUX SE SONT À NOUVEAUX OUVERTS DÈS QUE NOUS sommes rentrés à la maison, cette fois avec d'énormes rafales de vent. J'ai ralenti le pick-up alors que la visibilité devenait de plus en plus mauvaise et j'ai regardé dans le rétroviseur.

La BMW noire de Colt me suivait, ainsi qu'un petit nombre d'autres voitures. Il semblait avoir décidé de me suivre. J'appréciais, mais je me demandais si je devais l'inviter à entrer, ou s'il me raccompagnait seulement jusqu'à la maison. Oh, là, là. Tout ce truc de « relation privilégiée » me rendait dingue. Je ne savais pas ce qu'on attendait de moi, non je raye ça, ce *qu'il* attendait de moi. Est-ce que j'étais censée l'embrasser et lui laisser croire que je le faisais plus par sens du devoir qu'autre chose ? Non, je ne pense pas. Je ne ferais jamais ça. Mais passer du temps avec Colt m'avait donné une toute nouvelle compréhension du domaine des rencontres en général. C'était un océan d'attentes tacites et de malentendus. Certaines réelles et d'autres imaginées. Et beaucoup de pression. Il y avait sans doute aussi beaucoup de crapauds à embrasser sur le chemin du prince. Non pas que Colt soit un crapaud...

Non, c'était Colton Graves, le meilleur ami de mon frère et mon ami. Et je m'étais clairement fait comprendre, à la fois en déclarant explicitement que je n'étais pas prête pour une relation sérieuse, et avec mes commentaires sans fin sur l'amitié. Mais j'avais accepté de sortir avec lui. Plusieurs fois.

J'ai jeté un coup d'œil nerveux dans le rétroviseur juste à temps pour voir que la bâche bleue que j'avais attachée pour couvrir toutes les pièces s'était arrachée d'un côté et battait sauvagement sur le bord de la plate-forme du pick-up.

Putain !

J'ai ralenti et j'ai mis le clignotant pour me ranger. Je détestais m'arrêter sur le bord d'une autoroute, mais je risquais un accident si la bâche se coinçait dans les roues. Juste au moment où je me suis arrêtée, j'ai cru sentir que ça faisait exactement ça. Un bruit de déchirure s'est fait entendre derrière moi et le pick-up a tremblé.

J'ai ouvert la portière et je suis sortie dans la pluie chaude et battante qui m'a trempée en l'espace de quelques secondes. Je me suis penchée pour inspecter la roue, puis j'ai entendu la portière de Colton claquer et j'ai levé les yeux quand il s'est approché en tenant un coupe-vent sombre au-dessus de sa tête et qu'il l'a étendu sur moi aussi.

— C'est coincé, putain, ai-je hurlé au-dessus des rafales de vent et du bruit des voitures passaient, en donnant des coups de pied dans le pneu avec ma basket mouillée.

— On va probablement devoir enlever la roue comme si on changeait un pneu, a-t-il hurlé à son tour.

J'ai hoché la tête, exactement ce que je pensais.

— J'ai un cric sur la plate-forme du pick-up.

En me retournant pour aller le chercher pendant que Colt faisait ce qu'il pouvait pour arracher la bâche de la roue, j'ai vu une Jeep Wrangler argent ralentir et se garer sur la bande d'arrêt d'urgence devant nous. Puis elle s'est rapprochée en reculant. J'étais contente de ne pas être seule ici. Personne n'est sorti tout de suite. On s'est regardés avec Colt et on a haussé les épaules tous les deux.

J'étais trempée et j'étais de plus en plus refroidie par le vent. J'ai attrapé le cric et la manivelle, j'ai fait le tour du pick-up juste au moment où la portière de la Jeep s'ouvrait. Une longue jambe vêtue d'un jean se terminant par des bottes de motard noires, les mêmes que celles qui étaient gravées dans ma mémoire, genre pour toujours, a surgi de la Jeep et a touché le sol à peu près au même moment où mon estomac le faisait. Et peut-être, vu le bruit que ça a fait, le démonte-pneu aussi.

Ça n'était pas possible.

Mes yeux sont remontés sur une chemise vert olive qui non seulement devenait rapidement kaki foncé sous la pluie, mais se plaquait aussi sur le corps en dessous. Puis j'ai levé les yeux sur des joues mal rasées et l'ombre d'une casquette de baseball, sous laquelle devaient se trouver des yeux que je ne voyais pas mais dont je sentais bien le regard.

— Non, j'y crois pas ! ai-je entendu Colt dire durement à côté de moi.

Mes yeux sont retournés aux bottes, et je les ai vues se diriger vers nous. Je voulais faire fonctionner mon cerveau. N'avais-je pas pensé à ce scénario des centaines de fois ? OK, peut-être pas sur le bord d'une autoroute, mais n'avais-je pas répété ce que je dirais, encore et encore, et lamentablement, encore et encore ?

Mais, là, *rien.*

Rien ne m'est venu à l'esprit à l'approche des bottes. Les bottes dont je me souvenais, posées près de ma cheminée après une tempête comme celle-ci. Et tandis que l'eau coulait à flots sur moi, je n'ai pas pu lever les yeux. Je suis restée plantée là.

DEUX

UNE PARTIE DE MOI même voulait lever les yeux et me régaler du visage que je pensais ne jamais revoir dans le monde réel. Bien sûr, l'autre part de moi n'arrêtait pas de dire, ne le fais pas. Alors je suis restée là, sous la pluie, sur le bord de la route.

Je l'avais vu au cours des cinq derniers mois, bien sûr, en ligne et sur les couvertures des tabloïds ici et là. Et oui, dans un accès de misère autodestructrice, j'avais cédé à l'envie de tout lire sur lui, pensant que si je connaissais tous les détails sordides, cela m'aiderait à surmonter ce qu'il avait fait, ou à comprendre. Ça n'a pas marché.

J'ai absorbé histoires après histoires et photos de lui en train de parcourir le monde, en fait, Londres surtout, toujours avec une blonde trash. Non mais, sérieux ? Il aimait les blondes? Qui l'aurait cru ? Certainement pas moi, ni Audrey, apparemment, la femme qui était assez importante à ses yeux pour qu'il me quitte, qu'il ne voyait même plus d'ailleurs. Tu parles d'une égratignure à mon amour-propre !

Il y a cinq mois, Audrey et Jack avaient rompu publiquement et j'en avais entendu parler par son ami Devon, l'ami acteur-producteur qui était censé être au fait de tout ce qui concernait

Jack. Devon m'avait annoncé la nouvelle en pensant que je repré-
sentais quelque chose pour Jack et qu'il allait revenir. Vers moi.
Sauf que ... non... il ne s'est jamais pointé.

J'ai frissonné à l'idée de ce souvenir embarrassant et je me suis
détournée de la personne devant moi pour faire face à mon pick-
up. J'avais besoin d'un petit moment. Merde, j'avais besoin de
toute une vie, oui. Mais non, j'étais là, une version rat noyé de la
petite provinciale avec qui il s'était amusé. J'ai incliné mon visage
face à la pluie. Le silence devenait gênant.

— Colton ?

Aaargh. Cette voix. Profonde, familière et qui résonnait
partout sur ma peau frissonnante.

— Jack. La voix de Colton avait une inflexion étrange.

— Il me semblait bien avoir reconnu le pick-up. Est-ce que
tout va bien ?

— Tu aurais dû continuer à rouler, a dit Colt.

Il y a eu un silence. Je refusais d'affronter la pluie et de le
regarder. Ni l'un ni l'autre d'ailleurs. Je pouvais littéralement *sentir*
le poids des yeux de Jack sur moi. Le coupe-vent s'est posé sur
mes épaules, grâce à Colt. Que ce soit un geste de protection ou à
cause du fait que je porte un t-shirt blanc sous l'orage, je ne savais
pas. Mes doigts l'ont accepté avec reconnaissance.

La pluie s'est calmée.

— Peut-être, a répondu Jack.

Soudain, un bruit de pas rapide s'est fait entendre, et je me
suis retournée juste à temps pour voir le poing de Colt s'envoler et
atterrir directement sur la mâchoire de Jack.

— T'as un sacré culot, connard, a crié Colt. Une voiture a
klaxonné bruyamment en passant et en nous aspergeant.

J'ai poussé un cri et j'ai instinctivement sauté vers Jack, en
m'arrêtant juste à temps alors qu'il se penchait vers l'avant en
tenant sa mâchoire, le visage crispé.

— Merde ! Il a tapé violemment du pied, en expirant brusquement. Merde ! a-t-il dit encore une fois, se redressant et faisant un grand pas en avant.

Colt et moi on s'est reculés. Tandis que Jack regardait méchamment Colt, j'ai vu ses yeux pour la première fois, durs, en colère et à couper le souffle. Puis il s'est arrêté, son expression se relâchant légèrement.

— Je suppose que je t'en devais un, a dit Jack, se référant à la dernière fois qu'ils s'étaient rencontrés. Il avait frappé Colt, l'envoyant valser sur le sol du club de Savannah après nous avoir vus nous embrasser.

Après qu'il m'ait quitté pour Audrey.

— Remonte dans ta voiture, ducon.

— Colt ! ai-je dit avant de pouvoir me retenir.

Colt a tourné brusquement la tête vers moi.

Tout comme Jack.

Nos yeux se sont croisés et je n'ai pas pu respirer correctement pendant un moment. Ses cheveux étaient plus longs, plus hirsutes, dépassant de sa casquette qu'il avait abaissée au-dessus de ses yeux et qui faisait de l'ombre à son visage ciselé. Il avait l'air... plus vieux. Et sinistre. Et tout aussi dévastateur pour mon âme.

— Tu te fous de moi ou quoi ?!

La voix de Colt a explosé. Je me suis forcée à quitter Jack des yeux pour voir Colt en train de me regarder d'un air incrédule. « Il t'utilise, il te baise et il s'en va, et je ne peux pas défendre ton honneur ? Tu ne défends même pas ton honneur ? Quoi, tu veux tout recommencer ? »

J'étais muette et je me tenais là, trempée sur le bord d'une autoroute de Caroline du Sud, avec un pick-up en panne et deux hommes en colère. A cause de moi. Les mots n'étaient pas encore venus à mon secours. Finalement, je suis sortie de cette torpeur.

— Pourquoi vous ne vous écartez pas tous les deux. Il faut que je répare ça.

J'ai attrapé le cric et la manivelle et j'ai repoussé la main de Colt alors qu'il se penchait pour m'aider.

Ils sont tous les deux restés là à me regarder pendant que je soulevais mon pick-up, que j'enlevais les boulons de la roue, la retirais, détachais la bâche déchirée et replaçais tout. J'ai plié la bâche et je l'ai jetée sur la plate-forme du pick-up. Puis j'ai jeté le cric et la manivelle par-dessus et j'ai essuyé le cambouis sur mon jean. Merde, c'était mon plus beau jean. L'ensemble a pris moins de dix minutes.

Je n'ai regardé ni l'un ni l'autre en me dirigeant vers le côté du conducteur. À mi-chemin, je me suis soudain souvenue du coupe-vent dont Colt m'avait recouverte, alors je me suis arrêtée et je l'ai arraché, révélant mon t-shirt blanc mouillé et collé à moi. J'ai jeté la veste vers Colt, ne regardant même pas, ou ne me souciant pas de ce que leurs yeux fixaient. Je pouvais deviner.

Je suis montée dans le pick-up, j'ai fermé ma portière et j'ai allumé le moteur. Heureusement, il y a eu un creux dans la circulation pour que je puisse démarrer plus vite, j'en ai profité et j'ai filé dans un crissement de pneu.

Mon cœur battait à tout rompre.

J'ai risqué un regard dans le miroir et j'ai vu la tête renfrognée de Colton et Jack debout, les jambes écartée, les bras croisés, et un immense sourire sur son visage. Et ta da ! Il y avait un énorme arc-en-ciel dans le ciel qui faisait toute la largeur de l'horizon. *Pouah !*

JAZZ. C'EST MOI. *Encore*. Rappelle-moi, merde ! C'est *vraiment* urgent.

J'ai appuyé sur le bouton rouge et j'ai jeté le téléphone sur le lit à côté de moi. Jazz batifolait sur la plage en Floride avec le Brandon aux yeux chocolat, avec qui elle avait finalement décidé de sortir puisque Joey n'arrivait pas à se sortir la tête du cul. Maintenant, ils étaient en pleine lune de miel, dégoulinante de démonstrations publiques qu'ils avaient heureusement délocalisées pour leurs vacances de printemps. J'étais heureuse pour elle, vraiment. Mais j'avais grand besoin d'elle en ce moment.

Mon téléphone a bipé et j'ai sursauté. Ma poitrine s'est dégonflée quand j'ai vu que c'était Joey.

— Salut.

— Moi aussi je suis ravi de t'entendre ! Colt vient d'appeler et m'a dit que *Monsieur Jack Ever-sot* était de retour.

J'ai retenu un rire amer en laissant tomber mon buste sur les couvertures, les pieds pendant au bout du lit.

— Je ne suis pas sûre qu'il soit « de retour ». Il se trouve qu'il est ici, dans la Lowcountry. On rentrait de Hilton Head, il aurait très bien pu aller à Savannah, pour ce que j'en sais.

Waouh ! J'avais l'air si calme. Bien sûr, j'étais obsédée depuis trois heures sur la raison de sa présence ici et l'endroit où il allait. Depuis que je l'avais laissé avec Colt sur le bord de la route. Mais je n'allais pas avouer ça à Joey.

Où était Jazz quand j'avais besoin d'elle, bon sang ? J'ai inspiré et retenu mon souffle.

— Eh bien, si. Il a dit à Colt qu'il revenait, Joey a poussé un soupir, pour une durée indéterminée.

Mon estomac a fait un bond et j'ai levé ma main libre pour me couvrir les yeux. C'était un cauchemar. Je pensais que j'allais l'oublier. Mais si on prenait en compte mon état de choc total sur le bord de la route tout à l'heure et ce que je ressentais maintenant, eh bien, je ne l'avais pas du tout oublié. Pas entièrement. *Merde.* Pas du tout. Comment était-il possible de se leurrer ainsi complètement pendant des mois ?

Pour une durée indéterminée. Qu'est-ce que ça voulait dire ? Et plus important encore, il était ici, à Butler Cove, en ce moment même. J'ai relâché le souffle que j'avais retenu quand Joey m'avait appris la nouvelle, avant de m'évanouir.

— Keri Ann ?

— Ouais, ai-je croassé en essayant, sans succès, d'avoir un air jovial.

— Tu as beaucoup de choses à faire en ce moment. Tu as déjà tant accompli. Tu commences la SCAD cet automne. S'il te plaît, ne te laisse pas encore impliquer dans une histoire avec lui. S'il te plaît. Fais-le pour moi.

— Bien sûr, grand chef. Je peux te promettre que je n'en ai pas l'intention.

Il y a eu une longue pause au bout de la ligne.

— Je suppose que c'est à peu près tout ce que je pouvais espérer. Il a soupiré. Tu promets ?

— Joey. Je te jure solennellement que je n'ai pas l'intention de m'engager, ni même d'avoir une conversation avec lui. Est-ce que ça te rassure ?

— Non.

— Ouais, moi non plus.

— Génial, a répondu Joey d'un ton qui disait tout le contraire. Je serai à la maison à temps pour ton expo. D'ici là, ne t'attire pas d'ennuis, OK ?

— Je vais essayer. Je t'aime, grand frère.

— Je t'aime aussi, sœurette.

J'ai raccroché et regardé mon téléphone, puis j'ai jeté un coup d'œil vers ma fenêtre et l'obscurité au-delà. Jack Eversea était quelque part, pas loin. J'ai supposé à la maison de Devon sur la plage. Donc.... à moins d'un kilomètre. J'ai combattu l'envie d'aller frapper à sa porte pour lui crier des obscénités au visage.

Il était de retour.

Et il devait savoir qu'il m'avait fait du mal.

Du mal ? J'ai ricané.

J'ai pensé à ce sourire que j'avais vu dans le rétroviseur. Qu'est-ce que ça voulait dire ? Il n'aurait pas souri comme ça avec malveillance, n'est-ce pas ? Je veux dire, qui fait ça ? Soit il était revenu pour retourner le couteau dans la plaie, soit il pensait que je serais un point de chute pratique, avec chambre garnie en plus. Comme ça tombait bien qu'il ait un creux dans son programme de tournage pour venir ici faire un peu plus de ravages ! Je connaissais mes limites et j'aurais plus de chances de m'en sortir s'il n'était là que pour se comporter en connard plutôt que s'il essayait de rejouer le film de sa dernière visite.

Je me souvenais lui avoir dit, avant même qu'on s'embrasse, que j'étais un peu dépassée par les évènements, que je n'étais pas taillée pour lui. Pas faite pour le voir retourner à sa vie hollywoodienne quand il en aurait fini avec moi. J'aurais aimé avoir lutté plus fort et m'être mieux protégée. Je ne savais pas pourquoi il était revenu, mais si c'était à cause de moi, je me battrais davantage cette fois. Il n'était pas question que je fasse la même erreur deux fois.

Et qu'était-il advenu d'Audrey et Jack, ou du bébé qu'elle prétendait porter ? Je supposais que c'était une invention, puisqu'il n'y avait aucune info sur une grossesse. Et je serais au courant. À ma grande honte, j'avais navigué sur Internet un jour d'hiver particulièrement glacial et pluvieux pendant sept heures d'affilée, ne faisant même pas une pause pour pisser ou manger. Jazz avait finalement monté une intervention en arrachant du mur le cordon de la box, et je ne plaisante pas, en coupant carrément la prise à l'extrémité.

Tout ce que j'avais appris, c'est qu'il était en Angleterre, en train de tourner un film sur un mineur de charbon devenu artiste, et qu'il sortait avec une fille différente, genre chaque soir. Dans le plus pur style des paparazzis britanniques, c'était un festival choquant de débauche, où les journalistes se vautraient dans ses singeries. Tout ça était tellement différent du Jack que je croyais connaître. C'était comme s'il se faisait photographier délibérément avec autant de filles à l'air salope que possible.

Sur une photo, il était dans un bar ou ce genre, peut-être une boîte de nuit, et il y avait une fille avec une robe rose courte et des talons compensés accrochée derrière lui et une autre devant lui qui tenait sa tête et lui collait la langue dans l'oreille. Et il souriait au photographe — avec ce sourire dévastateur qu'il a, toutes fossettes dehors. Il savait bien que les gens le verraient. Que *je* le verrai probablement.

J'avais regardé cette photo pendant une bonne heure sur les sept, avec une pierre dans le cœur, et je n'arrivais pas à décider ce qui était le pire, en me demandant s'il le faisait exprès pour me blesser, ou si cela ne lui avait jamais *traversé l'esprit*, que cela me ferait mal de le voir comme ça. Lorsque Jazz avait déclaré de façon dramatique qu'elle avait désactivé mon accès Internet, j'étais à peine capable de supporter plus de torture de toute façon.

Je me suis brossé les dents et je me suis changée pour mette mon short et mon débardeur de nuit. Je suis restée allongée tout éveillée, en regardant l'ombre des branches qui se balançaient sur mon plafond et en écoutant le grincement de ma maison vieille de deux cents ans, tout en priant pour dormir.

À un moment donné, je me suis assoupie, mais à trois heures du matin, le vibreur de mon téléphone m'a fait me dresser dans mon lit, parfaitement réveillée.

TROIS

QUAND MON TÉLÉPHONE a vibré, j'étais dans un état semi-conscient, donc je ne savais pas trop si c'était dans mon rêve ou pas. *Mais sérieux, qui pourrait dormir dans un moment pareil ?* Réalisant que c'était bien réel, je me suis penchée vers lui dans l'obscurité, cherchant la lueur du texto qui venait d'arriver.

Jazz : Hé, K ! J'espère que ça ne va pas te réveiller, mais j'avais dû laisser le téléphone en charge, je reviens d'une fête extraordinaire sur la plage. Je t'appellerai dans la matinée. J'espère que tout va bien.

Jazz. Parfait. J'ai vite répondu.

Moi : Non, rien ne va bien. Tu peux parler ?

Je me suis levée et je suis allée m'asseoir sur le petit siège de fenêtre que j'avais fait avec un vieux banc et de nombreux oreillers et j'ai regardé l'écran brillant de mon téléphone. Un appel entrant a retenti moins de dix secondes plus tard.

— Merci d'avoir rappelé, ai-je dit en guise de bonjour.

La voix de Jazz était essoufflée, calme mais inquiète.

— Qu'est-ce qu'il y a ? Est-ce que ça va ? Est-ce que Joey... ?

— Bien, il va bien. Désolée de te faire flipper. Je vais bien, c'est juste que... Oh, mon Dieu, Jazz. Jack est de retour à Butler Cove.

Il n'y avait pas d'autre façon de le dire.

— Oh mon Dieu. Tu déconnes ? Tu l'as vu ou tu l'as entendu dire? Attends, commence par le début.

— Je l'ai vu. En regardant par la fenêtre, je pouvais voir les silhouettes sombres et argentées des grands arbres dans mon jardin, alors qu'un éclat de lune traversait la couverture nuageuse. La pluie semblait enfin avoir stoppé. J'ai soupiré et je lui ai raconté toute l'histoire.

Quand j'ai eu fini, elle a rigolé.

— La vache, meuf ! Les trois quart d'entre nous ne pourraient que rêver de faire une sortie comme ça. C'est génial, putain !

— Ce n'était pas génial, Jazz. C'était un cauchemar. Et il est resté planté là. En souriant, ai-je ajouté dédaigneusement.

Elle a ri à nouveau, de bon cœur et avec quelques cocktails dans le nez.

— Oh, c'est trop bien ! Au cas où il aurait oublié qui est Keri Ann Butler, tu as réussi à lui rappeler direct avec un bon vieux coup de maillet sur la tête. Surtout avec le t-shirt mouillé. Elle a gloussé, et il y a eu un bruit sourd. Puis elle a chuchoté en s'éloignant du téléphone : « Désolée, rendors-toi. »

— C'est Brandon ? Désolée de t'obliger à m'appeler au milieu de la nuit.

— C'est bon, tu le sais très bien. Je t'aurais rappelé plus tôt si j'avais eu mon téléphone. Ouais, Monsieur grand yeux chocolat a pas mal picolé depuis cet après-midi à la piscine. Il est cuit et recuit. Je ferais bien de piquer un somme moi-même, sinon je vais être ingérable demain. Tu vas pouvoir dormir ?

J'ai soupiré et j'ai encore regardé par la fenêtre. J'aurais juré que quelqu'un était appuyé contre le tronc du chêne près de l'allée. J'avais besoin de sommeil, et l'obscurité et les ombres commençaient à paraître bizarres.

— Ouais, je vais dormir maintenant. Je me sens mieux rien que de t'en avoir parlé. Comme si j'en avais fait quelque chose de supportable. Je ne sais pas de quoi sera fait demain, mais je suppose que je verrai ça au moment venu.

— Écoute, tu as assez attendu et tu t'es assez posé de questions, a répliqué Jazz. La dernière chose dont tu as besoin, c'est de savoir qu'il est là et d'attendre qu'il se montre à tout moment. Ça doit être fait selon *tes* conditions, pas les siennes. Tu dois aller le voir, lui demander quel est son problème, et ensuite continuer ta vie.

L'idée que c'était à moi d'aller le trouver m'a surprise un instant. Mais elle avait absolument raison.

Je me suis souvenu de la semaine qui avait suivi l'arrivée de Devon le jour de mon anniversaire, venu me parler de Jack, en insinuant qu'il pensait que celui-ci allait revenir, puis de la pitié sur tous les visages au fil des jours alors qu'il n'y avait toujours aucun signe de lui. Je n'avais rien dit à personne, mais ils avaient compris. Moi aussi, comme cette fille stupide et naïve que je n'arrêtais pas de prouver que j'étais. J'avais supposé qu'il reviendrait au moins pour s'excuser de la façon dont il était parti. J'ai frissonné en me souvenant de cette période. J'avais besoin de lui faire face et de tourner la page le plus vite possible, pas de rester assise là, avec sa présence comme une bombe à retardement.

« T'es pas d'accord ? » a demandé Jazz.

— Si, ai-je répondu fermement. C'est vrai. Rappelle-moi quand tu te réveilleras, je veux savoir comment ça se passe avec les yeux chocolat. Tu vas bien, hein ?

— Oui, Mademoiselle Butler, je vais bien. Et nous serons de retour à temps pour ton vernissage à l'hôtel. Ou plus tôt. T'as trouvé une robe ?

— Hiii... Non. J'ai grimacé. J'ai décidé de faire glisser la fenêtre à guillotine vers le haut pour laisser passer la fraicheur de

la nuit à travers. Elle a grincé en remontant. Je dois aller déjeuner
avec Colt demain, j'en profiterai pour trouver une robe de cocktail en ville.

C'est alors qu'un autre mouvement a attiré mon attention. Il y
avait vraiment quelqu'un qui se tenait sous... mon estomac a fait
un bond, juste au moment où mon cœur se mettait à battre dans
ma gorge. Jack venait d'apparaître dans le clair de lune.

« Euh, Jazz. Je dois y aller, on se parle demain. » J'ai laissé la
main qui tenait le téléphone glisser de mon oreille, en appuyant
heureusement sur "fin" avec mon pouce, et j'ai regardé par la
fenêtre pour mieux voir la silhouette solitaire. Il était debout, les
mains dans les poches, le visage relevé vers moi.

Je suis restée assise, un peu perdue pendant quelques minutes,
le pouls qui galopait, et j'ai essayé de comprendre cette nouvelle
tournure des choses. La douce brise nocturne soufflait doucement
sur mes bras nus, apportant avec elle l'odeur du jasmin fraîchement fleuri.

Il ne portait pas sa casquette de baseball, et la brise ébouriffait
ses cheveux plus foncés et plus longs.

Cela semblait risible maintenant, que j'aie imaginé attendre
jusqu'au lendemain matin. J'ai passé la tête par la fenêtre.

— Tu réalises que c'est vraiment flippant ?

J'ai cru voir sa bouche se soulever légèrement d'un côté.

— Je n'arrivais pas à dormir et j'ai pensé que marcher m'aiderait. Et bon, je suis arrivé ici. Je ne pensais pas que tu serais
réveillée.

Jack a haussé les épaules, les mains encore coincées dans son
jean. Sa voix douce et profonde que je connaissais si bien, que le
monde connaissait si bien, était une douce mélodie par-dessus le
crissement régulier des cigales.

Tu viens de revenir dans ma vie, comment pourrais-je dormir ? me
suis-je retenue de dire, en serrant les dents pour ne pas l'inviter à
entrer.

— Pourquoi tu n'arrivais pas à dormir ? ai-je fini par demander.

— Et toi ?

Ma peau s'est réchauffée.

— Je dormais. *A peine.* J'ai imaginé que je voyais ses yeux se rétrécir. Mais Jazz m'a envoyé un texto et m'a réveillée, ai-je ajouté. Techniquement, ce n'était pas un mensonge.

Jack a hoché la tête, en faisant la moue et il s'est balancé sur ses talons. Je pouvais voir plus de détails maintenant que mes yeux étaient habitués à l'obscurité et que les nuages continuaient à dégager le ciel. Il portait un jean foncé et un t-shirt douillet à manches longues. Ses yeux ne m'avaient pas quittée. J'ai tendu la main et lissé mes cheveux, replacé une mèche rebelle sortie de ma tresse en désordre, en me demandant à quoi je ressemblais après m'être retournée encore et encore dans mon lit au cours des dernières heures.

— Arrête.

Je n'ai plus bougé.

« Tu es magnifique. »

C'était pas génial ça ? Ma tension artérielle a augmenté. J'ai encore serré les mâchoires. Mon éducation me dictait de le remercier, mais une vague de colère, non... plutôt un agacement absolu, m'a presque étouffée.

— Tu ne peux même pas me voir, ai-je grogné. Bien tenté. Qu'est-ce que tu veux de toute façon ?

— Je n'ai pas besoin de te voir pour savoir que tu es belle.

Eh bien, ça ne ferait pas sortir une huître de sa coquille, ça ? A quoi jouait-il ?

— Bon, sérieux, qu'est-ce que tu veux, Jack ? Tu as besoin de quelqu'un pour faire tes courses ou quoi ? Mon ton acide ne laissait aucun doute sur ce que je ressentais.

Ses épaules ont bougé presque imperceptiblement, et j'ai pensé qu'il allait soit pousser un long soupir, soit qu'il ne savait plus quoi dire, et qu'il allait abandonner et s'en retourner.

— Est-ce que je peux entrer ? a-t-il demandé si doucement que j'ai failli ne pas l'entendre. J'aimerais te parler.

J'avais sur le bout de la langue de lui dire d'aller se faire voir. Mais ces jours-ci, je ne fuyais pas tant que ça les situations inconfortables. J'étais presque certaine que je ne dormirais plus cette nuit, pensant à la conversation que je devais avoir avec lui. Autant en finir tout de suite. J'ai haussé les épaules, aussi nonchalamment que possible, et j'ai soupiré.

— Ouais, si tu veux.

Je me suis levée et j'ai fermé la fenêtre en espérant qu'il ne pourrait pas voir le tremblement dans mes mains d'où il était.

J'ai enfilé un gilet léger et j'ai changé mon short de nuit contre un short kaki qui était posé sur la chaise dans ma chambre. J'ai fait un rapide passage dans la salle de bains et j'ai retiré mes cheveux de leur tresse, pour les laisser tomber sur une épaule. Puis je me suis regardée d'un air dégoûté et je les ai remontés à la hâte pour en faire un vilain petit chignon en désordre. Qu'est-ce qui n'allait pas chez moi ? Je suis descendue et je suis allée dans le hall d'entrée. J'ai pris une profonde inspiration pour me calmer et en allumant la lumière du hall, j'ai ouvert la porte d'entrée.

Jack était appuyé contre un pilier en haut des marches du porche et me regardait. Il avait les bras croisés, une cheville bottée et revêtue de denim posée sur l'autre et il ne faisait rien pour entrer. La lumière venant de derrière moi jetait une lueur chaude sur lui. Bon sang, pourquoi était-il si attirant ? J'ai regardé ses yeux verts pendant une seconde, j'ai eu l'impression de ne plus pouvoir me tenir debout, puis je me suis écartée en regardant n'importe où sauf vers lui.

J'ai fait un grand geste du bras vers la maison et j'ai essayé d'avoir l'air de m'ennuyer.

— Eh ben entre.

Jack s'est écarté du pilier et s'est dirigé vers moi. Mon pouls s'accélérait à chaque pas qu'il faisait, et j'ai dégluti, nerveuse. Je pouvais le faire. Je pouvais vraiment. Il fallait juste que je m'accroche à ma colère. Il était soudain très clair que j'étais drôlement faible. J'ai serré les dents.

Il s'est arrêté en s'approchant le plus près possible de moi. J'ai fait l'erreur de le regarder avant de porter résolument les yeux sur le mur en face de moi. Il était à couper le souffle. Par conséquent, c'est ce qui m'est arrivé. Je n'ai pas pu. Respirer, je veux dire. Ses cheveux étaient vraiment plus foncés, plus longs et glissés derrière les oreilles. Il semblait être beaucoup moins le Jack juvénile mais intense que je connaissais d'avant. Maintenant, il semblait tout simplement... intense.

Quelques secondes interminables et atroces se sont écoulées, puis il est passé devant moi et il est entré dans la maison.

QUATRE

JACK EVERSEA était à nouveau chez moi. Il s'est arrêté dans le couloir et a regardé tout autour de lui, en prenant en compte tout ce qu'il y avait et en terminant sur le lustre original de *K A Butler* au-dessus de lui. Son visage s'est fendu d'un petit sourire, et il a hoché la tête quand j'ai fermé la porte d'entrée.

Vu sa réaction, je m'attendais à ce qu'il dise quelque chose, mais il a continué à évaluer les murs fraîchement peints en gris pâle, les moulures blanches et les meubles recouverts d'un tissu que j'avais cousus à partir de toiles de peinture. J'avais bataillé dur pour accrocher le lustre là-haut mais associé aux antiquités qui avaient appartenu à Nana, il rendait superbement bien. Ses yeux sont tombés sur le beau plancher de bois sombre et chaud sous nos pieds. Le plancher qu'il avait essayé de payer à ma place pour le faire refaire et pour lequel je lui devais encore de l'argent. Un certain agacement est monté en moi rien que d'y repenser.

Je me suis dit que je ne risquais pas grand-chose à l'observer puisqu'il regardait le sol. Ça n'a pas marché. Jack Eversea me chamboulait quand même de l'intérieur et donnait l'impression d'être une fan subjuguée par une star, qui aurait voulu désespérément le connaître sans pouvoir le faire. En fait, il m'a semblé plus étranger à ce moment-là qu'il ne l'était avant que je ne le rencontre.

Cela faisait sept mois que je ne l'avais pas vu en chair et en os. *Sept mois.*

— Tu n'es pas censé être papa d'un jour à l'autre ? ai-je demandé avant de pouvoir m'arrêter.

Waouh ! Il fallait vraiment que je connecte mon esprit à ma bouche, et rapidement.

Il a relevé la tête, les fameux yeux verts plongeant dans les miens.

« Je suis désolée, ça manquait complètement de tact de dire ça. »

J'ai détourné le regard. Pouah, je m'étais déjà mise dans une mauvaise posture avec cette conversation, et tout le monde sait que votre esprit rationnel prend des vacances entre deux et quatre heures du matin. Cette idée de lui parler maintenant, plutôt que demain, paraissait de plus en plus idiote. Et je ne pouvais même pas le regarder dans les yeux. Le poids de son regard était trop lourd pour moi.

— C'est bon. Je le méritais.

— Non. Personne ne mérite une remarque aussi indélicate. Surtout que je n'ai aucune idée de... ce qui s'est passé. Je suis désolée.

Je me suis tournée et me suis dirigée vers la cuisine. On était dans ce couloir la nuit où on avait failli s'embrasser. La nuit où tout avait commencé, et où j'avais réalisé qu'il y avait une possibilité d'autre chose que de l'amitié entre Jack et moi. Cette nuit-là, je l'avais choqué, et moi aussi, en lui demandant de ne *pas* m'embrasser. Pour ce que ça m'avait apporté...

Si nous restions plus longtemps dans ce hall, on se souviendrait tous les deux de ce moment et je n'avais pas besoin de ça. Il était là pour ce qui aurait dû être fait depuis longtemps, c'est-à-dire cette discussion sur « *ça n'est pas à cause de toi, c'est moi et ma copine enceinte le problème* » qu'il avait été trop lâche pour avoir vraiment la dernière fois.

« Finissons-en avec ça. »

Jack m'a suivie dans la cuisine.

— Finissons-en avec quoi ?

Sérieux ? Heu... comment te dire ?

— Je comprends que tu sois désolé de la façon dont les choses se sont terminées entre nous, de la façon dont tu as « géré » ça, ou je sais pas comment dire, ou même tout simplement que tu sois désolé d'être sorti avec moi.

Il a croisé de nouveau les bras sur sa poitrine, en inclinant la tête sur le côté.

J'ai dégluti nerveusement et je me suis affairée à nous servir de l'eau. « Et je peux comprendre que tu veuilles passer du temps à Butler Cove, et que tu ne veuilles pas que ce soit gênant parce que tu as une ex... j'ai fait une pause... groupie ? Un ancien coup ? J'ai agité les mains en l'air, une ex *conquête,* ou peu importe, dans les parages. Mais je peux te promettre de rester en dehors de ton chemin. Tant que tu restes en dehors du mien. On peut juste se mettre d'accord pour être... des amis, ou des connaissances qui ne doivent plus se voir.

— Tu as fini ? a-t-il demandé.

— En fait, non. Puisque que tu m'écoutes, sache que *moi* je ne suis pas enceinte, mais merci d'avoir demandé, au fait.

Je l'ai regardé. Jack a pâli, ses yeux se sont écarquillés.

C'était assez satisfaisant.

— Quoi ? Il y a eu un silence prolongé, et il s'est avachi contre le mur dans la cuisine. Mais je, nous...

— On s'est protégé ? Ouais, j'ai entendu dire que c'était toujours fiable à cent pour cent.

Mon sarcasme et mon amertume devenaient presque physiques. Il fallait que j'arrête ça tout de suite. Ce n'était pas confortable comme tenue.

Jack a déplié un bras pour se frotter le visage et soupirer lourdement. Il avait l'air fatigué. Certes, c'était le milieu de la nuit, mais il semblait fatigué depuis bien plus longtemps.

À mon grand désarroi, ça a brisé un petit morceau de la glace derrière laquelle je m'étais enfermée. J'ai mis un verre d'eau devant lui sur le comptoir et je me suis dirigée vers la table de la cuisine, ce qui m'a éloignée un peu plus. Je ne voulais pas revoir le Jack vulnérable. Je ne pouvais pas, je ne voulais pas revivre ça. Heureusement, il est resté là où il était.

— Tu m'as demandé ce que je faisais ici. Tout à l'heure, quand j'étais dehors.

— En fait, je t'ai demandé ce que tu voulais.

J'ai commencé à tirer sur un fil qui pendait du revers de mon gilet.

— Ouais, ça...

— Tu crois que c'est une bonne idée ? Je veux dire, peut-être qu'on devrait parler demain, s'il y a autre chose à dire.

— Il y a beaucoup à dire.

Je l'ai regardé dans les yeux, en attendant qu'il continue. Même si je ne voulais pas le regarder, je voulais le voir pendant qu'il disait ça. J'en avais besoin. Je voulais ressentir chaque seconde pour ne plus avoir de questions à lui poser quand nous aurions fini.

— Je suis désolé, a-t-il dit.

Rien. Je n'ai rien ressenti.

« Ça ne suffit pas, a-t-il poursuivi. Je m'en rends compte. Mais je suis désolé. Jack a lâché le mur, il a appuyé ses mains sur l'îlot central, il a baissé la tête et laissé pendre sa chevelure noire pendant une seconde, avant de me regarder à nouveau. Tu dois comprendre quelque chose, je n'ai pas disparu parce que je le voulais. J'ai disparu parce qu'il le fallait. Il a serré les dents et il a grimacé imperceptiblement. Je sais que ça ne signifie pas grand-chose pour toi, et je sais que tu sors avec quelqu'un d'autre maintenant, mais j'avais juste besoin que tu le saches. C'est tout. C'est tout ce que je voulais te dire. »

J'ai serré mon verre d'eau plus fort quand il a dit que je sortais avec quelqu'un d'autre. J'étais sur le point de le soulever pour prendre une gorgée mais ses paroles m'ont arrêtée net.

Je me suis dit que Colt et lui avaient vraiment dû beaucoup discuter sur le bord de l'autoroute. Joli.

— Je suppose que tu as parlé à Colt ? Je ne confirmais ni ne niais rien sur nous. Mais en observant attentivement Jack et en prenant conscience de sa nervosité et de la façon dont ses mains étaient agrippées au comptoir, j'ai réalisé que je l'admettais. Du moins en ce qui concernait Colt.

Jack a hoché la tête et s'est éclairci la gorge.

— C'est un type bien. Il tient à toi. Beaucoup. C'est bien.

— Je sais, ai-je dit-je simplement en regardant Jack déglutir et en voyant sa pomme d'Adam sauter. C'était fascinant.

— C'est dommage pour lui, a-t-il dit d'une voix égale, que je ne m'en aille pas de sitôt.

Ma peau s'est refroidie quand le sang a quitté ma tête. Je crois que ma mâchoire est tombée. J'ai consciemment fermé la bouche et j'ai plissé les lèvres, de peur de faire quelque chose d'aussi stupide que pousser un cri de surprise. J'ai compté jusqu'à cinq dans ma tête et j'ai expiré lentement.

— Tu es déjà parti une fois pourtant, Jack.

— Pas de mon plein gré. Je ne t'ai pas quittée de mon plein gré.

OK, donc techniquement, Jack Eversea ne m'avait pas quittée. Si nous parlions du pur mécanisme ambulatoire d'une personne se déplaçant d'un endroit à l'autre et se retirant physiquement d'une pièce pleine de tension, alors oui, c'est *moi* qui étais sortie de la maison de Devon sur la plage, le jour où Audrey était arrivée pour annoncer sa grossesse. C'est encore *moi* qui l'avais abandonné le soir où nous étions tous à Savannah, juste après qu'il ait frappé Colt au visage. Mais que pouvais-je faire d'autre ?

Je n'aimais pas le défi qu'il me lançait comme une menace. Ses mots évoquaient l'hypothèse que s'il restait dans les parages, Colt serait automatiquement écarté de la course.

— Contente de voir que tu es plus sûr de toi que jamais. Mais je ne suis pas une sorte de trophée, ai-je dit avec dégoût.

La lèvre de Jack a tremblé.

— Oh là, là ! C'est dingue les trucs que tu peux dire... Il a secoué la tête, puis il s'est mis à rire nerveusement. Tu es parfaite.

Jack Eversea était divinement beau, mais Jack Eversea qui riait et posait ses yeux verts et vifs sur moi en même temps, c'était un événement cosmique. Son sourire était si triste et si beau qu'il palpitait comme une éruption solaire et déchirait mon cœur grossièrement réparé en un million de petits morceaux.

— Jack. Je me suis ressaisie puis j'ai hésité, pas sûre de ce que je voulais dire. Tout ça est ridicule. Recommençons à zéro. Soyons... comme des amis qui ne se sont pas vus depuis un moment, et rattrapons le temps perdu.

J'ai pris mon eau et j'en ai bu une gorgée. Décidant que nous avions peut-être besoin d'un café, je suis retournée vers les placards de la cuisine puis j'ai jeté un coup d'œil dans sa direction, et j'ai vu sa fossette gravée dans sa joue comme dans mon cœur.

— D'accord, je peux le faire. Il a hoché la tête, lentement. Ça me plaît bien, ça.

Je voulais tout lui sortir ce soir et passer à autre chose, mais on pouvait aussi commencer doucement et juste parler. Un petit silence gênant s'en est suivi. Bon sang. Par où commencer ? *Alors, comment vont toutes les salopes de Londres ?* J'ai sorti deux tasses et j'ai dosé le café en me figeant en plein milieu quand j'ai entendu et senti Jack se déplacer derrière moi. L'odeur du café fraîchement moulu que j'aimais tant était soudain secondaire à l'odeur épicée et chaude de l'homme derrière moi. Il sentait différemment qu'avant. Comme le santal. C'était décadent.

Et la chaleur... ce n'était pas la première fois depuis que je l'avais rencontré que je me demandais ce qu'il y avait entre nous pour qu'il puisse se tenir si près de moi, mais sans qu'on se touche et que ce soit *si physique, si chaud, si... chargé.*

Ses avant-bras, musclés et puissants avec un léger soupçon de poils sont apparus de chaque côté de moi. Des mains fortes avec de longs doigts s'appuyaient sur le comptoir.

— S'il te plaît. Non, ai-je réussi à dire. On va juste essayer d'être amis, tu te souviens ?

— Je sais. C'est juste vraiment dur de rester ici avec toi et de ne pas te toucher. Jack a inspiré, puis il poussé un profond soupir qui a fait dresser les cheveux sur ma nuque.

Ma main tremblait, avec la cuillère en l'air, saupoudrant du café sur le comptoir, et j'ai fermé les yeux un moment.

Puis il s'est éloigné et il est retourné de l'autre côté du comptoir.

Merde, c'était embarrassant. J'ai détendu les épaules et je me suis lancée dans un sujet de conversation. Il fallait qu'on revienne en terrain neutre.

— Alors, c'est quoi le film que tu viens de faire ? J'ai entendu dire que c'était à propos d'un artiste. C'est toi l'artiste ? ai-je demandé, en essayant d'avoir l'air normal alors que je mettais la cafetière en marche.

— Ouais, c'est moi. Je, euh, j'ai un peu rendu service. L'acteur qu'ils avaient choisi s'est désisté pour des raisons personnelles, et ils étaient coincés, sans aucune autre piste.

Je l'ai regardé par-dessus mon épaule, puis je me suis concentrée sur le café, en souhaitant qu'il coule plus vite.

— Alors tu es intervenu ?

— J'étais jeune pour le rôle, mais je leur étais... redevable en quelque sorte. Le même groupe qui a fait les films d'Erath a mis de l'argent derrière ça. Ils avaient un budget limité, mais c'est une histoire géniale, et j'ai dû travailler sur le scénario aussi, ainsi que sur la réalisation. Je cherchais un moyen de faire ce genre de chose depuis longtemps, de leur prouver que j'en étais capable...

Il y a eu un silence où Jack semblait vouloir en dire plus. Peut-être à propos d'être en Angleterre, mais c'était sûrement une boîte de Pandore. J'ai versé le café quelques minutes plus tard et tendu une tasse à Jack, noir, comme il l'aimait, avant de retourner me mettre en sécurité derrière la table de la cuisine.

— Merci. Jack a soufflé sur son café. Colt m'a dit que tu avais été prise à la SCAD, et que tu commençais à l'automne. Félicitations.

C'est encore un terrain assez sûr. J'ai hoché la tête.

— Oui, c'est incroyable. Je suis toute excitée et nerveuse. Toi et Colt vous avez eu une longue discussion aujourd'hui, hein ?

Pourquoi j'ai dit ça ?

Jack a gloussé.

— En fait, il a dit exactement : *Elle va à la SCAD cet automne et elle n'a pas besoin que tu la distraies ou que tu foutes encore sa vie en l'air.*

Le sourire a quitté son visage vers la fin de la phrase. « Est-ce que c'est vrai ? »

— Quoi ?

— Que j'ai foutu ta vie en l'air ?

— Ne te crois pas si important, Jack. Je me suis bougé le cul et j'ai fait une demande d'inscription à l'école, j'ai obtenu une bourse d'études et j'ai été exposée dans une galerie d'art bien connue. En fait, je vais participer à une autre exposition tout l'été. Alors oui, quand tu es parti, j'étais triste d'avoir succombé à tes manières *d'enfant perdu*, mais non... tu n'as pas foutu ma vie en l'air. Au contraire, tu m'as poussée à faire quelque chose. Beaucoup de choses ont changé depuis ton départ. En mieux.

Le visage de Jack est resté impassible.

— Mes manières *d'enfant perdu*, a-t-il murmuré. Le garçon qui n'a jamais grandi[1]. C'est futé.

J'ai haussé les épaules.

Jack m'a regardée et a mordu sa lèvre inférieure. Je n'aimais pas que ça attire mon attention, alors j'ai jeté un coup d'œil à la fenêtre. L'obscurité à l'extérieur m'a renvoyé cette situation gênante comme un miroir. J'ai fixé ma manche des yeux, à la place.

Dans ma périphérie, Jack s'est déplacé nerveusement.

— J'ai vu ton exposition en décembre à la galerie de Hilton Head. Félicitations, c'était magnifique.

Quoi ? J'ai levé les yeux.

— Comment ça ? Tu étais ici ? Je veux dire, dans le coin ? Mon estomac s'est retourné, l'eau que je venais d'avaler il y a quelques minutes m'a brûlée comme de l'acide. Il était là, à cette période quand Devon avait dit qu'il allait venir et qu'il ne l'avait pas fait... ? Et je détestais la façon dont ma voix était sortie haut perchée et essoufflée. Je... je ne comprends pas.

CINQ

JACK A POSE sa tasse et il a fermé les yeux en passant les deux mains dans ses cheveux puis il a empoigné sa nuque. Son cou et ses épaules semblaient tendus avant qu'il ne relâche longuement son souffle.

— Oui. Je suis revenu. J'ai pris l'avion pour Hilton Head Island et j'ai loué une voiture. J'allais venir ici. Je... je peux m'asseoir ? Il a montré la chaise en face de moi.

J'ai hoché la tête sans rien dire et j'ai regardé sa grande carcasse se déplacer et prendre une chaise puis cacher la moitié inférieure de son corps sous la table en bois fissuré.

Chaque nerf et chaque muscle de mon corps était figé et attendait. Je n'avais presque pas envie d'entendre ça. Presque pas.

Il a posé les coudes sur la table et s'est penché en avant, les épaules soulevées. Il tapotait du talon sur le sol. Une mèche de cheveux noirs lui est tombée sur le front, finalement fatiguée de rester là où ses doigts l'avaient plaquée en arrière.

"Je... Audrey m'a menti pour le bébé. Elle et Andy ont concocté ce plan pour me faire partir d'ici. J'ai découvert qu'elle avait menti à propos de la grossesse après la fin de notre tournée et j'ai pété les plombs. Mais elle a dit que la grossesse avait bien été réelle et qu'elle avait perdu le bébé. Bon Dieu, je ne savais pas ce qu'il fallait croire. Je suppose qu'elle a dit qu'elle avait perdu le bébé pour que je me sente coupable d'avoir rompu avec elle. Mais je ne suis pas sûr de connaître un jour la vérité, et avec elle, ça n'aura peut-être jamais d'importance. Elle incite les gens à croire n'importe quoi, du moment que ça la dépeint sous un meilleur jour. Je ne savais pas si je devais être soulagé, pleurer ou taper sur quelque chose. Il a ri, amèrement. Du coup j'ai fait les trois ! »

Il y avait tant de choses à encaisser. Mon estomac a continué à s'agiter. J'ai croisé les bras bien fort.

— Comment tu pouvais être si sûr que le bébé soit le tien ? Elle ne venait pas de te tromper ? Et tu m'avais pas dit que vous n'étiez plus ensemble depuis un moment ? J'ai dégluti rapidement. *C'était bien la peine de compter sur une conversation purement amicale* ! Voilà, j'ai dit le plus dur, Jack.

Je n'avais pas l'intention de l'empêcher de raconter son histoire, et je comptais bien y revenir, mais je ne pouvais pas m'arrêter là maintenant que nous étions sur ce sujet. J'ai baissé les yeux en parlant. « Je n'arrivais pas à croire que tu puisse croire à tout ce qui sortaient de sa bouche ce jour-là et que tu me laisses partir comme ça. C'est comme si tu m'avais fait comprendre sans un mot que tu m'avais menti, que ce n'était pas fini avec elle et que j'étais le dindon de la farce. Je me sentais tellement bête. »

Il n'a pas répondu tout de suite, alors j'ai finalement levé les yeux et je l'ai regardé. Un muscle s'est crispé sur sa joue, et j'ai su qu'il avait du mal à dire quoi que ce soit. Après quelques instants, ses épaules se sont affaissées, il s'est penché en avant et il a posé les coudes sur ses genoux, en inspectant ses pieds.

— Notre relation était finie, on n'avait pas... depuis long-temps... mais... oui, il y avait une chance que le bébé soit le mien.

J'ai fermé les yeux un instant et je me suis préparée à entendre le torrent de conneries de mec qui allait arriver. Jazz et moi avions toujours secoué la tête, incrédules, et ricané en regardant des émissions de télévision où les épouses ou les copines, ou même le petit ami, croyaient toutes les excuses bidons de leurs mauvais partenaires. Comment les gens pouvaient-ils ne pas ouvrir les yeux, je me demandais ? Et maintenant, je savais, bien sûr. On *veut* y croire. Et cette volonté est plus forte que n'importe quel fait qu'on pourrait vous jeter à la figure.

— Continue, ai-je dit.

Je pourrais être dans une émission de télé d'ailleurs, en ce moment. Je regardais Jack Eversea, un visage que le monde connaissait si bien. Que *je* connaissais si bien. Un ensemble de traits qui m'étaient si familiers, mais qui se brouillaient dans mon esprit avec les images des journaux people et des extraits de films.

— Je... il a dégluti, bruyamment. Je ne pense pas que tu me détestes en ce moment, mais tu me détesteras peut-être quand j'aurai fini de te dire tout ça. Il m'a regardée.

Ces yeux étaient comme des étangs d'émotions verts et moussus où j'étais en train de me noyer.

J'ai retenu mon souffle.

« J'ai l'impression que je viens à peine de sortir d'une flaque de merde. Je ne peux pas prendre le risque que tu me détestes... »

— Dis-le-moi, c'est tout, Jack. Ma voix était dure et amère. Dis-moi la vérité, dis-moi tout. Faites-moi le plaisir de ne pas décider quelles parties tu penses que je devrais entendre.

— Ce n'est pas...

— Sinon, à quoi ça sert ? Qu'est-ce que tu fais là ? Si je finis par te haïr, ce sera plus facile pour nous tous. S'il te plaît. S'il te plaît, fais que je te déteste. Pourquoi tu ne finis pas le boulot pour que je puisse continuer ma vie !

Oh mon Dieu.

Mon cœur battait la chamade et ma respiration s'était accélérée. La honte et l'humiliation coulaient à travers chaque fibre de mon être alors que mes paroles résonnaient dans le silence. Je venais d'avouer que je n'arrivais pas à vivre ma vie, que je ne m'étais pas remise de lui.

Bravo, bien joué !

Sept longs mois pour l'oublier, et je venais de jeter ma fierté en
sept secondes. J'ai eu comme une bouffée de chaleur.

Jack me regardait fixement.

Je ne pouvais pas détourner le regard.

Et puis il a bougé, son corps s'est extirpé de la chaise, elle a
raclé bruyamment sur le sol quand il s'est levé. Soudain ses bras
étaient autour de moi et me soulevaient contre sa poitrine, en
m'étouffant presque.

J'ai suffoqué pour récupérer de l'air, et j'ai respiré Jack, juste au
moment où sa bouche s'est écrasée sur la mienne.

Ses lèvres étaient dures et exigeantes, puis elles se sont écartées, sa langue a pénétré ma bouche.

Je me sentais blessée, offerte et... consumée. Le toucher de sa
bouche sur la mienne était comme un choc électrique. J'avais
revécu son baiser tous les jours depuis le moment où on s'était
embrassés pour la première fois. J'en avais besoin. J'avais besoin
de Jack.

Son goût avait un charme exotique, déraisonnable, comme
quelque chose que je n'aurais pas dû avoir. Et les glissements
soyeux de sa langue... j'ai essayé d'y parer, même si je pouvais à
peine bouger avec sa main qui tenait ma tête et la pression dure
de son torse qui grondait sous ses gémissements étouffés. J'agrip-
pais ses longs cheveux doux comme une malade, à pleine poignées
en essayant de le tenir, de le goûter, de l'inhaler.

Quand est-ce que mes mains étaient arrivées là-haut ?

La tornade d'émotions longtemps niées et de frustrations
sexuelles latentes s'est entortillée puis ensuite répandue dans tout
mon corps. J'avais la tête qui tournait, comme si nous étions
simplement des sensations et des émotions et que nous avions
perdu notre corps.

Les bras de Jack se sont resserrés, sa poitrine s'est soulevée et
le désespoir qu'il exprimait m'a enivrée. Puis, il a pris mon visage
entre ses mains, ses lèvres se sont ouvertes et se sont moulées
légèrement aux miennes. Au fur et à mesure que sa langue ralen-

tissait et se faisait caressante, le rythme de nos baisers devenait atrocement doux et infiniment plus dangereux.

J'ai soudain lâché un demi sanglot qui m'a prise par surprise.

Non ! Oh mon Dieu, non ! Je ne pouvais pas faire ça.

Je me suis écartée de toutes mes forces, j'ai arraché mes lèvres des siennes, luttant pour ne pas me recoller à lui.

Ses bras se sont un peu relâchés quand il a senti ma résistance.

J'ai redressé le visage en secouant la tête et j'ai vu ses yeux s'ouvrir pour rencontrer les miens. Son souffle qui entrait et sortait m'éventait.

La confusion s'est transformée en quelque chose d'indicible alors que ses yeux verts et insondables se concentraient sur moi et qu'il tenait mon visage.

J'ai essayé de tourner la tête.

Jack a refermé les yeux, le front plissé, la bouche tordue, comme s'il souffrait.

J'ai laissé tomber mes bras.

— Non, a-t-il dit durement, les dents serrées. Il m'a attirée à lui, ses mains s'enroulant autour de mon corps et me serrant contre lui. Ne me lâche pas.

Mais je n'ai pas répondu à son étreinte. Mes bras sont tombés mollement sur les côtés, et je voulais que la pulsation du désir quitte lentement mon corps. Ce n'était pas difficile maintenant que la honte l'emportait.

Inspirant profondément et prenant une lampée de l'odeur de Jack alors que ma joue appuyait contre son t-shirt doux, je me suis raidie pour le repousser. Je ne voulais pas être tenue comme un bébé qui a besoin de réconfort. Je ne pouvais plus supporter sa pitié.

Et puis tout a changé. Ses épaules se sont affaissées et son dos s'est vouté alors que sa tête glissait vers mon épaule. Il a enfoui son visage dans mon cou et... il s'est accroché à moi.

SIX

JACK S'ACCROCHAIT à moi comme s'il n'allait jamais me laisser partir. Il a inhalé l'odeur de mon cou et m'a serrée plus fort, ses doigts s'accrochant à mon dos comme un homme qui se noie.

Pas sûre de ce qu'il fallait faire, j'ai hésité, puis j'ai cédé à mon instinct et j'ai levé les bras pour les glisser provisoirement autour de lui, en essayant d'ignorer la musculature de son dos.

Il s'est tendu un moment puis a relâché son étreinte, en respirant profondément.

Nous sommes restés comme ça pendant plusieurs longues minutes. Elles étaient trop longues et trop courtes à la fois.

— Je ne sais pas comment revenir en arrière, a-t-il chuchoté en se déplaçant légèrement, sa main courant dans mes cheveux et la bouche tout contre mon oreille.

Ma peau a frissonné à son toucher, et un picotement a parcouru mes terminaisons nerveuses alors que le souffle de ses paroles me caressait.

« Je ne sais pas comment revenir à ce que nous étions, à ce que nous avions, a-t-il dit dans un léger souffle, à ce que nous étions censés être. Il s'est encore arrêté. Ce à quoi nous sommes destinés.

— Jack...

— Chut. S'il te plaît, a-t-il chuchoté, enroué. S'il te plaît, écoute-moi.

J'ai fermé les yeux et je me suis concentrée sur sa voix qui dansait sur ma peau et sur mes peurs comme si elles n'étaient rien. Mélodieuse, mais rude. Chuchotée mais lourde d'émotion.

« Je sais qu'il est probablement trop tard, et je sais que tu es probablement mieux avec lui, et je sais que tu ne veux probablement pas que je me batte pour toi. Je n'en ai pas le droit. Mais j'en ai envie. J'en ai vraiment envie. Je me suis battu pour toi. Il m'a fallu sept mois pour revenir, pour essayer de le faire de la seule façon que je connaissais, pour te protéger.

Je me suis raidie, l'estomac en boule. *Qu'est-ce que ça voulait dire ?* J'ai secoué la tête.

— Non, Jack, ne fais pas ça...

— Écoute, a-t-il dit durement, en gardant ma tête contre lui pour que je ne puisse pas le regarder. Écoute. Ne me regarde pas, ne te rappelle pas qui je suis et pourquoi tu ne me crois pas. Ne me vois pas comme le type dans les médias. Le type que tu crois que je suis après ce que j'ai fait. Écoute-moi bien.

Je n'ai pas bougé et après quelques instants, j'ai hoché la tête. Je m'étais dit que je voulais traverser tout ça ce soir, alors j'écouterais même si ça devait me tuer. Je n'y croirais peut-être pas, mais j'écouterais bien. Il pouvait me donner n'importe quelle excuse ou toutes les raisons possibles et imaginables, cela ne changerait rien au fait que je n'avais ni le tempérament ni l'envie d'être la petite amie décontractée d'une superstar hollywoodienne comme Jack Eversea. Je n'allais pas reprendre là où on s'était arrêtés comme si de rien n'était.

Il respirait contre mon oreille.

J'ai frissonné. C'était de la torture. Purement et simplement.

« Je peux te raconter tout ce qui s'est passé quand tu veux si tu as besoin de l'entendre, mais rien de tout cela ne compte. Je ne peux rien y changer. Je ne peux pas revenir en arrière et faire les choses différemment. Mais il y a des choses que tu ne sais pas que tu dois savoir. »

La main de Jack s'est enfouie dans mes cheveux, détachant le petit chignon qui se défaisait déjà, et il m'a massé le cuir chevelu. Son autre main descendait et remontait le long de ma colonne vertébrale.

J'ai pris une grande inspiration pour me calmer, en essayant de garder la tête froide pendant que je vivais ça. Je pouvais le faire !

Jack a rapproché ses lèvres du lobe de mon oreille et mon pouls a grimpé d'un cran. Il a dégluti, de façon audible.

« Commençons par quelque chose que je ne t'ai jamais dit avant. Moi, Jack Eversea, je suis... totalement amoureux de toi, je t'aime Keri Ann Butler. »

Je me suis figée, ma respiration a cessé de fonctionner normalement. *Non.* Il n'était pas en train de faire ça ? Me sortir le grand jeu comme si j'étais assez jeune et assez bête pour que ce soit le remède universel. Une cartouche magique pour désamorcer la situation. J'ai serré les dents. Oh mon Dieu, si je survivais à cette rencontre, ce serait un miracle.

L'hystérie a tourbillonné en moi, me rendant nauséeuse et étourdie. Je pourrais lui rire au nez. Ça le désarçonnerait. J'ai écarté violemment le visage, je lui ai saisi les bras et l'ai tenu à distance. J'avais besoin de voir sa tête alors que des sentiments et des réactions incohérents bouillonnaient en moi.

Ses yeux verts perçants n'étaient que sincérité, pourtant.

— Tu me connaissais depuis dix jours, ai-je éructé. Et tu ne m'as pas vue depuis des mois. Quand as-tu décidé ça, Jack ? Quand tu pensais avec ta bite avant de me baiser ? Ou est-ce que tu viens de décider ça d'un coup, maintenant que tu m'as revue ? Comme c'est romantique !

Il a tressailli quand j'ai dit ça. Choqué ?

Merde, c'est moi qui étais choquée. Choqué par mes paroles et furieuse comme pas possible. En colère parce qu'il pensait qu'il pourrait encore m'utiliser.

— Ça n'a jamais été une *décision,* Keri Ann, a dit Jack en secouant la tête.

Les secondes défilaient et son expression passait de la confusion à des émotions que je ne pouvais pas lire. Que je ne *voulais* pas lire.

Sa bouche est devenue une ligne sinistre.

« On ne... *décide pas* de se trouver un jour devant quelqu'un qui te déchire en deux rien qu'en te regardant. »

J'avais la gorge nouée.

Il a encore dégluti.

« Et je ne t'ai pas *baisée*. Crois-moi, j'ai *baisé* assez souvent...

J'ai tressailli.

... pour faire la différence. »

Je me suis léché les lèvres, j'avais la bouche tellement sèche.

Il m'a regardée faire.

J'avais le dos contre le comptoir, je n'avais nulle part où reculer. Mon esprit ne se souvenait plus de ce que je voulais lui dire.

— Tu me pardonneras si j'ai du mal à te croire. Est-ce que tu t'es souvenu que tu « m'aimais », j'ai fait des guillemets avec les doigts, pendant que tu faisais le tour de l'Angleterre en batifolant avec chaque fille qui croisait ton chemin ? Tu pensais que je ne verrais pas ça, ou tu t'en fichais que je le voie ?

— Ce n'est pas ce que tu...

— Enfin, qui es-tu en ce moment, Jack ? Je ne voulais pas entendre ses excuses. Tu es l'acteur qui joue le rôle du gentil ? Tu essaies de faire les choses comme il faut *maintenant* ? Parce que je n'en ai pas besoin. Je n'ai pas besoin de toi. J'ai pris une grande inspiration et j'ai relevé le menton en le regardant dans les yeux, ignorant à quel point il avait l'air bouleversé, la mâchoire serrée, les épaules rigides et la lèvre inférieure blanche, à force de la mordiller. J'ai dit : J'ai peut-être envie de toi, en insistant sur le mot et en faisant une pause. C'était un mot qu'il avait utilisé avec moi, un mot qui m'avait finalement amenée à l'embrasser. Mais un mot qui devrait simplement signifier une attraction et rien d'autre, qui n'aurait pas dû mener à autre chose. J'ai peut-être *envie* de toi et je suis attirée par toi, mais je n'ai pas *besoin* de toi...

— Commençons avec ça. Tu as *envie* de moi. C'est un bon début. On ne peut pas revenir en arrière, alors recommençons tout. Donne-nous juste un point de départ. Donne-moi un point de départ.

Je me suis accrochée à ses bras, sentant leur chaleur, leur force sous mes doigts, et j'ai puisé dans cette force pour faire ce qui devait être fait.

— Ce n'est pas un début, Jack. C'est ce qui a tout gâché en premier. Tu m'attires, bien sûr. Comme toutes celles que tu as rencontrées. C'est comme ça que tu es fait. Mais là n'est pas la question.

— Ce n'est pas seulement ce que tu penses de moi. Je le sais bien.

— Peu importe si j'ai de vrais sentiments ou pas...

— Si. Ça change tout.

— Non. Pas du tout. J'ai éloigné mes yeux des siens et de ses bras tendus sous mes mains. Je ne pouvais pas le regarder pendant que je disais ça. Comme il s'avère que je ne te connaissais pas du tout, je vais supposer que j'étais comme toutes les autres filles qui sont tombées dans ton lit. C'était peut-être *l'idée* que je me faisais de toi. Le rôle que tu as joué avec moi. Le Jack que je connaissais alors ne m'aurait pas délibérément blessée... peut-être que je n'ai jamais ressenti de choses réelles pour toi ? Comment le pourrais-je, alors que je ne sais même pas qui tu es ?

Je l'ai regardé à nouveau et j'ai hésité un instant devant son expression. Même la couleur sur ses pommettes s'était envolée. Un pur et simple anéantissement. J'ai cru une seconde qu'il ne me croirait pas. J'avais du mal à me croire, moi-même. C'était un sérieux coup bas et pas mon genre.

Oh mon Dieu.

— Tu me connais, a dit Jack, la voix rauque. Tu me connais mieux que quiconque sur cette planète. Et je te croyais plus honnête que ça. Je *sais* que tu as ressenti quelque chose de réel, pas basée sur une illusion de Jack Eversea. Je peux le voir. Je peux le sentir. C'est réel. C'est la seule putain de vraie chose que j'aie jamais ressentie moi aussi !

— Arrête, Jack. J'ai grimacé, résistant à ses paroles du mieux que j'ai pu. Ça n'a pas d'importance. Ce que je ressens pour toi n'est même pas à discuter. C'est hors de propos parce que je sais déjà où ça s'arrête. J'y suis déjà allée.

Je savais que la modération ne pouvait pas exister entre lui et moi. Je n'en étais pas capable. Je lui avais déjà ouvert tout mon cœur, et cela s'était terminé en cauchemar. Tout ce que je pouvais faire maintenant, c'était de mettre le verrou, de fermer les stores et prier pour que la lumière du jour arrive bientôt.

— Je comprends pourquoi tu dis ça, mais tu as tort, a-t-il supplié. Merde. J'ai tout fait de travers. Je te pousse à bout. Je suis allé trop vite. Je suis désolé. J'avais juste besoin de te revoir, de te dire ce qui s'était passé, pas de te faire peur.

— Jack. Je ne suis pas une idiote. Que tu me pousses ou pas, ça mène toujours au même endroit. Vite ou lentement, je n'y vais pas. Et je pensais que ça m'importerait de savoir ce qui s'était passé, mais je ne pense pas que ça changera quoi que ce soit.

— J'aurais dû te le dire avant.

— Mon Dieu, Jack. Ce que tu aurais dû faire si tu avais vraiment ressenti ce que tu dis, c'est de ne pas partir comme tu l'as fait sans me contacter pendant plus de six mois. Quoi ? Tu t'attendais à ce que j'attende, que je me languisse de toi ? Eh bien, c'est ce que j'ai fait. Est-ce que ça te rend heureux ? Est-ce que tu te sens davantage apprécié ? Tu ne reçois pas assez d'amour de la part de tes fans qui t'adorent ? *J'étais* anéantie. Mais je passe à autre chose maintenant. Ou j'essaye de le faire. Et je le ferai dès que tu seras parti.

J'ai respiré à travers la pression écrasante qui s'est abattue sur

ma poitrine et j'ai serré ses bras plus fort pour arrêter les tremble-
ments dans mes mains. J'avais besoin de finir ça, de ne pas lui
donner d'échappatoire. Je ne pouvais plus retourner en arrière
maintenant. J'en serais encore là la prochaine fois.

« S'il y a du vrai dans ce que tu dis sur le fait d'être amoureux
de moi... »

— Non, a dit désespérément Jack, des flammes dans ses yeux
verts. Ne le dis pas, Keri Ann. Je sais ce que tu vas me demander.
S'il te plaît... ne fais pas ça.

— Si tu m'aimes vraiment, alors tu respecteras ma demande....
et tu t'en iras. Laisse. Moi. Tranquille.

Jack

SEPT

JACK

QUAND J'AVAIS NEUF ans, Alex O'Rourke a frappé un six au cricket qui m'a heurté en pleine poitrine. C'était un tir d'enfer, et il s'est qualifié pour l'équipe de Second Eleven's, même s'il n'était, jusque-là, que dans les Under-Nine's.[1] Je suis sorti du terrain pour le coup et j'étais à plat sur le dos. Je n'avais plus d'air, plus d'oxygène et aucune capacité d'en retrouver. Je me suis allongé sur le bord du terrain, devenant probablement bleu avant que l'arbitre n'arrive jusqu'à moi.

La preuve du coup était une tache sur mon pull d'Aran[2] à col en V, qu'avait laissée la balle de cricket en cuir rouge, juste au-dessus de mon plexus solaire.

Le ciel britannique bleu vif et sans nuages au-dessus de moi s'est assombri sur les bords et s'est réduit à une tête d'épingle lorsque mes poumons affamés ont communiqué frénétiquement, et en vain, avec mon cerveau. Cette petite tache de lumière est dont la dernière chose dont je me suis souvenu jusqu'à ce que je me réveille à l'hôpital alors qu'on me faisait des radios de la poitrine.

Debout devant Keri Ann, alors qu'elle abaisse le rideau sur notre relation, je me sens comme ce jour-là. Je sais que j'ai besoin de continuer à inspirer et expirer. Et je sais que je devrais dire quelque chose, n'importe quoi, pour l'arrêter, mais mon cerveau ne sait pas comment.

J'en ai trop dit, de toute façon. Et pas assez en même temps.

J'ai merdé.

J'ai besoin de rester calme. Je ne veux pas quémander et plaider ma cause, mais je suis déjà dangereusement près de le faire.

Des secondes s'écoulent pendant que je regarde le visage de Keri Ann prononcer ces mots. Des mots qui me frappent là où se trouvent mes peurs et mes incertitudes les plus profondes.

Je suis essoufflé. Mes poumons, mon esprit, ma langue ne coopèrent pas. Tout mon corps m'a trahi. Si mon esprit était pleinement fonctionnel en ce moment, et pas en état de choc catatonique, s'il était capable d'aboyer un ordre pour que je puisse marcher, avancer vers elle et enrouler mes bras autour de son petit corps, ou même partir, je ne suis pas sûr que mes jambes comprendraient le message.

La seule chose que je sens, c'est une griffure et un néant sombre qui coule comme de la boue dans mes veines et qui prend le dessus. Un vide mortel s'infiltre à travers chaque centimètre de ma personne, et m'enferme petit à petit, jusqu'à ce que je ne puisse même plus voir devant moi.

Enfin, une synapse doit faire une dernière tentative pour faire feu et me secourir parce que je me retrouve en train de tourner les talons. Enfin capable de bouger.

Je ne me souviens même pas d'être retourné chez Devon, ce qui est un miracle en soi parce qu'il fait tellement sombre ici.

A cause des tortues de mer.

J'entre dans la maison et je m'affaisse contre le mur. Le souvenir de Keri Ann m'a frappé comme une avalanche. Toutes les sensations qui étaient mortes ces vingt dernières minutes se remettent en marche à plein volume.

Je pose ma main sur le même mur contre lequel je l'avais

pressée juste avant de la porter à l'étage il y a sept mois. C'est comme un coup de pied rapide dans ma libido, ce souvenir dont je n'ai vraiment pas besoin en ce moment. *Merde, c'est pas bon ça.*

Je me souviens d'avoir regardé dans ses yeux et d'avoir vu l'émotion qu'elle ressentait, la sentant également, tellement la réalité était puissante. Elle me retenait autant que je le faisais.

Je sais qu'elle ment.

S'il vous plaît, faites qu'elle mente.

Je déglutis et ma gorge semble ne jamais se refermer.

Le problème avec la douleur, qu'elle soit physique ou émotionnelle, c'est qu'il n'y a pas d'échappatoire. Tu ne peux pas y échapper et tu ne peux pas t'en cacher. Pas en l'ignorant, pas en la droguant, pas en plongeant ton nez dans une bouteille. Tôt ou tard, tu devras respirer, laisser la douleur s'installer et passer de l'autre côté comme si ta vie en dépendait. Parce que c'est le cas.

Je le sais, j'ai traversé divers versions de douleur plusieurs fois. Et pourtant, cela ne m'empêche pas d'essayer les trois remèdes les uns à la suite des autres.

Je serre les dents et oblige mon esprit à mettre la clé sous la porte en m'éloignant du mur d'un coup d'épaule et en me dirigeant vers la cuisine, en direction du placard où sont rangés les alcools. Je sais très bien compartimenter, mais cette fois, c'est comme si on essayait d'enfermer le bonhomme Michelin dans une petite boîte à bijoux.

Je verse plusieurs doigts de Blue Label dans un verre, en éclaboussant partout — ce sacré Devon attrape des goûts de luxe en vieillissant — et je me dirige droit vers les escaliers. Dans ma chambre, je saisis un somnifère et je l'engloutis avec une rasade de scotch. Ça n'est pas très malin, je sais, mais j'aimerais être totalement inconscient pendant un petit moment. Et je n'ai pas bien dormi depuis des semaines.

Je regarde le lit dans la chambre d'amis de Devon.

Des images de la dernière fois où j'ai dormi ici avec Keri Ann, nue et étalée sous moi, si douce et si belle bon sang, s'entre-choquent les unes aux autres. Je préfère quitter la pièce.

Une fois en bas, je remplis à nouveau mon verre et je me dirige vers le canapé.

Je veux faire un choix égoïste et tout faire pour la récupérer. C'est une vraie lutte physique pour ne pas faire demi-tour et de ne pas retourner la prendre dans mes bras, l'embrasser, l'aimer et continuer à lui parler jusqu'à ce qu'elle comprenne. Comme si je pouvais la forcer à m'entendre ou à m'aimer.

Qu'est-ce qui m'a pris ? J'ai fait tellement d'erreurs, mais j'ai l'impression de les commettre encore et encore. Pourquoi lui ai-je dit ce que je ressentais ? Bien sûr qu'elle ne m'a pas cru. Rien que d'entendre sa réaction, j'ai réalisé à quel point c'était stupide. Et elle avait raison. Une partie de moi pensait que je pourrais utiliser ça à mon avantage.

Mon arrogance.

Elle m'avait fait remarquer mon arrogance une fois, je l'avais niée et j'avais prétendu que c'était de la confiance en soi. Mais elle avait raison. C'est mon côté arrogant qui m'a fait croire que lui dire que je l'aimais me ferait gagner du temps.

Sans trop me fatiguer, j'avais obtenu ce que je voulais des femmes toute ma vie d'adulte. Grace à mon physique et ma célébrité j'ai toujours baisé quand j'en avais envie. Même avec Audrey, pour être franc. C'était le cours normal des choses. Mais bien sûr, il n'y a rien de *normal* chez Keri Ann Butler.

Je me suis convaincu d'avoir fait ce qu'il fallait, d'avoir bien géré Audrey en mettant tout son monde sens dessus dessous, et en restant à l'écart jusqu'à ce que la poussière retombe après *Erath*.

Pourquoi n'ai-je pas dit à Keri Ann, il y a cinq mois, ce qui se passait quand j'avais failli revenir ? Je connais la vérité. J'étais un lâche. J'avais déjà vu qu'elle était déçue par moi, et je ne voulais pas avouer ce que j'avais fait à Audrey et... je ne voulais pas entendre Keri Ann dire qu'elle ne voulait pas de moi.

Alors que je fixe le plafond blanc et que j'attends que le somnifère fasse effet, je me demande comment j'en suis arrivé à ce moment. Je savais qu'après mon départ, il y a cinq mois, je traînais les pieds. Plus je restais à l'écart, plus c'était difficile de revenir parce qu'au fond, je savais parfaitement que ceci arriverait. Pourquoi ça ne serait pas arrivé ? La raison pour laquelle la plupart des femmes courent vers moi est exactement celle pour laquelle Keri Ann s'est toujours éloignée.

Je bois encore une grande gorgée de scotch, je sens la chaleur se déployer dans ma gorge et se propager dans ma poitrine, réchauffer le froid, la douleur profonde du vide et apaiser les répercussions en dents de scie du massacre de mon cœur par Keri Ann. Puis je ferme les yeux.

Je cours dans les couloirs du pensionnat. On n'est pas censés courir, mais il fait nuit, et je ne sais pas où sont les autres enfants. Ça doit être après l'extinction des feux, et je ne sais pas pourquoi je cours. J'ai une respiration sifflante qui entre et sort de ma poitrine, mes jambes me brûlent quand je prends le virage vers les cuisines de l'école. Mais.... je viens juste de tourner à ce même coin. Comment suis-je revenu au début ? Qui est-ce que je fuis ?

Puis je l'entends respirer juste derrière moi.

— William.

JE ME REDRESSE en position assise et j'ouvre les yeux d'un coup, tout ça pour me retrouver aveuglé par la blancheur qui m'entoure. *Merde,* je marmonne en refermant les yeux pour voir des négatifs bleus qui dansent sous mes paupières. Mon cerveau se détache de l'intérieur de mon crâne et se stabilise avec un bruit sourd.

Oh.

— Houlà Jack, t'es un peu nerveux, non ?

La voix de Devon est à ma gauche.

J'ouvre doucement un œil et je regarde dans cette direction. C'est bien Devon, et je suis chez lui. A Butler Cove. Merde. Je ferme à nouveau les yeux et je retrouve la douleur qui creuse dans ma poitrine. Je ne sais pas si c'est ma tête ou ma poitrine qui me fait le plus mal.

— Quelle heure est-il ? dis-je d'une voix rauque.

— Plus de six heures du soir. Tu as dormi toute la journée, et d'après ce que je vois, tu pourrais dormir douze heures de plus. Je m'assurais juste que tu n'étais pas vraiment dans le coma. Tout va bien ? Il me tend un verre d'eau glacée. Tiens !

— Merci. Je ferme les yeux et je bois une gorgée, l'eau glacée éclaboussant mes entrailles vides. Pourquoi tu m'as appelé William ?

— Quoi ?

— Je croyais... laisse tomber. J'ai dû rêver. Je n'ai pas fait ce rêve depuis des années. Où étais-tu passé ?

Devon s'assoit en face de moi, une bouteille de bière suspendue à sa main.

— Savannah. C'est parti pour *Roberts*. Nous avons obtenu tous les permis pour le Riverfront et puisque la SCAD veut toujours en être, nous devrions commencer la conception des décors d'ici la semaine prochaine et nous espérons commencer le tournage en septembre.

Je grimace et je pince l'arête de mon nez. Mon désir de tourner le film à Savannah a l'air tellement stupide maintenant. Je murmure :

— Génial...

Devon lève sa bière, penche la tête en arrière et prend une longue gorgée.

— Encore une fois, tout va bien ?

— Non. Je soupire longuement et je me recouche en mettant

le bras sur mon front. Non. Rien ne va bien. J'ai merdé. Je suis allé voir Keri Ann hier soir, et j'ai merdé.

— Comment ça ?

— Je lui ai peut-être dit que j'étais amoureux d'elle.

— T'es un connard de sadique, tu sais ça ?

— Pour elle ou pour moi ?

Devon baisse sa bière.

— J'allais lui dire, en fait, mais c'est une tournure intéressante que prennent les événements pour quelqu'un qui semblait ne rien avoir à foutre d'elle avant.

Je regarde là où il est assis, en jean déchiré et t-shirt noir, les pointes de cheveux décolorées en blond.

Il me regarde, le front plissé.

— Tu m'as bien eu. J'ai d'abord pensé que c'était la grande histoire d'amour, puis tu as disparu en Angleterre et on a tous pu voir comment tu y as passé ton temps. Alors excuse-moi si j'ai du mal à te suivre.

— C'est compliqué.

— Ça l'est toujours. Tu veux essayer ?

HUIT

JE REGARDE DEVON, l'un de mes meilleurs amis dans le cirque en plastique plein d'ego, dans lequel je vis ma vie. Il mérite de savoir ce qui s'est passé et ce qui se passe avec moi. Et franchement, j'ai besoin d'aide. J'en ai assez de l'isolement. Je suis épuisé, en fait.

Passant en revue les événements des cinq derniers mois depuis qu'Audrey m'a montré la profondeur de sa dépravation émotionnelle, je décide de commencer par le début. Devon veut entendre ma version de l'histoire, et je dois la dire à haute voix, ne serait-ce que pour diminuer ce qui me dévore de l'intérieur.

Il y a cinq mois...

UN GARS MAIGRE ET TOUT ROUGE au souffle court et qui n'a pas l'air d'avoir l'âge légal pour travailler vient de me donner les clés de la voiture de location de chez Hertz que j'ai commandée et que j'ai fait livrer au terminal d'aviation générale à Hilton Head Island. Il n'avait évidemment pas idée qu'il allait livrer une voiture à une célébrité quand il s'est réveillé ce matin. Maintenant, il n'arrête pas de dire : « J'y crois pas ! J'y crois pas ! »

encore et encore pendant que j'essaie de le contourner pour atteindre la voiture. Je lui ai déjà signé un autographe personnalisé « à donner à sa copine ». Ce serait amusant si j'étais de meilleure humeur.

Je ne me souviens pas avoir été aussi nerveux que lui pour quoi que ce soit depuis bien longtemps. Pas depuis ces deux premiers castings, ceux où tout va se jouer entre toi et cet autre gars qu'on a vu partout sur Variety et où tu te demandes comment tu vas payer ton loyer qui a déjà deux semaines de retard. Où *tout*, tout ton avenir, dépend entièrement de ta façon de jouer dans les prochaines heures.

— Avez-vous une carte de la région ? Je lui demande patiemment. J'avais jeté mon sac sur le siège arrière de la voiture de location avec ma main valide et j'avais abaissé ma casquette, en remontant mes lunettes de soleil sur mon nez. Je sors mon portefeuille de la poche de mon jean râpé et je le tiens en équilibre sur ma main droite bandée pour prendre un billet de vingt.

« Voilà. Merci. Vous avez une carte ? dis-je encore une fois.

Le type, qui bloque toujours la portière côté conducteur, prend l'argent et regarde ma main.

— Waouh, trop bien, merci ... Mec, tu t'es fait quoi à la main ?

— J'ai frappé un mur. Carte ?

— Ah, ouais. Désolé. Y a une carte gratuite sur le siège passager. Pourquoi t'as frappé un mur ?

— C'était mieux que de frapper quelqu'un.

Le gars acquiesce d'un hochement de tête emphatique du genre « *il a complètement capté* ».

« Merci d'avoir livré la voiture. »

Je m'étais bousillé la main à cause d'un coup de poing dans le mur, alors j'étais allé chez Nick. Étant tatoueur, je savais qu'il avait des pansements et de l'antiseptique. Dieu merci, il m'a aussi persuadé de faire une radio. Il connaissait un gars qui jouait pour les Lakers et qui avait son propre médecin de garde. Je m'en suis occupé rapidement et surtout, discrètement. Fracture légère du troisième métacarpe. Super. Donc je suis dans le plâtre.

Le gamin ne bouge toujours pas, alors je tends la main gauche vers la portière et je l'ouvre en le poussant lentement pour qu'il recule jusqu'à ce que je puisse entrer sans problème. Il s'écarte enfin, je hoche la tête et ferme la portière.

Je prends une grande bouffée d'air et je démarre le moteur.

C'est le genre de peur qui pèse sur ta poitrine — une anxiété fondamentale et incessante comme si tu étais coincé dans une allée sombre — c'est une question de vie ou de mort, et tes pieds ont oublié comment courir. Tu as entrevu ton salut comme un empire étincelant au loin, mais tu ne sais plus comment y arriver. Chaque moment que tu passes à réfléchir, est un moment où ton but s'éloigne de plus en plus, la route devenant de plus en plus compliquée et dangereuse jusqu'à ce qu'elle ne soit plus là.

Mon téléphone sonne à nouveau. Les messages n'ont pas cessé d'arriver pendant les vingt minutes qu'il a fallu pour aller de l'avion à la voiture. Je l'attrape et je fais défiler les SMS, en commençant par le bas.

Duane/Peak Ent : APPELLE-MOI TOUT DE SUITE OU ON SE RETIRE DE ROBERTS.

Devon : Mec, sérieux. Je t'attendais il y a une semaine. J'ai aussi besoin de te parler de la programmation du tournage.

Devon : Tu réalises qu'il y a une petite copine de lycée qui essaie de t'oublier, n'est-ce pas ?

Je déteste celui-là.

Sheila PR : Pourquoi tu continues à me faire ça ? Tu ne me payes pas assez pour ça. Peak est en train de me souffler dans les bronches à propos du contrôle des dégâts. J'ai besoin d'une déposition !!!!!!!!!!!

Duane/Peak Ent : OK, écoute. C'est très sérieux. Rappelle-moi, on peut arranger ça - si c'est vraiment fini, on doit juste mettre en place des séances photos, des sorties qu'on peut couvrir. APPELLE-MOI !

J'arrête de lire et je me gare sur le bord de la route pour suivre les indications pour aller sur le continent. *"Couvrir"* mon cul. Duane, de Peak Entertainment, cherche à me persuader, me menacer et me cajoler. Tout le monde devient hystérique, mais il y a une raison pour laquelle je ne les rappelle pas. Pour l'instant. Duane ou mon attachée de presse, Sheila. Ils veulent que je fasse une déclaration disant que tout va bien entre Audrey et moi, mais je ne veux pas que Keri Ann voie ça. Pas avant que je lui parle et que je lui dise ce qui se passe.

Mais comment trouver le courage d'expliquer que même si je lui avais dit qu'Audrey et moi, c'était fini, je croyais au fait de l'avoir mise enceinte. Avec cent pour cent de certitude.

Le matin où on a appris qu'Audrey me trompait.

Le jour où les photos sont sorties.

J'étais au courant de la tromperie avant qu'Audrey ne sache que je savais, bien sûr. Elle était venue me trouver dans ma salle de gym à la maison où j'étais en train de monter une pente de dix pour cent avec des briques dans mon sac à dos parce que j'étais juste un peu énervé. Je pensais qu'on avait un accord. J'étais passé à côté de *beaucoup* de femmes pour m'y tenir, pour respecter Audrey en privé et en public et pour ne pas la faire passer pour une idiote. La plupart du temps, j'avais réussi à garder ma bite dans mon pantalon, même si Audrey et nos relations sexuelles occasionnelles s'étaient en grande partie évanouies autour du deuxième épisode d'*Erath*. C'était une longue période avec des rapports sexuels sporadiques.

Audrey était hystérique et désolée et elle m'avait embrassé et déshabillé. Et, vous pouvez me traiter de salaud mais mon ego avait besoin, non exigeait, que je lui montre ce qu'elle manquait.

J'étais gonflé par la muscu, en sueur et en colère, au milieu d'une séance d'entraînement, et je l'ai fait. Je l'ai baisée. Et je n'ai pas utilisé de préservatif, ce que je n'avais jamais fait avant. J'avais pris un plaisir pervers à le faire. J'étais comme un animal stupide qui marquait sa proie. Pour rien. Fierté blessée. C'est tout. Et j'étais tellement dégoûté de moi-même après. Je le suis toujours.

Comment pouvais-je expliquer ça à une fille comme Keri Ann. Il ne lui viendrait même pas à l'esprit d'utiliser quelqu'un pour son propre intérêt. D'une façon ou d'une autre. Et j'avais utilisé une femme de la pire façon possible. Et puis j'étais passé à Keri Ann, et comme l'animal que j'étais, j'avais décidé de la débarrasser de sa virginité avant de l'abandonner.

En quittant la route de l'aéroport, je me suis laissé aller à penser à Savannah, ce qui me semblait il y a une éternité, dans un coin isolé de ce club sombre. J'étais resté là à me sonner avec une bouteille de Bushmills pendant que je réfléchissais à ce que je dirais à Keri Ann, comment je l'expliquerais. Et elle était arrivée là. Je n'en croyais pas mes yeux trompeurs. C'était sûrement une illusion. Je veux dire, la façon dont elle était habillée — ces jambes qui sortaient de la robe noire étroite et courte, longues, bronzées, musclées et qui finissaient dans les chaussures les plus sexy que j'aie jamais vues. Sûrement parce que c'était elle qui les portaient. Keri Ann ne s'habillait pas comme ça, ni même ne se maquillait. Je pensais sérieusement que j'étais dans une sorte d'hébétude alcoolique.

Elle avait l'air si différent. Mais elle était époustouflante. Et j'ai agi comme un animal. Encore une fois. C'était une réponse primaire, pure et simple. J'étais sur le gars avant même d'avoir pu comprendre que je voulais lui arracher la gorge pour l'avoir touchée. L'embrasser.

Il l'avait embrassée !

Je voulais qu'il cesse de respirer.

Je savais, je *savais* que c'était à cause de moi qu'elle faisait ça. J'avais transformé cette fille étonnante, pure et intacte en une sirène obsédante qui ensorcelait tous les gars dans la pièce et qui demandait inconsciemment à être touchée. Je pouvais le voir sur leurs visages.

Maintenant que je me dirige vers Butler Cove, je ne sais pas quoi dire, comment le dire ou si elle s'en moquera ou pas. Je veux dire, ça fait deux mois que je ne l'ai pas vue. Depuis que j'étais dans l'arrière-salle de ce club de Savannah, à moitié ivre, et que je l'ai laissé partir et sortir de ma vie. Encore une fois.

Ses yeux. Putain, ses yeux — leur regard me tue à chaque fois que je les laisse s'infiltrer dans mon esprit. Larmoyants, à cause des larmes non versées, qu'elle n'arrivait pas à retenir. Bleu. Bleu comme un jean rugueux, et ils disaient toujours exactement ce qu'elle pensait. Et à ce moment-là, c'était la déception. A cause de moi.

Cette pensée frémit à travers moi, et je m'arrête. J'ai besoin de vérifier mon itinéraire de toute façon. Je pose mon front sur le volant pendant une seconde et je respire profondément, puis j'attrape la carte. Elle est attachée à un magazine. *Hilton Head Monthly*. J'enlève la carte agrafée et je jette le magazine sur le siège passager où il atterrit à l'envers.

Putain de merde !

J'attrape à nouveau le magazine et je regarde la dernière page. Ensuite, je vérifie à nouveau la carte et je ne me rends pas à Butler Cove, mais en direction d'une galerie.

NEUF

L'ÉLÉGANTE, galeriste de *Picture This Gallery* me rappelle ma professeur de littérature de première et elle essaie à tout prix de me remettre. Peut-être que la politesse du Sud l'empêche de demander qui je suis. Je suppose que oui. Je m'en fous en fait. Je vois bien qu'elle a remarqué mes vêtements froissés et qu'elle essaie de savoir si je peux m'offrir quoi que ce soit. Pas d'une manière méchante. Juste d'une manière efficace. Ou peut-être qu'elle se demande si j'ai des ennuis, avec ma main bandée et mon air renfrogné ?

Ce qui m'intéresse, c'est ce que je regarde fixement, stupéfait. Au centre de la pièce .... et peut-être qu'il y a d'autres choses autour, mais je ne les vois pas ... il y a une vague. Sérieux. Une vague. Si je la détaille, si je ramène ce que je vois à ses éléments, je ne la vois pas. Et si je m'écarte d'un côté, je ne la vois pas. Mais de là où je me tiens, j'ai une vue parfaite. Une houle, non, un tube en formation, composé d'un énorme morceau de bois flotté cendré, sculpté par endroits jusqu'à son noyau beige pâle, et s'élevant pour cracher son sommet dans un bric à brac de plage. Des pierres et des morceaux de bois, des coquillages brisés et un seul morceau de verre poli rouge qui brille si fort qu'on dirait une blessure.

Je n'arrive pas à en détacher mes yeux.

— Spectaculaire, n'est-ce pas ? La voix de la galeriste me ramène à mon environnement.

En m'éclaircissant la gorge, j'arrive à hocher la tête.

— Ouais. C'est à vendre ?

— Malheureusement, non. L'artiste l'a déposée ce matin, il y a quelques heures en fait. Techniquement, son exposition n'est pas ouverte avant deux semaines. Et franchement, même si c'était à vendre, je ne pourrais pas vous la livrer avant la fin de son expo. C'est la pièce maîtresse, je suis sûre que vous serez d'accord avec ça.

Keri Ann était ici, dans cette pièce, il y a quelques heures. Je respire, comme si je pouvais encore la sentir. Ce que, bien sûr, je ne peux pas faire. Je m'approche pour inspecter le morceau de verre poli rouge.

— Une fois l'exposition commencée, elle sera à vendre ? Il semble étrange que la galeriste ne prenne pas une prévente sur un objet. Elle est propriétaire d'une entreprise après tout.

— J'ai bien peur que ce soit la seule pièce qui ne soit pas à vendre. J'aimerais que l'artiste change d'avis. Sa voix est pleine de déception. Je suis déçu aussi, et bien sûr, satisfait qu'elle ne le vende pas. L'idée que quelqu'un d'autre pourrait potentiellement posséder ceci ne colle pas. Je me demande...

Je me tourne vers elle.

— Par curiosité, pourriez-vous appeler l'artiste et lui demander s'il y avait un prix hypothétique, quel serait-il ?

Je vois bien que ma question la surprend, mais elle a aussi l'air intrigué. Pas avide, mais c'est une femme d'affaires, et on dirait qu'elle vient de se rendre compte que je suis un futur bon client malgré ma chemise froissée, mes joues mal rasées, et probable-ment mes yeux injectés de sang. Oh, et... ça y est, elle vient de réaliser à qui elle parle. Ses yeux s'élargissent un peu, et elle devient cramoisie, la respiration courte.

— Oh, hum. Oui, bien sûr. Elle est troublée. J'aimerais

pouvoir la mettre à l'aise, mais c'est toujours comme ça. Je dois juste continuer à parler et attendre que ça se tasse.

— Je veux dire, toute chose a un prix, non ? dis-je doucement, en pesant chaque mot. Alors, vous l'appellerez ?

Elle acquiesce.

— Maintenant ? Je lève les sourcils avec impatience, et elle se reconcentre immédiatement.

— Oui, bien sûr, bien sûr. Je suis sûre que si l'artiste sait qui...

— Non ! *Bon sang, je n'y avais pas pensé. Merde.* Désolé, mais, et c'est important, vous ne pouvez révéler à personne qui je suis ou que je suis ici. Pas même à l'artiste. Êtes-vous en capacité d'effectuer la transaction de manière anonyme si elle vend ?

Elle plisse le front. Elle est déçue. Je vois bien qu'elle pensait que mon nom serait une bonne publicité pour sa galerie, sans compter qu'il contribuerait grandement à décider Keri Ann à vendre. Elle ne sait pas que cela ferait probablement exactement le contraire.

— Oui, ça peut être anonyme. Cela arrive souvent dans le monde de l'art. Bien que je puisse dire que si ça se passe ici, dans ma petite galerie, ce sera la première fois de mon histoire. Elle semble s'en être remise. Son ton est amusé.

— Voyons s'il y a un prix pour cette œuvre, d'accord ? Et assurez-vous qu'elle soit d'accord si ce prix est atteint, pour que vous continuiez et que vous fassiez la vente. Et sachez que si on conclut la vente, elle peut rester dans l'exposition.

— Eh bien, oui, il faudrait que ça dépende de ça.

— Et aussi toute exposition future, jusqu'à ce que l'artiste soit prête à la laisser partir. Je patine sur un terrain dangereux, je risque qu'elle se pose des questions.

Elle m'interroge du regard.

J'ai du mal à trouver une réponse. « Je vais beaucoup voyager pendant les six à douze prochains mois, et je n'ai nulle part où la mettre. Pour l'instant. » C'est la vérité. Hier, j'ai remis en vente ma maison de Californie. Même si j'avais moi-même conçu sa rénovation, je suis plus que soulagé de m'en débarrasser. Son âme a disparu depuis un moment, bien avant qu'Audrey ne se mette à merder. En fait, depuis que tout ce que je fais me déçoit. Mais je ne suis pas idiot, je sais que je ne peux pas abandonner ce que je sais faire, mon travail. Je dois juste trouver un moyen pour que ça ne me définisse pas. Une façon de le vivre, sans qu'il me bouffe.

La dernière fois que j'étais à Butler Cove, les choses semblaient s'éclaircir et s'estomper dans ma tête. Etre avec quelqu'un de si ancré à son âme peut vous faire ça, je suppose. Les obstacles ne semblaient pas si grands. Ou du moins, elle m'avait donné envie de les surmonter comme s'il s'agissait de fourmilières, et non de montagnes menaçantes au-dessus de tout ce pour quoi j'avais travaillé si dur et tous les compromis que j'avais fait pour m'élever. Une ascension où le vide me poursuivait à chaque pas, prêt à m'aspirer et me faire redevenir le bon à rien que j'avais été à dix-sept ans. Soyons réalistes, avec le nombre de fois où j'avais été tenté de gommer mon manque de confiance en moi et de sacrifier mon intégrité, je pourrais tout aussi bien être mort en ce moment.

C'est un peu normal que la vague crache le verre poli rouge vers le haut et hors de son ventre avec tous les autres détritus du rivage.

— Je ne suis pas sûre que l'artiste décide de la garder si elle accepte de la vendre, dit la galeriste en faisant le tour de son bureau vers le téléphone. Ça lui coûtera de l'argent de la déplacer correctement à chaque fois et de ne pas l'endommager. Vous voudrez probablement l'assurer.

— Eh bien, je paierai pour ça aussi, si elle vend. Vous pouvez faire passer ça pour votre idée, dans le cadre de l'accord que vous avez négocié pour elle.

Elle plisse les yeux.

— Vous connaissez l'artiste ?

— Non, dis-je facilement, le mensonge me sort de la bouche, alors que je glisse mes yeux vers la sculpture. Elle compose le numéro, le numéro de Keri Ann, et je suis aussi nerveux que si c'était moi qui allais entendre sa voix.

Va-t-elle la vendre ? Elle n'en a manifestement pas envie. La galeriste a peut-être recommandé un prix trop bas pour qu'elle veuille s'en séparer. Je veux que la réponse soit non, elle ne vendra pas. Ou que le prix à payer soit tellement élevé que j'en rirai. Je paierai, bien sûr. Bien que cela puisse susciter beaucoup trop de questions.

Je ferme les yeux et j'écoute.

— Allo ?

Mon pouls s'accélère.

— Kerri Ann, salut, c'est Mira. Oui, je vais bien... merci. Non, non, non, c'est bon. C'est super beau. Ecoute, je sais que tu as dit qu'elle n'était pas à vendre... Quoi ? ... Oui, je sais. Mais je pensais juste qu'il serait bon pour moi d'avoir peut-être une estimation, en secours, peut-être, non pas que je le dirais à qui que ce soit, juste pour que je le sache, au cas où... je veux dire, si quelqu'un devait faire une offre qui te semble appropriée, je voudrais savoir si je dois au moins t'appeler. Han, han ... oui, oui, oui, bien sûr. Elle fait une pause. Un long moment.

Je jette un coup d'œil à la galeriste, Mira, pour la voir pincer les lèvres et tambouriner avec son crayon. Puis ses yeux s'élargissent de façon fractionnée, et elle semble déconcertée. Elle griffonne quelque chose sur le papier à côté du téléphone. Mon cœur bat la chamade. Keri Ann a donné un prix ?

Mira se retourne et me fait un clin d'œil, puis elle hoche la tête.

Merde, il faut que je tape sur quelque chose. La déception que Keri Ann la vende me fait soulever l'estomac, peut-être aussi à cause de ma légère gueule de bois. Je suis aussi soulagé de pouvoir la posséder, pour que personne d'autre ne le puisse.

Elle n'a toujours pas raccroché.

« Attends, oui, oui, je devrai juste ajouter la commission de la galerie et la taxe là-dessus, l'ajouter à ce montant, et ce sera le prix exact ? Genre, ça précisément ? Les sourcils de Mira sont en l'air, apparemment laissés perplexes par la conversation qu'elle est en train d'avoir. D'accord, attends. Elle tâtonne, attrape une calculatrice et tapote les touches. D'accord. Oui, je comprends. Très précisément. Oui, je te le promets.

Je me sens encore plus mal quand la réalité de la situation s'installe.

C'est mauvais, ça. C'était une chose de venir ici, nerveux comme pas poss' de revoir Keri Ann et de ne pas connaître sa réaction. Mais maintenant qu'on m'explique qu'elle va m'extraire complètement de sa vie pour un prix assez élevé, je suis éviscéré. Je souffle un grand coup et je cherche un endroit où m'asseoir. Mes jambes sont faibles. J'écoute les deux femmes conclure leur conversation, puis Mira s'approche.

— Bonne nouvelle... et mauvaise nouvelle, même si c'est un peu étrange.

Je la regarde d'un air triste. Si elle remarque que j'ai soudain l'air de vouloir vomir, elle ne dit rien. C'est sûr c'est la gueule de bois. C'est tout. Je dois vraiment arrêter de boire autant. Je me le dis tous les jours. Mais honnêtement, je veux le faire et me noyer à nouveau aussi vite que possible.

« Elle veut bien vendre. Mira baisse la tête. Mais seulement pour un montant précis. Et quand je dis précis, je veux dire... très spécifique. Ensuite, huit pour cent de la taxe de vente de la Caroline du Sud et vingt pour cent de la commission de la galerie seront ajoutés à ce prix, plutôt qu'inclus dedans. C'est son idée, pas la mienne. »

— Okaaaaay. Alors que demande l'artiste ?

Elle se déplace légèrement.

« Je ne peux que confirmer ou infirmer le montant que vous me donnerez. Et quand je dis spécifique, je veux vraiment dire au centime près. Pas un centime de plus, pas un de moins ». Elle hausse les épaules et secoue la tête d'un air confus qui reflète le mien. Alors, à moins que vous soyez télépathe, on n'est pas dans la merde tous les deux ! »

Sa phrase me surprend. Elle n'a pas l'air de quelqu'un qui jure facilement, mais encore une fois, elle passe une journée bizarre. Je suis absolument perdu. Et soulagé. Dieu merci. Au moins, personne d'autre ne l'achètera non plus. Elle ne la vend pas, pas vraiment. Mais pourquoi ce prix mystérieux ? Pourquoi ne pas simplement dire non ? C'est bizarre quand même.

— Et je suppose que vous ne trahirez pas sa confiance en me le disant quand même ?

— Non, je suis désolée. Elle a d'autres pièces...

Je secoue la tête. J'avais jeté un coup d'œil à ses autres œuvres. Elles étaient magnifiques, et je les achèterais toutes si je ne plaçais pas Keri Ann sous un jour étrange en le faisant.

— Non, je ne pense pas.

Elle se dirige vers son bureau et prend deux cartes de visite.

— Tenez, écrivez qui je peux contacter en cas de changement, et voici ma carte au cas où vous auriez besoin d'autre chose ou... Elle lève un sourcil. Si soudain, par magie, vous devinez le chiffre secret. Elle ricane, incrédule.

Je suis d'accord. Je vois bien qu'elle est déçue, mais je suis assez impressionnée qu'elle garde ça pour elle. Ça doit être un prix tellement bizarre qu'on ne peut remonter qu'à elle pour le connaître.

Je prends les cartes et son stylo tendu et je griffonne le numéro de Katie au dos.

— C'est mon assistante en Californie, elle sait toujours comment me joindre. Et vraiment, appelez-moi si quelque chose change, dis-je en secouant la tête. S'il vous plaît, ne dites pas à l'artiste qui a demandé ça.

Je jette un dernier coup d'œil à cette œuvre d'art extraordinaire avant de me diriger vers la porte. Elle a quelque chose de si brut, de si primitif et... de si douloureux.

— Comment ça s'appelle ? Je demande avant de partir. Je ne

sais même pas où je vais. Je voulais aller voir Keri Ann et affronter toutes mes conneries, mais maintenant je n'en suis plus si sûr.

Mira s'avance vers la sculpture et regarde la carte en bas.

— Je veux juste m'assurer d'avoir les mots dans le bon ordre. Oh ! Oh ! Comme c'est drôle. Elle lève les yeux, puis son sourire s'affaisse, et elle a l'air perplexe quand elle me regarde.

Oh merde. Quoi ?

— Ça s'appelle « Ever broken Sea ».[1]

Seigneur Jésus !

DIX

UNE FOIS À L'EXTERIEUR DE LA GALERIE j'essaye de me maîtriser face aux preuves évidentes de ma relation mal gérée avec Keri Ann. Je replie mon corps dans la petite voiture de location et je mets mes mains sur le volant. Qu'est-ce qui m'a pris de venir ici ? Je suis la dernière personne que Keri Ann veut voir, mais je démarre quand même la voiture et rapidement, je suis presque à Butler Cove.

Je n'ai même pas dit à Devon que je venais. Il prend des congés dans sa maison sur la plage, avant de se lancer dans la course aux investissements pour le projet *Dread Pirate Roberts*. Peak Entertainment, les gens qui ont créé la laisse à laquelle je suis attaché, vont en faire partie. Bien sûr, uniquement tant que je continue à jouer selon leurs règles.

Mon téléphone sonne à nouveau. S'attendant à ce que ce soit Duane de Peak, je l'attrape, pensant que je ferais aussi bien d'en finir avec ça. Ce n'est pas Duane. C'est Sheila, mon attachée de presse. Elle est aussi sur ma liste de rappels.

— Ouais ? Il y a un long silence à l'autre bout du fil. Sheila ?

— Oui, je suis là. Désolée, je suis en train de décoller ma mâchoire de la moquette avec le talon de mon *Louboutin*. Sa voix porte la trace des nuits tardives et de trop de cigarettes. Tu as répondu à ce putain de téléphone ?! incroyable ! Tu te fous de moi ? Tu ne me rappelles pas de la semaine, et tu réponds « ouais » ? Je m'apprêtais à te laisser un message pour te larguer. Je l'ai écrit, tapé, en version bêta et tout. Je l'ai répété. Tu as de la chance, mon garçon. Encore un voyage sur ta messagerie vocale et c'était fini.

Ce qu'il y a de bien avec Sheila, c'est qu'elle peut monologuer sans fin, alors je n'ai généralement qu'à hocher la tête, à sourire ou à grogner au téléphone pour dire oui. C'est une bonne relation. Je fais ma part.

Elle continue ainsi. « Imagine un peu, pas d'agent *ni* d'attachée de presse ? Quel monde affreux ! Comment tu t'en sortirais ? Sérieux, tout part en sucette, là. Comment est-ce que j'ai fait pour pas me rendre compte à quel point Audrey était une grosse conne ? Merde, cette salope, c'est un cauchemar ambulant. Comment t'as réussi à te la taper si longtemps ? Dire que *moi aussi* j'ai même voulu la sauter une fois ! Oy vaï ![1] Bon, t'as vu la photo ? »

— Quelle photo ?

— Celle de toi et cette petite serveuse, en mode Roméo et Juliette sur un balcon.

Mon sang se fige dans mes veines.

— Quoi ? Qu'est-ce que tu racontes ?

— Si tu avais répondu à ton putain de téléphone ou écouté l'un de mes dix-sept mille messages, tu saurais qu'Audrey t'a donné jusqu'à *aujourd'hui* pour que vous vous rencontriez dans une pièce avec elle et Peak pour, comme elle dit, « sauver sa réputation », sinon elle va détruire la tienne. La dernière fois qu'elle t'a retrouvé, elle a demandé à un détective privé de te suivre chez Devon. Le détective privé a passé de bonnes vacances à la plage et a pris beaucoup de photos bien visqueuses. Je ne comprends pas comment elle a fait pour qu'il ne vende pas les photos lui-même. Cette nana est capable de...

— OK c'est bon. Ma main tremble sous le choc et la rage à

peine maîtrisés. J'ai l'impression que je... « Attends ! ». J'ai réussi à conduire presque jusqu'à chez Devon, alors je me gare dans un petit parking près d'un chemin d'accès à la plage. J'ouvre la portière et je respire une bouffée d'air frais de la Caroline.

Sur un balcon ?

Fils de pute !

Je sais exactement quand c'était, le lendemain matin de notre... le jour où Audrey est arrivée. Keri Ann se tenait debout devant les portes fenêtres ouvertes de la chambre à coucher, et elle regardait vers l'océan. Je me souviens d'être sortie de la salle de bains et de l'avoir vue, là, rhabillée avec la petite robe sexy que je lui avais enlevée la veille au soir. Le soleil du matin l'entourait de sa clarté rosée et la brise de l'océan voletait dans ses cheveux.

Elle avait repéré un nid de tortue de mer et elle était en train de me le montrer du doigt et moi je n'avais qu'une envie, c'était de la prendre dans mes bras et trouver des moyens de la persuader de passer la journée entière au lit avec moi. J'aimais la surprise et l'émerveillement dans ses yeux, mêlés à son sourire complice qui me disait qu'elle savait quel effet elle pouvait me faire, même si elle semblait peu sûre d'elle. Et j'avais adoré ses halètements et ses gémissements et la façon dont elle était soudain devenue experte pour me faire démarrer au quart de tour et m'obliger à de la gymnastique mentale juste pour ne pas exploser en un ouragan de désir frénétique.

Au lieu de cela, j'avais enroulé mes bras autour de son petit corps et l'avait collée contre ma poitrine nue, me contentant de lui demander de venir en Californie. Histoire de planter une graine pour l'avenir. Je pourrais ainsi traverser la phase suivante de ma vie en sachant que Keri Ann serait là, après.

Et un connard avait pris ce moment d'intimité et l'avait rendu moche. Et Audrey l'avait vu aussi.

— Quoi qu'il en soit, mon lapin, grince Sheila dans le téléphone que j'ai arraché de mon oreille. Tu ferais mieux de te bouger le cul et de venir dans mon bureau pour qu'on puisse faire une déclaration avant qu'elle n'appuie sur le bouton. Elle va dire qu'elle a perdu le bébé parce qu'elle pleurait sur ta liaison, et que c'est pour ça qu'elle est allée chercher du réconfort auprès de son directeur. Elle va te défoncer, mon pote. Peu importe si c'est faux, elle dira que ces photos ont été prises au moment qui lui convient, même si je suppose qu'elles ont été prises la dernière fois que tu t'es barré et que tu m'as rendue folle.

Sheila ne s'arrête jamais pour respirer.

Je descends à la plage pour pouvoir réfléchir *et respirer*.

Elle continue : Elle a aussi des images de toi en train d'agresser un type dans une boîte de nuit. Elle dit qu'elle a peur de toi. J'ai dit à Duane que c'était des conneries, que ce n'était même pas toi sur la vidéo, mais comme tu le sais, ça n'est pas très pertinent à ce stade. T'es où, au fait ?

J'arrive sur le sable, c'est presque la marée haute. Je ferme les yeux une seconde.

— C'est moi sur cette vidéo. Et je suis en Caroline du Sud.

— Putain, j'hallucine ! Tu peux encore aggraver ma journée ?

Je ricane.

— Sans doute, laisse-moi un peu de temps.

— Et si on renégociait notre contrat après que j'aie réussi à te sortir de se merdier en t'épargnant au mieux ?

— Très bien.

— On va dire que c'est écrit avec du sang. Bon, maintenant, quand est-ce que tu peux revenir ici ?

Je pense à tout ce qu'Audrey menace de faire. C'est mauvais. Pas besoin d'être un génie pour comprendre ça. Le public aime les bons scandales. Plus c'est compliqué, mieux c'est. Et au final, elle menace aussi Keri Ann. Son intimité. Sa réputation. Tout.

Je me remémore ce que je viens de voir à la galerie. C'est la première d'une longue série de grandes choses à venir pour Keri

Ann Butler. Tant que je ne gâche pas tout. Si je le fais, elle ne sera plus Keri Ann Butler, Artiste .... elle sera ma dernière conquête et du pain béni pour la presse people. Le dicton qui dit : *Il n'y a pas de mauvaise publicité*, c'est de la foutaise. Pour elle, il y en aurait. De plus, les gens penseraient qu'elle est devenue célèbre grâce à sa liaison avec moi. Elle serait coincée pour l'éternité dans toutes les histoires pourries d'Audrey. Je ne vois rien de pire. Pour n'importe qui.

— Laisse-moi une seconde.

J'hésite entre rentrer immédiatement et faire une version modifiée de ce pour quoi je suis venu ici. La voir. Mais je ne peux pas faire face à la déception de Keri Ann et en même temps risquer de faire exploser sa vie entière. Je ne peux pas être aussi égoïste. C'est une chose si je pars en flammes, mais comment puis-je entraîner quelqu'un d'autre avec moi ? Comment puis-je l'entraîner, *elle,* avec moi ? Qui sait quelle histoire serait inventée, quels mensonges seraient colportés ? Je pense qu'Audrey ne se gênerait pas. Je m'étonne encore de la connaître si peu.

Je prends une grande bouffée d'air frais de l'océan et j'ouvre les yeux sur la plage. C'est le milieu de l'après-midi et il fait encore chaud en décembre. J'adorerais courir tout de suite et me vider la tête. Sentir le sable rugueux glisser sur la plante de mes pieds. Puis quand j'aurais fini, je me rendrais chez Keri Ann, comme le premier jour où j'ai couru jusqu'à sa maison et qu'elle a ouvert la porte toute endormie, agacée et vêtue du pyjama le plus petit mais le plus innocent que j'aie jamais vu. J'avais perdu l'équilibre en essayant de fermer la porte et j'étais tombé pratiquement sur elle, en respirant un peu de son shampooing à la fraise et l'odeur de sa peau chaude et à peine sortie du lit.

Je me retourne et je regarde plus loin sur la plage, et mon cœur fait un bond. Quelqu'un, une fille, fait du jogging. C'est elle. Je le sais, bien qu'elle soit trop loin pour le distinguer clairement. Je recule de quelques pas.

C'est son monde, sa vie, et je n'arrête pas d'y faire irruption.

Je comprends ce que je dois faire. Ça veut peut-être dire que je vais la perdre au final, mais c'est la seule façon d'aller de l'avant. La seule façon que j'ai de faire en sorte que ça marche. Il me vient aussi à l'esprit que je suis un lâche, mais je rejette rapidement cette pensée.

« Sheila, je rentre tout de suite. Tu peux retenir Audrey, ou tu veux que je l'appelle ? »

Je fais demi-tour, le long de la plage, et je ne regarde pas en arrière. Je démarre la voiture, je fais demi-tour et je repars par où je suis venu.

Sheila aboie une toux catarrheuse qui me fait grimacer.

— C'est toi sans doute qui devrais appeler Audrey. Dis-lui juste d'attendre. Dis-lui que tu écouteras ce qu'elle a à dire. Essaie de ne rien dire d'autre, *genre où tu es*. Elle ponctue chaque mot, au cas où je ne comprendrais pas. Je comprends bien pourtant. Audrey est sérieusement dérangée en ce moment, tu sais, ajoute-t-elle.

— Bon. Il sera tard quand j'arriverai... je t'appelle demain à la première heure.

— Je reste accrochée à mon fauteuil.

— Je n'en doute pas. J'imagine bien Sheila en train de lever les yeux au ciel. Merci Sheila. Merci de m'aider avec tout ça.

— Ouais, eh ben, je sais que ça n'en a pas toujours l'air, mais je suis de ton côté. Tant que tu auras la politesse de décrocher quand je t'appelle, j'empocherai mon salaire et je te ferai paraître aussi beau que possible.

— Je le ferai.

Elle grogne et raccroche.

Bien sûr, j'ai toujours l'intention de revenir voir Keri Ann. À un moment donné. Pour m'expliquer. Je ne sais pas combien de temps ça va durer. Je m'arrête à un stop et je compose le numéro de Katie.

— Katie, c'est Jack. Je viens d'arriver à Hilton Head, mais je dois retourner à L.A. Tu peux t'assurer que le jet ne reparte pas ? Je serai de retour à l'aérodrome dans 30 minutes.

JE SOURIRAIS BIEN, MAIS JE ME SENS TROP TRISTE. JE SUIS debout devant la fenêtre, au vingt-deuxième étage d'un immeuble de bureaux à Century City, en train de regarder au-dessus de la brume du centre-ville de Los Angeles.

Assis autour de la table derrière moi, il y a Sheila, Audrey, son agent et son attachée de presse, Duane et deux autres gars de Peak Entertainment, ainsi qu'un membre du conseil juridique de Peak, un gars au look sage nommé Andrew. La cavalerie. Leur cavalerie.

Audrey s'est enfin montrée et sa façon de se comporter devrait être risible. Mais tout le monde gobe le truc. J'ai quitté la table parce que je ne pouvais pas rester tranquille avec toutes ces conneries dans l'air.

— Ce sont des allégations sérieuses, Monsieur Eversea. Aime-riez-vous faire un commentaire ? demande le raisonnable Andrew.

Ce que j'aimerais, c'est me doucher, me raser, dormir pendant quarante-huit heures et me réveiller dans un univers parallèle. Un univers où j'étais censé me réveiller et voir Keri Ann Butler allongée à côté de moi et de la mousse espagnole se balancer par la fenêtre.

— Eh bien, évidemment, rien de tout ça n'est vrai, s'interpose Sheila. Mlle Lane est un peu confuse en ce qui concerne l'ordre des événements. Ces photos ont été prises après la liaison qu'elle a eue. Mais, comme nous le savons tous, ce n'est probablement pas évident pour le public. Quant à l'agression, M. Eversea a bien, en fait, frappé quelqu'un à Savannah, en Géorgie. Mais il n'est pas, et ne sera jamais, une menace physique pour Mlle Lane.

C'est une bonne chose que la côte californienne soit belle

parce qu'il n'y a rien de rédempteur dans la laideur de la ville où je vis actuellement. Je me retourne et je m'appuie contre la fenêtre.

— Monsieur Eversea, votre déclaration dit que vous avez frappé quelqu'un il y a deux mois, et pourtant vous avez encore une main bandée. Nous aurons besoin d'une décharge de cet individu à Savannah déclarant qu'il renonce au droit de porter des accusations à l'avenir. Mais la déclaration de Mlle Lane dit que lors d'une dispute il y a huit jours, vous avez exprimé votre rage et frappé un mur si fort que vous avez eu besoin de soins médicaux. Il regarde ma main d'un air entendu. Il ne semble pas que Mlle Lane puisse être assurée que vous ne représentiez aucune menace physique pour elle, et franchement, c'est inquiétant pour vos futures relations avec Peak Entertainment en général.

Mes épaules sont si tendues que je risque d'avoir des spasmes.

— Eh bien, Andrew... je regarde à nouveau par la fenêtre et m'adresse au groupe derrière moi dont le reflet se superpose à la brume grise de la ville... au cours des dix minutes qui ont précédé le moment où j'ai enfoncé *mon* mur dans *ma* maison, on m'avait informé que Mlle Lane, avec l'aide de mon ex-agent, avait inventé sa grossesse. Je venais de passer deux mois à croire que j'allais être père.

— Je comprends votre surprise, Monsieur Eversea, si c'était le cas, mais Mlle Lane prétend que ce n'était pas une invention et qu'elle a *perdu* le bébé.

— Je sais ce qu'elle prétend. Nous le savons tous. Vous avez tous nos deux déclarations écrites devant vous. Et vous avez clairement l'impression qu'elle dit la vérité et que je mens. Et franchement ? J'en ai rien à foutre. Ce que j'aimerais savoir, c'est ce que vous aimeriez que je fasse pour sortir de cette situation. Comment en arriver au moment où je n'aurai plus à côtoyer Mlle Lane, que ce soit sur le plan personnel ou professionnel ? Plus jamais.

J'entends un hoquet choqué venant d'Audrey, mais je refuse de la regarder.

— Eh bien, évidemment, nous avons le devoir de protéger la marque que nous avons créée avec la franchise *Warriors of Erath*. Conformément à votre contrat et à notre procédure normale, les relations créées dans le cadre de la marque doivent se poursuivre au moins six mois après le dernier projet. En l'état actuel des choses, la marque a subi un assez gros coup avec les actes de Mlle Lane. Pour surmonter ça, nous avons besoin que vous continuiez tous les deux à être vus ensemble...

— Non ! C'est sorti de ma bouche avant que je ne le remarque.

— Inacceptable, dit Sheila en même temps.

— Laissez-moi finir, dit calmement le raisonnable Andrew. L'alternative, c'est que cela risque de faire plus de mal que de bien pour l'instant, dit-il en regardant Audrey longuement, puis moi. J'ai l'impression d'avoir onze ans. Nous laissons la relation se terminer *naturellement*, mais pour protéger la perception publique des deux parties, ni l'un ni l'autre ne peut être perçu comme ayant une relation amoureuse pendant un certain temps.

Pendant un moment, je regrette de ne pas avoir mon agent, un représentant légal, dans la salle avec moi. Mais Sheila a assez dansé pendant ce genre de bal de fin d'année pour bien me guider. Je la vois réfléchir à toute vitesse.

— Non. Ça laisse tout le monde se souvenir encore de ce que *moi* j'ai fait. Ce n'est pas juste ! dit Audrey en faisant la moue.

— Eh bien, le fait est que, Mademoiselle Lane, c'est vous qui avez violé le contrat en premier.

Le raisonnable Andrew n'est pas un si mauvais garçon après tout. Il ne croit manifestement pas qu'Audrey puisse prétendre que ma relation avec « la fille sur la photo » l'ait poussée à faire la même chose.

Je croise les bras et regarde Audrey bien en détail pour la première fois depuis son arrivée. Honnêtement, j'ai l'impression que ces trois dernières années ont été un rêve. Une autre Audrey. Cette Audrey-là est une étrangère.

Me quittant des yeux, nerveusement, elle s'entretient silencieusement avec son agent et son attachée de presse au moyen de quelques notes griffonnées. Puis elle secoue la tête avec véhémence.

— J'ai peur de lui ! éclate-t-elle, et son agent lève presque les yeux au ciel avant qu'il ne se retienne.

Maintenant, j'ai vraiment envie de sourire. Je ne le fais pas, bien sûr. Il n'y a rien de drôle dans ce qui se passe ici.

— D'accord, dit Andrew. Je comprends que si vous avez une préoccupation légitime en matière de sécurité, nous pourrons nous pencher sur cette question dans un instant. Mais d'abord, le contrat entre vous deux est facilement modifiable. A partir d'aujourd'hui, votre relation, telle qu'encouragée et endossée par Peak Entertainment, est terminée. Nous avons tenu une réunion toute à l'heure pour discuter de certaines des options qui s'offraient à nous. Pour l'avenir, tant que vous êtes tous les deux sous la coupe du contrat original, nous pouvons modifier la partie sur la relation, et Peak adoptera la position que nous n'avons *pas* d'opinion sur le fait que vous soyez sentimentalement engagés ou non.

Une petite goutte de tension s'échappe lentement de mes épaules.

Audrey a l'air furieux.

Andrew se tourne vers Duane, qui acquiesce. « Donc, étant donné que nous aimerions protéger vos deux réputations et, par extension, la marque des Warriors of Erath, Mlle Lane ne portera aucune accusation d'infidélité envers M. Eversea. Et en échange, M. Eversea ne s'engagera dans aucune autre relation amoureuse pour le reste de la durée du contrat. »

Merde.

ONZE

MON ESPRIT s'agite dans tous les sens. Aucune relation amoureuse pendant le reste du contrat. Ça fait au moins quatre ou cinq mois.

Putain de merde.

Le *déraisonnable* Andrew nous regarde tous les deux, chacun notre tour, attendant une réaction à sa déclaration qu'aucun de nous ne peut sortir avec quiconque. Personne.

Je vois qu'Audrey est irritée, mais elle biche aussi silencieusement d'avoir remporté ce round.

Pas de relations amoureuses, ça veut dire pas de relations amoureuses. Cela signifie, vraiment et absolument que toute idée de retourner à Butler Cove et de régler les choses avec Keri Ann pourrait s'avérer impossible à court terme. Mais je peux au moins y aller. Brièvement. Il n'est pas nécessaire que tout le monde le sache. Je vais devoir mieux me cacher, c'est tout.

Audrey a clairement lu en moi.

— Attendez, dit-elle, les yeux brillants. Je suis soudain encore plus tendu. Si Jack est photographié avec une fille plus d'une fois, alors je considérerai, et Peak devrait aussi, qu'il n'a pas respecté sa part du marché.

Et je suis sûr qu'elle s'assurera qu'il y ait des photos.

— Ça me semble délicat. Cela pourrait facilement se produire incidemment, il y a trop de marge d'erreur pour qu'on puisse l'ajouter dans un contrat.

Merci, Andrew.

— Bien. Audrey relève le menton. Alors il doit rester loin de Keri Ann Butler, en particulier.

Mon Dieu, quelle salope. J'essaie d'empêcher ma mâchoire de tomber.

— Waouh ! Audrey, je ne savais pas que tu te sentais si menacée. Je m'arrête et je déglutis. Ne t'inquiète pas, elle est plus humaine que toi ou moi réunis. Tu devrais te féliciter, je ne suis pas sûr qu'elle me reprenne de toute façon après le coup que tu as monté. Ma poitrine se crispe sous la colère et je serre et desserre les poings sous la table.

— Cela ne devrait pas être un problème, interjette Sheila, en me jetant un regard d'avertissement, puis en regardant Andrew. Mais M. Eversea aimerait récupérer toutes les copies des photographies que Mlle Lane a fait prendre sans sa permission, y compris de lui-même et Keri Ann Butler. Je suis sûre que vous conviendrez que, conformément à ce contrat *modifié* et pour *protéger la marque*, les nouvelles conditions doivent préciser qu'elles devraient être retirées de la circulation, non ?

Andrew hoche la tête, je crois, mais je le remarque à peine. Je suis en train de réaliser que Keri Ann et moi c'est probablement fini. Fini avant qu'on ait une seconde chance. Waouh ! Il n'y a rien de tel que de s'entendre dire qu'on ne peut pas avoir quelque chose, pour en avoir vraiment envie. Je relâche un long souffle pour alléger ma poitrine écrasée, et je suis presque surpris de ne pas l'entendre siffler par les fissures. Je me lève à nouveau et je retourne à la fenêtre. Cette pièce est aussi étouffante que l'épais smog dehors.

— Je pense que ce serait juste, dit Andrew.

— En quoi est-ce juste ? Audrey suffoque presque. C'est mon seul moyen de pression. Et ... ma sécurité ? se corrige-t-elle rapidement.

Je la regarde, les yeux plissés. C'est vraiment un sacré numéro.

Non mais sérieux ? Personne dans la pièce ne la croit, mais elle continue avec ce truc.

— Tss, Audrey... la réprimande son agent.

— Oui, réplique Andrew, nous pouvons nous occuper de votre problème de *sécurité*. Nous aimerions proposer à M.Eversea de déménager en dehors du pays pour le reste de la durée du contrat. Nous avons un projet sur lequel nous pourrions avoir besoin de son aide, en Angleterre en fait, et nous en discuterons avec lui en privé après la clôture de cette réunion.

Je tourne la tête pour le regarder, en serrant les dents, pour essayer de rester impassible. Chaque fois que quelqu'un ouvre la bouche, le trou dans lequel je suis se creuse. Je me promets alors que je ne me retrouverai plus jamais dans une situation où quelqu'un pourra me contrôler comme ça. C'est une promesse qui me brûle les tripes comme un tisonnier à bétail. *Plus jamais.*

Audrey jette des regards autour d'elle. Je suppose qu'elle essaie de savoir si on me donne un avantage. Un autre projet ? Est-ce qu'on essaye de la court-circuiter ? Va savoir.

— Sommes-nous d'accord ? demande Andrew.

Je me retourne et je vois Sheila me faire un signe de tête presque imperceptible.

— Oui, ça me va, dis-je à Andrew, puis je hoche la tête à Duane et je regarde tout le monde. Tout ce que nous pouvons faire pour passer ce cap rapidement et efficacement me convient.

— Eh bien, ce n'est pas bon pour moi ! explose Audrey de façon puérile. Elle a pourtant obtenu ce qu'elle voulait, que je n'aie plus de contact avec Keri Ann aussi longtemps qu'il faudra probablement à celle-ci pour ne plus jamais vouloir avoir à faire avec moi. Qu'est-ce qu'Audrey peut bien vouloir de plus ?

— Pourquoi est-ce que c'est moi qui dois avoir l'air d'être la méchante dans tout ça ? Si nous rompons maintenant, les gens se souviendront encore de cette terrible *erreur* que j'ai faite. Si Jack est tout gentil pendant les prochains mois, j'aurai toujours le mauvais rôle. Comment cela peut-il être bon pour la marque Erath ? Elle me montre du doigt. Et tout le monde s'en fiche que j'aie perdu un bébé à cause de lui ?

J'ai la tête qui tourne. *C'est quoi ce bordel ?*

— Audrey.

Elle me regarde, froidement.

Je la regarde dans les yeux et je me force à voir ce qui se passe dans son esprit tordu.

« Si tu as vraiment perdu le bébé, je suis désolé. Crois-moi. Je suis en deuil avec toi. C'était aussi mon bébé. Mais je ne sais même pas si j'ai quelque chose de réel à pleurer. Et ça me tue. Je suis sûr que me faire souffrir sur ce sujet te satisfait pour je ne sais quelle foutue raison. Je t'ai déjà demandé, non, je t'ai suppliée de ne pas, en plus, contrôler le reste de ma vie, mais il semble que tu aies réussi aussi. Félicitations ! Mais bon Dieu, Audrey tu ne peux pas avoir le beurre et l'argent du beurre. Soit tu ne veux pas que je sois vu avec quelqu'un d'autre, soit tu veux... tu choisis quoi ? »

J'ai une vague impression d'après la sculpture de Keri Ann qu'elle m'en veut à cause de la façon dont je suis parti. La dernière chose que j'ai l'intention de faire, c'est d'enfoncer le clou en étant vu avec quelqu'un d'autre.

Audrey plisse les yeux et la ruse que je vois là me fait réaliser qu'elle a probablement planifié son dernier acte dans le rôle de la femme bafouée. Et c'est pour faire du mal à Keri Ann, aussi. Parce qu'elle n'a pas été assez blessée.

— En fait — c'est l'attachée de presse d'Audrey qui parle, avec l'air de vivre son heure de gloire— je sais que nous avons dit qu'il ne devait pas y avoir de relations amoureuses, mais je pense qu'il vaudrait mieux équilibrer les choses ici et que M. Eversea soit vu avec une ou deux candidates potentielles à une relation. De cette façon, dit-elle en regardant autour de la table d'un air grave, les gens pourraient aussi ressentir un minimum de sympathie pour ma cliente. Elle s'arrête pour marquer le coup, et je vois le filet qui a été astucieusement jeté, se refermer sur moi. La seule autre façon de gagner la sympathie du public pour Mlle Lane est de parler de l'échec de la grossesse.

— Putain, non !

J'explose, en faisant sauter tout le monde dans la pièce. La colère et la panique à cette idée me traversent par vagues physiques. C'est douloureux. Ou peut-être que je ne respire plus. Quoi qu'il en soit, je me sens étourdi. J'ai une image mentale de moi tout à coup, avec des craquements d'os, me transformant en un énorme tigre et en train de dévorer tout le monde pour échapper à ces trous du cul et à la cage où ils m'ont enfermé. Pas Sheila, elle peut vivre. Merde, je dois me calmer, garder la tête sur les épaules.

Sheila acquiesce et dit :

— Nous avons un accord, ne compliquons pas les choses : aucune grossesse mentionnée en échange de quelques photos mises en scène par des paparazzis, aucune relation à long terme pour le reste de la durée du contrat pour l'une ou l'autre des parties. Et nous gardons les photos existantes. Finissons-en avec ça. M. Eversea a un autre rendez-vous avec son nouveau représentant qui n'a pu se rendre à cette réunion, mais que je vais l'informer de toutes les décisions prises aujourd'hui. Nous reviendrons pour signer l'amendement et connaître vos décisions pour le projet en Angleterre.

Je ne suis pas au courant de la réunion à laquelle elle fait référence, mais j'ai besoin d'un agent, genre, à partir d'hier. Surtout si je suis sur le point de signer un autre projet avec Peak. Dieu merci, Sheila veille sur moi. Je tire ma chaise vers la table et je pose ma tête sur mes bras. Je suis plus qu'épuisé, mentalement, émotionnellement et parce que je n'ai pas dormi plus de trois heures au cours des trente dernières heures. Le bruit des gens en train de ranger leurs dossiers glisse sur moi.

Je suis tellement soulagé que cette réunion soit terminée, même si je suis laissé pour mort sur le champ de bataille. Tout ce que j'ai gagné, c'est qu'Audrey sorte de ma vie.

J'ai perdu tout le reste.

DOUZE

— BON SANG, JACK POURQUOI tu ne me l'as pas dit ?

Devon me regarde fixement quand j'ouvre les yeux. J'étais allongé sur son canapé comme si j'étais dans le bureau d'un putain de thérapeute, en train de déverser les cinq derniers mois de ma vie.

— Te dire quoi ? Que j'ai été un lâche, et que j'aurais dû me battre plus fort ? Que j'étais trop fatigué et déprimé pour vraiment me battre ? Que j'étais si soulagé de faire sortir Audrey de ma vie, que j'ai laissé la personne avec qui je voulais vraiment être me glisser entre les doigts ? Je m'assois. Parce que je ne voulais pas faire face au rejet ? Parce que j'ai eu ce que je voulais pendant presque toute ma vie, mais que j'ai choisi de ne pas me battre pour Keri Ann parce qu'au fond de moi, je pensais que je perdrais ?

La vérité me frappe durement. Devon se tait quelques instants.

— C'est vraiment ce que tu penses ?

Je prends le verre d'eau, en regrettant que ça ne soit pas du whisky et je le descends d'un trait.

— Je ne sais pas. La vérité, c'est que Keri Ann est aussi loin de ce genre de vie que possible. Ces conneries, c'est ma vie. Je ne vois pas comment cela pourrait changer dans un avenir prévisible. Peut-être que je n'en ai pas envie. J'aime être comédien. Je n'aime pas toutes les foutaises qui vont avec, mais c'est le prix à payer, non ? Y a-t-il vraiment une place pour elle là-dedans ? Une place qu'elle souhaiterait avoir ? Au fond de moi, je pense que si elle avait le choix, elle choisirait de ne *pas* être à cette place.

— Tu crois qu'elle préfèrerait ne pas être la jolie compagne d'un type célèbre plutôt que d'être sa propre personne ?

— Ouais.

— Je pense que tu as raison. Ça va être sacrément dur d'éviter ça.

— Tu n'es pas censé m'aider ?

— Si. Cette partie est impossible et prendra du temps. Mais il me semble qu'elle a dit ne pas te faire confiance et qu'elle ne voulait pas risquer que tu disparaisses à nouveau dans la nature. D'après ce qu'elle sait et ce que le monde entier t'a vu faire en Angleterre, je ne lui en veux pas.

— J'ai fait ça ?

— De quoi tu parles ?

— Disparaître dans la nature. Est-ce que j'aurais pu trouver un moyen de contourner le contrat ?

— Honnêtement, l'Angleterre mise à part, tu aurais probablement pu mieux gérer la situation et dire à Keri Ann ce qui se passait, mais je connais Peak, et ils ne rigolent pas. Avec Internet et les réseaux sociaux, leurs films sont des mini-univers avec des expériences interactives, ce qui signifie que les acteurs font aussi partie de ce monde pour la durée qu'ils jugent nécessaire. Fini le temps où les gens voyaient un film en vase clos et rentraient du cinéma chez eux, dans leur vie sans film. Il secoue sa tête blonde hirsute. Peak fait ça très bien, leur stratégie marketing est l'une des meilleures. Et ils étaient sérieux quand ils t'ont menacé. J'aurais fait la même chose que toi : attendre que ça passe. Je dirais que le fait qu'ils aient même modifié ton contrat avec Audrey en dit long sur la confiance qu'ils ont en toi. Bien qu'ils t'aient donné un projet raté en guise de punition. Ils l'avaient presque abandonné... Il me regarde gravement. Mais tu l'as sorti des chiottes. J'ai vu les premiers rushs, et Jack, c'est plutôt génial, malgré que tu sois bourré. On parle même d'un oscar ! Tu leur as certainement montré ce que tu valais.

— Ah oui ?

— En quoi c'est une surprise pour toi ?

— Ça ne l'est pas vraiment. On me l'a dit. Je suppose que je n'y croyais pas, c'est tout. J'étais tellement énervé d'avoir été piégé et contrôlé que j'ai peut-être un peu perdu les pédales.

— Un peu ? Mec, je dirais que se soûler et sortir publiquement avec des filles tous les soirs, c'était un peu plus que perdre les pédales, surtout quand on prétend être amoureux de quelqu'un.

— Allez Dev. Je t'ai dit ce qui s'est passé avec Audrey, ce truc a été monté de toutes pièces. Mis en scène. Rien de tout cela n'était réel.

— Je pensais que vous vous étiez mis d'accord pour quelques photos. Ce que nous avons vu ces derniers mois semble beaucoup plus que ça. Il a l'air incrédule.

— Ça en avait l'air, je suppose. Je n'essayais pas de blesser Keri Ann. Je pense qu'une partie de moi a dû penser que Keri Ann s'en fichait probablement. Je veux dire, ça faisait des *mois* que j'étais parti. C'est puéril, je sais. Etre là, en Angleterre, c'était dur pour moi. Je ne m'en sors jamais bien.

— Tu ne parles pas beaucoup de ton enfance.

Je le regarde dans les yeux. Devon a toujours été un bon ami. Je ne sais pas pourquoi je ne lui avais pas dit jusqu'à maintenant comment les choses avaient fini avec Audrey. Mais je ne suis pas prêt pour parler de l'Angleterre.

Je me lève et je me traîne jusqu'au mur de verre surplombant l'océan. Le soleil couchant a jeté un filtre ambre sur la vue. Quelques personnes laissent leurs chiens s'amuser dans les vagues. Il ne semble pas qu'il y ait de vautours avec des objectifs puissants quelque part, mais je n'en avais pas remarqué non plus la dernière fois que je suis venu ici.

— J'ai pensé que ce serait une bonne idée pour Audrey. Et que ça aiderait Keri Ann à m'oublier, mieux valait qu'elle me déteste, non ? Mais la plupart du temps, je ne pensais pas du tout. J'ai évité de penser à tout prix. Je me suis lancé sur ce plateau, je me suis impliqué dans le film et j'ai noyé mon chagrin quand les caméras cessaient de tourner. C'est toujours comme ça quand je rentre en Angleterre.

J'appuie le front contre la vitre.

— As-tu expliqué à Keri Ann pourquoi tu n'es pas revenu ici en décembre ?

— J'ai essayé, je voulais le faire.

— Mais tu ne l'as pas fait parce que... ?

— Merde. Parce que je l'ai vue... et parce qu'elle me donne l'impression que je ne la mérite pas, ce qui est vrai, même si je la désire de toutes mes forces. Et j'aurais dû mieux gérer la situation hier soir, mais elle me déroute. J'aimerais bien avoir un scénario sur la façon d'être avec elle, mais je n'en ai pas. Et je dirais que j'ai choisi un contrat pour un film plutôt qu'elle, que je me laisse manipuler plutôt que de me battre pour elle.

— Bon, je ne peux pas dire que je m'attende à ce qu'elle oublie les cinq derniers mois, mais peut-être que si tu pouvais lui dire le pourquoi du comment, elle pourrait décider de te faire confiance à nouveau. Et Jack, tu ne choisissais pas un contrat pour un film plutôt qu'elle, tu la protégeais de ce qu'Audrey avait prévu. Et peut-être qu'elle devrait le savoir. J'aurais fait la même chose.

— Ça ne changera rien. Bref, elle est avec quelqu'un d'autre maintenant.

— Au moins, tu auras essayé. Et tu sais quoi ? Tu ne peux pas changer qui tu es. Si vous voulez avoir un avenir, elle devra s'habituer à la réalité de votre vie. Ce n'est pas comme si tu pouvais t'en cacher. Alors pourquoi tu n'utilises pas ça pour la récupérer ?

Montre-lui la vie que vous pourriez avoir ensemble. Accepte qui tu es et récupère-la.

Seigneur, j'ai du mal à dormir en essayant de *ne pas* penser à ce qu'on pourrait vivre ensemble. C'est un boulot à plein temps pour m'enlever ça de la tête, de peur que ça me rende dingue.

— Je lui ai promis de rester à l'écart.

Devon secoue la tête.

— Pourquoi diable promets-tu des trucs pareils ?

— Elle a dit que si j'étais sincère sur le fait d'être amoureux d'elle, je respecterais ses désirs et je resterais à l'écart.

— Donc tu ne lui as pas vraiment promis.

— Non, mais j'étais sincère quand j'ai dit que j'étais amoureux d'elle.

A-mou-reux.

Quel cauchemar !

Je la revois en train de réparer son pneu hier sur le bord de la route et de faire des étincelles. Cette façon qu'elle a de se comporter... ! Je veux cette fille ! Comme l'air que je respire. J'aime tout chez elle, putain.

— Jack, si tu la veux vraiment, tu vas devoir te battre méchamment. Tu es Jack Eversea, acteur talentueux et maintenant il paraît, *scénariste* et producteur. Pour l'amour de Dieu, tu as un visage et un corps qui font se pâmer les filles...

— Oh, Dev, lui dis-je en me tournant vers lui, mal à l'aise avec son compliment, et en essayant d'alléger la chose. Je suis flatté.

— La ferme, abruti !

Je souris.

— Tu dois juste te rendre attirant à *ses* yeux. Commence par ses besoins élémentaires, et tu satisferas chacun d'entre eux pour qu'elle ne puisse pas te rejeter. Je t'ai déjà dit que j'avais fait psycho pendant un temps ?

— Pas étonnant que j'aie déversé mon cœur sur ton canapé.

— Ouais, eh bien, c'est pratique, je peux te le dire. Surtout quand mes amis pathétiques deviennent trop pitoyables pour s'aider eux-mêmes. Mais en ce moment, c'est moi qui éprouve l'un des premiers besoins fondamentaux : je meurs de faim. Et si on allait manger quelque chose et qu'on commençait l'opération "Rendre Jack heureux à nouveau" tout de suite ? Espérons qu'elle travaille ce soir.

Rien que ça allait l'énerver, puisqu'elle m'avait demandé de la laisser tranquille. Mais j'allais devoir faire confiance à Devon parce que je ne savais pas quoi faire d'autre.

Je me lève pour aller prendre une douche.

— J'espère que tu sais ce que tu fais. Quel est l'autre besoin fondamental ?

Devon sourit et avale le reste de sa bière, en posant soigneusement la bouteille sur la table en verre.

— Le sexe.

— Ça ne marchera pas avec elle.

— Mec, tu ne penses pas qu'en lui rappelant l'alchimie qui existe entre vous deux, il sera plus facile de faire sauter ses défenses et d'essayer de réparer tout ça ?

Je m'arrête au pied de l'escalier, en me passant la main dans les cheveux.

— Merde, je n'en ai aucune idée. Elle me détestera sans doute encore plus d'avoir essayé.

Et c'est la vérité.

TREIZE

DANS TOUTES mes rêveries sur ce qui se passerait si Jack Eversea s'abaissait un jour à remettre les pieds dans ma vie, me dire qu'il était amoureux de moi n'avait jamais figuré. D'accord, attendez. Des rêveries, oui. Des scénarios réalistes, pas question.

Et utiliser ses sentiments contre lui ? Lui dire de s'éloigner de moi s'il était sincère ? Non, encore une fois.

Il avait cligné des yeux pendant que je prononçais mes derniers mots, comme s'il voulait les fermer pour ne plus me voir, mais qu'il voulait quand même les ouvrir. Il avait soupiré fort avant de serrer les mâchoires. Comme si je l'avais frappé.

Je savais que c'était un coup bas. Je m'assurais juste qu'il n'ait aucun recours. Ne *pas* s'en aller aurait signifié qu'il n'était pas sincère. Et c'est ce que je voulais, n'est-ce pas ?

Après que Jack m'a regardée, silencieux et stupéfait et qu'il est sorti de la maison sans un mot de plus, je suis montée à l'étage et je me suis jetée sur mon lit. J'ai attendu l'aube, en jetant de temps en temps un coup d'œil à l'horloge. On aurait dit qu'il fallait quatre heures à l'horloge pour avancer de trente-deux minutes.

Bien sûr, j'avais fantasmé sur le fait que Jack Eversea m'aimait, qu'il ne pouvait pas vivre sans moi, et patati et patata. Je pense même qu'à un moment donné, je l'ai imaginé en train de l'avouer à quarante millions de téléspectateurs lors d'un discours d'acceptation aux Oscars. *Bah oui, j'étais humaine après tout.* Je veux dire, tout le temps qu'il avait passé ici à Butler Cove m'avait semblé être un rêve. Un fantasme. Voyons les choses en face, une illusion.

Mais je ne m'attendais pas à ce qu'il me dise qu'il était amoureux de moi, *moi,* quand je pensais à la réalité de son retour, si tant est qu'il revienne un jour.

J'ai respiré dans la petite poche d'espace chaud sous l'oreiller puis je me suis jetée sur le dos pour reprendre un peu plus d'air.

J'ai repensé à chaque instant dans ma tête. Jack qui voulait me parler, qui avait l'air si tendu et nerveux quand il avait dit que je sortais avec Colt. Une information que j'avais pris un plaisir pervers à ne pas nier. Je suppose qu'il était nerveux, même si je ne l'avais jamais vu comme ça auparavant. Il semblait presque... jaloux. Puis la façon dont il s'était soudain jeté sur moi quand j'avais admis par erreur que je ne l'avais pas oublié... comme si je lui avais donné la permission qu'il avait attendue.

Merde, j'étais comme une lampe qui avait été laissée en veilleuse pendant sept mois, attendant juste d'être rallumée. Même maintenant, une douleur sourde me lançait au creux du ventre. Pourquoi devait-il être le seul à pouvoir me faire ça ? Ce n'était pas juste.

Rien de tout cela n'avait de sens. S'il tenait tant à moi, pourquoi ne m'avait-il pas contactée pendant si longtemps ? Je ne lui ai même pas donné l'occasion de s'expliquer. J'étais trop occupée à être choquée par sa déclaration et à lui dire de me laisser tranquille. Et d'ailleurs, qu'est-ce qu'il pourrait dire pour justifier ses actes ? Je m'en tiendrais à ma décision. Je devais le faire. Je ne pouvais pas continuer à vivre ça. J'avais ma propre vie à mener, et je n'allais pas me faire entraîner en dehors de mon chemin.

ESSAYER DE GARER mon encombrant pick-up sur la rue Broughton au centre-ville de Savannah a été une expérience éprouvante, tant pour moi que pour le sans-abri assis sous le auvent du magasin en vente juste à côté. Normalement, je me considère plutôt douée pour manier mon véhicule, mais j'étais préoccupée et fatiguée aujourd'hui.

J'ai finalement réussi à garer correctement le camion le long du trottoir sans provoquer d'incident et j'en suis sortie sans prendre la peine de verrouiller derrière moi. Si quelqu'un avait tant besoin de quelque chose dans mon pick-up, au moins je n'aurais pas à payer la réparation d'une vitre.

En remontant la rue devant le *Trustees Theater* avec sa marquise à l'ancienne, j'ai regardé l'affiche à deux fois.

Princess Bride, une seule représentation.

Je n'avais vraiment pas besoin de commencer à voir partout des signes au sujet de Jack, mais là, c'était écrit noir sur blanc. J'ai secoué la tête pour déloger les souvenirs du flirt ridicule que nous avions eu quand nous nous étions rencontrés, en nous renvoyant les répliques du film et j'ai traversé la rue.

Je m'étais délibérément garée loin du bureau de Colt sur Bull Street, où il travaillait avec une équipe pour gérer les besoins financiers des familles fortunées de Savannah et des environs. J'avais besoin de temps pour marcher un peu, me vider la tête et faire bonne figure. Je pourrais aussi aller chez Blick, le magasin de fournitures d'art, avant de rentrer chez moi et ne pas avoir à trimballer des choses en ville. Après le déjeuner avec Colt, il fallait aussi que j'aille acheter une robe.

Le soleil brillait vaillamment à travers la voûte des chênes dans l'historique *Johnson Square,* devant le bureau de Colt, créant un entrecroisement d'ombres. Je suis passée devant la fontaine, en faisant s'envoler un groupe de pigeons quémandeurs, et j'ai trouvé un banc baigné de soleil où je pourrais envoyer des SMS et attendre Colt.

Maintenant que j'avais résolument mis hors course l'idée d'un avenir quelconque avec Jack, une pensée qui me faisait mal à la poitrine, j'avais besoin d'affronter la situation avec Colt d'une manière ou d'une autre. Il avait laissé entendre qu'il voulait être mon escorte pour mon vernissage au Westin, et j'avais tout le temps repoussé sa proposition. J'aurais aimé avoir plus de temps avant l'événement pour pouvoir faire mon deuil et comprendre tout ce qui venait de se passer avec Jack. Au moins, je pourrais donner une chance à Colt. Mais pour être honnête, je voulais rester célibataire.

J'ai levé les yeux à temps pour voir la haute stature bien taillée de Colt qui traversait la rue en costume sombre. Il était accompagné d'une créature élégante et exotique à talons rouges incroyablement hauts et vêtue d'une jupe grise et d'une veste cintrée, qui trottait aussi vite que possible à ses côtés. Ses cheveux noirs étaient relevés en un chignon élégant. Pfouh ! Je n'arrivais pas à la quitter des yeux, et je me suis sentie instantanément terne, simple et mal fagotée. Et très, très, très petite.

— Salut, ma belle. Colt s'est penché vers moi et m'a embrassé la joue en m'enveloppant de son après-rasage de luxe. Je te présente Karina Knowles, elle travaille avec moi. Karina, je te présente... Keri Ann Butler.

Le visage exotique de Karina, avec sa peau impeccable et ses yeux en amande, s'est immédiatement fendu d'un sourire plein de belles dents blanches alors qu'elle tendait une douce main pour serrer la mienne.

— Waouh ! Tu es vraiment époustouflante, ai-je dit, *à haute voix*, et j'ai immédiatement senti mon visage rougir de honte.

Karina a penché la tête et ri de bon cœur.

— Colton, tu avais raison, elle est charmante. Son accent anglais m'a surprise. Enchantée de te rencontrer Keri Ann, j'ai entendu dire beaucoup de bien sur toi. Et merci pour le compliment.

— Tu es anglaise ? ai-je lâché.

— Je suis née ici, j'ai grandi là-bas, père britannique, mère indonésienne, quelque temps à Londres, quelques temps à Kuala Lumpur, et maintenant Savannah, Géorgie. Pour faire court.

Waouh.

— Karina m'a entendu parler avec toi de ta grosse soirée et m'a proposé des suggestions pour le shopping, te faire coiffer, etc…

J'ai instinctivement levé la main sur mes cheveux. Je n'avais même pas pensé à me faire coiffer. Ou même au maquillage. J'ai cligné des yeux.

— Oui, tiens, a répondu Karina en me remettant une carte de visite épaisse. J'ai appelé et pris des rendez-vous pour toi, j'espère que ça ne te dérange pas. C'est juste que j'aie dû tirer quelques ficelles, ils sont normalement assez pris. Il y en a un pour aujourd'hui et aussi le jour du vernissage pour refaire le brushing.

J'ai hoché la tête, comme si j'avais tout compris.

— Euh, merci. Merci.

Les rendez-vous dans les spas m'étaient un peu étrangers, nonobstant les tentatives de Jazz pour m'obliger à prendre soin de moi. J'avais l'impression que l'endroit dont parlait Karina était complètement différent du salon où des Coréennes avaient peint des étoiles sur mes orteils pour le 4 juillet.

Elle a souri et énuméré les boutiques où je devrais aller après le déjeuner. Quand j'ai dit qu'elle était éblouissante, c'était un euphémisme. Pourquoi Colt ne sortait-il pas avec *elle*?

J'ai jeté un coup d'œil à celui-ci, qui m'a fait un clin d'œil. Puis on a dit au revoir à Karina.

Alors que nous nous promenions dans la rue, je me suis rendu compte que Colt ne m'avait pas pris la main. Il m'avait beaucoup tenu la main récemment, et le fait qu'il ne l'ait pas fait était pour le moins troublant, même si une partie de moi en était soulagée. J'ai glissé un regard vers lui pendant que nous marchions. Il semblait perdu dans ses pensées. Nous sommes arrivés au petit pub gastronomique, et il m'a tenu la porte ouverte quand nous sommes entrés.

Colt a enlevé sa veste de costume et remonté les manches de sa chemise blanche impeccable pendant que nous nous asseyions.

— Alors, tu l'as revu ? a-t-il demandé en regardant le menu.

— Oui. Il m'a dit que vous aviez bien bavardé tous les deux !

J'ai agité un sourcil, en essayant d'alléger la conversation.

Colt a roulé des yeux.

— Oui, on peut dire ça. Après ton départ, je me suis excusé de l'avoir frappé, et il a fait pareil. Ecoute, je sais qu'on vient juste de commencer à sortir ensemble, pour ainsi dire, mais je ne me fais pas d'illusions sur le fait que je ne... t'apporte pas... ce qu'il t'apporte, visiblement.

J'ai dégluti, me sentant coupable.

— Colt...

Il a levé la main.

— C'est bon, Keri Ann.

Nous avons passé notre commande au serveur.

« Ce n'est pas comme si tu n'avais pas essayé, a poursuivi Colt après que nous ayons fait notre choix. Mais je tiens à toi, tu le sais, et si tu m'avais demandé il y a deux jours si je me mettrais sur son chemin s'il revenait, je n'aurais pas hésité. Je veux dire, on a tous pu voir à quel point il a peu pensé à toi depuis sa dernière visite ici. »

J'ai tressailli, et ma poitrine s'est resserrée jusqu'à toucher mon estomac.

Colt a attrapé ma main qui était en train de glisser de la table.

« C'était avant, Keri Ann. Avant de lui parler. Avant que je le voie te regarder. Je ne sais pas pourquoi il a passé la dernière moitié de l'année à agir comme un crétin, mais dès que tu es partie, c'était comme s'il était différent. »

— Qu'est-ce que tu veux dire ?

— Je ne sais pas, mais le gars qu'on voit dans les médias n'est pas le même que celui à qui j'ai parlé hier. Il a soupiré lourdement. Je sais juste que me trouver entre vous deux, physiquement et métaphoriquement, ne me met pas du tout à l'aise. J'ai réalisé que

peu importe ce que je ressentais pour toi, tu n'aurais jamais les
mêmes sentiments pour moi. Et pour être honnête, même si je
tiens beaucoup à toi, et c'est vraiment le cas, je ne peux pas riva-
liser avec ça.

Je suis restée silencieuse, et je l'ai laissé me tenir la main. Colt
était un si bon gars. Un beau gosse, qui réussissait dans la vie et
qui avait la tête sur les épaules. N'importe quelle fille se serait
trouvée chanceuse de l'avoir. Mais apparemment pas moi.

Il a soupiré et continué : Je sais que tu n'es pas attirée par ce
qu'il fait dans la vie. Je pense, en fait, que c'est probablement la
chose la moins attirante que tu trouves chez lui. C'est en partie ce
qui te rend si différente de toutes les femmes axées sur les actifs
que je connais.

— Axées sur les actifs ?! C'est ta façon élégante de dire
« croqueuse de diamants » ? J'ai ri. Ne me mets pas sur un
piédestal, Colt. J'aime l'argent et la sécurité autant que les
autres filles.

Il a souri, tristement.

— Il ne s'agit pas seulement d'argent. C'est aussi les acces-
soires qu'elles obtiennent en racontant à leurs copines comme
leur petit ami est sexy, comme il réussit bien dans la vie, le dernier
sac à main qu'il leur a acheté. C'est pourquoi j'appelle ça une
approche axée sur les actifs. Il s'agit de collectionner des trophées
qui les rendent belles et les font se sentir bien.

Je l'ai regardé en fronçant les sourcils avec un sourire perplexe.

— On s'apitoie sur son sort, M. Grosbonnet ? Tu réalises que
c'est comme ça que les hommes sont depuis la nuit des temps ?
Avoir la copine la plus sexy, la voiture la plus flashy, le meilleur
boulot, bla, bla, bla. L'éternel concours de celui qui pissera le plus
loin, si tu préfères.

Colt a souri.

— Tu as tout à fait raison. Comme toujours. De toute façon, je
ne m'apitoie pas sur mon sort. Pour autant que je sache, j'ai la
voiture la plus flashy et le meilleur emploi de tous nos copains

d'école. Je suis juste irrité de devoir abandonner la fille la plus sexy.

J'ai rougi et je lui ai donné un coup de pied dans le tibia sous la table.

— Aïe ! Bon sang ! Je viens de te faire un compliment, et c'est comme ça que tu me remercies ?

Notre serveur est arrivé avec nos plats alors je me suis penchée en arrière et j'ai croisé les bras.

— Désolée, ai-je dit l'ait contrit. Et je ne suis pas la fille la plus sexy...

— Peu importe.

— Non, c'est vrai, et tu le sais bien.

— Et voilà, ça, Keri Ann, c'est ce qui te rend complètement à couper le souffle. Pas étonnant que Jack Eversea soit tombé amoureux de toi.

J'ai fait une pause avec une frite à mi-chemin de mes lèvres et j'ai cligné des yeux pour camoufler ma réaction.

— Merde, avec des phrases comme ça, tu devrais mettre toutes les filles de Savannah à tes pieds.

— Eh bien, c'est ce que je faisais. Et j'ai bien l'intention de recommencer, puisque tu ne veux pas de moi.

— Je n'en ai aucun doute. J'ai ri. J'étais plus que soulagée que Colt et moi ayons réussi à sortir de la zone des rendez-vous galants avec un minimum de dommages sur notre fierté et notre ego. Tu vas manger ces frites ?

— Tu m'en as déjà volé cinq, un peu plus un peu moins... Vas-y ! Il s'est penché en arrière et a tapoté son ventre plat. Il faut que je garde la ligne, maintenant que je suis de retour dans la course !

— Je doute que tu aies à attendre longtemps ! Alors à propos de la soirée au Westin, tu veux toujours y aller avec moi, ou tu préfères venir avec quelqu'un ? Je peux demander à Joey de m'accompagner.

— Quoi ? Tu veux dire que M. Eversea ne sera pas avec toi ?

Est-ce que tu imagines toute la publicité qu'aurait ton expo s'il se pointait ?

— Franchement, je ne vois rien de pire. J'ai tremblé, imaginant le cirque que ça pourrait devenir. Mais il ne viendra pas, il n'est pas au courant. Et de toute façon, je lui ai dit de rester loin de moi.

— Tout d'abord, il est au courant, parce que je lui ai dit. Et deuxièmement, qu'est-ce qui te fait penser qu'il va rester loin de toi ?

— Colt, je n'arrive pas à croire que tu lui aies dit. De quoi d'autre avez-vous parlé ?

— Hmm... laisse-moi réfléchir... on a parlé de quand je l'avais menacé, de quand *il* m'avait menacé, de ton expo évidemment, le fait que je trouvais qu'il avait un peu trop regardé ton t-shirt mouillé. Il m'a accusé de la même chose, après quoi je n'ai pas pu résister à la plaisanterie qu'il faisait un temps à « sortir les phares » et il a littéralement tressailli. Je voyais bien que je l'énervais, alors, bien sûr, je lui ai dit que je sortais avec toi maintenant et que j'adorais quand tu faisais des petits bruits de chaton quand tu étais au lit avec moi, juste pour l'énerver davantage, ce qui a marché parce qu'il est devenu blanc comme un linge. C'est là que j'ai su que je devais me barrer. Même si je n'ai rien dit. Un peu de saine compétition fait des merveilles, tu ne penses pas ?

QUATORZE

TROIS heures et demie plus tard, j'étais en retard au travail, stressée et en état de choc. En passant devant le panneau d'affichage, qui me rappelait que l'envoi de textos en conduisant était illégal en Géorgie, j'ai attrapé mon téléphone. J'ai traversé la frontière de l'État, marquée non seulement par la rivière Savannah, mais aussi par un club de strip-tease et un marchand de fruits qui vendait des pêches bien trop chères à des touristes perdus, et j'ai appuyé sur le bouton envoyer.

Moi : Jazz, appelle-moi ! Je suis traumatisée.

Elle ne m'a pas rappelée, bien sûr. J'avais rendu les armes au rayon robe, même après trois magasins et sept essayages. Et le rendez-vous de beauté avait été bien loin de ma zone de confort. Je me sentais comme un caniche sorti du toilettage.

Je suis retournée à Butler Cove en un temps record et je suis allée directement au Grill, en pilant sur l'aire de stationnement dans une volée de coquilles d'huîtres blanchies. Je me suis faufilée par la porte arrière de la cuisine.

Hector, les yeux écarquillés, secouait déjà la tête et me faisait des « tss, tss » les sourcils froncés.

— Il est là ! Il a secoué un pouce par-dessus son épaule, l'air agité.

Putain de merde ! Paulie, le propriétaire, était habituellement absent hors saison. Bien sûr, il avait choisi de venir le jour où j'étais en retard.

Et je portais la robe rose pâle que j'avais au déjeuner avec Colt au lieu de ce que j'étais censée porter, à savoir un short et des chaussures de sport.

Hector a soulevé un sourcil perplexe quand il a vu ma tenue.

— Ne dis pas un mot, l'ai-je prévenu.

Jazz a choisi ce moment pour m'appeler.

J'ai coupé le son du téléphone avec regret et je l'ai laissée partir sur la boîte vocale pendant que je mettais mon sac sur l'étagère du haut de la réserve. J'ai jeté un coup d'œil à mon reflet et j'ai vu le maquillage d'essai que je portais. Au moins, ça couvrait ma fatigue. Ils m'avaient maquillée comme si j'allais me marier. J'avais des mèches et de douces ondulations dans mes cheveux normalement indisciplinés. J'imaginais que c'était joli, mais j'ai tout coincé dans une queue de cheval.

J'étais sur le point de passer devant Hector et d'aller m'excuser auprès de Paulie pour être en retard, quand il m'a pris les épaules. Il m'a tenu à bout de bras, m'a longuement regardée avec ses yeux marron foncé, puis il a soupiré.

— C'est bon, Hector.

Il a plissé les yeux.

— Bueno, c'est tout ce qu'il a dit, et il m'a prise dans ses bras pour un gros câlin, puis il m'a poussée vers la porte battante, en secouant la tête, et en faisant un signe de croix sur sa poitrine.

OK, bizarre. J'ai froncé les sourcils, mais je suis sortie. Certains jours, je me sentais comme sa fille.

Oh ! Je me suis arrêtée net en sortant de la cuisine.

Oh !

Il est là !

L'endroit était électrifié. Paulie, le dos tourné, au bar, ses cheveux gris attachés en catogan, éclatait de rire à quelque chose que Devon Brown ou Jack Eversea venait de lui dire de là où ils étaient assis de l'autre côté du comptoir en bois poli.

Mon sang est descendu direct à mes pieds.

Il n'y avait pas de casquette et de sweat à capuche ce soir. Jack portait un t-shirt gris foncé moulant sa poitrine musclée, ses cheveux tombaient sur son front. Ses yeux verts, à l'oblique de ses pommettes, étaient plissés de rire. Pourquoi, oh pourquoi, fallait-il qu'il soit plus sexy à chaque fois que je le voyais ?

La pièce était en ébullition autour d'eux.

La mère d'une famille de quatre enfants, tenant un stylo, a tapé sur l'épaule de Jack.

Il s'est tourné vers elle, avec un large sourire chaleureux et il a signé son papier de ses belles mains aux longs doigts. Puis il a sauté de son tabouret alors qu'elle fourrait son smartphone dans les mains de son mari perplexe et se jetait pratiquement dans les bras de Jack pour faire une photo.

J'ai serré les dents.

Jack a serré la main de son mari en souriant et en lui tapant sur l'épaule. *Sans rancune.*

J'essayais de rapprocher le Jack à l'air brisé dans ma cuisine aux premières heures de ce matin avec celui, souriant, insouciant, bien reposé et tout droit sorti d'un film qui se tenait en face de moi. Je suis restée là à le regarder comme une idiote. Jack s'est retourné pour s'asseoir, ses yeux émeraude ont rencontré les miens et se sont fixés sur eux comme s'il savait que j'étais là depuis le début.

Mon pouls a semblé prendre un rythme effréné, puis s'arrêter dans ma gorge.

Son regard a glissé le long de ma robe puis est remonté jusqu'à mon visage. Ensuite il a cligné des paupières et les a abaissées, puis il a tourné paresseusement les yeux loin de moi, en traînant mon cœur derrière, tout le long du trajet.

— La voilà ! Keri Ann. La voix de Paulie m'a choquée comme un défibrillateur. Regarde qui nous avons ce soir. Ces garçons ont fait sauter la baraque.

Paulie a mis la main sur le bar. « Content que tu aies pu venir. *Enfin*. Il a levé ses sourcils blancs et touffus alors que je me dirigeais vers lui. Qu'est-ce que tu portes ? »

— Désolée, Paulie. J'étais à un rendez-vous à Savannah qui a duré longtemps. Je n'ai délibérément pas répondu à sa question embarrassante.

Du coin de l'œil, j'ai vu la main de Jack se crisper imperceptiblement sur son verre. Bien. J'espérais qu'il pensait que j'étais à Savannah avec Colt. Et j'espérais que je rayonnais. Comment ose-t-il venir au Snapper Grill alors que je lui avais demandé de me laisser tranquille ? Et c'était quoi ce regard qu'il m'avait jeté ? Ce n'était pas juste.

— Peu importe, chérie, tu es là maintenant. Brenda a fait du bon boulot, mais si ça continue comme ça, quand tous les gens sauront qu'ils sont là, ça va être le rush dans l'heure.

— Désolé, Paulie, a dit Devon en haussant les épaules. On peut toujours donner un coup de main, si vous en avez besoin. Je sais faire quelques cocktails d'enfer !

— Ha ! Ha ! a rigolé Paulie. Je pourrais te prendre au mot, mon garçon ! Mais j'ai deux autres gars qui viennent m'aider dans la cuisine, alors on devrait s'en sortir.

— Je vais aller voir Brenda et l'aider avec les tables ce soir, si ça ne vous dérange pas, pour que vous puissiez divertir nos invités de marque au bar, ai-je proposé à Paulie en renonçant volontiers au service de bar. Je me suis ensuite tournée vers Devon, en ignorant Jack. Contente de vous revoir, Devon.

Il a levé deux doigts sur son front, pour me saluer.

— Moi aussi, Keri Ann. Tu es magnifique ce soir. Tu avais rendez-vous aujourd'hui ou quoi ? a-t-il demandé d'un ton qui, je le savais a envoyé exprès un direct en plein dans l'estomac de Jack.

J'ai rougi violemment.

— Ou quoi, ai-je réussi à sortir, mais j'ai adhéré à son petit jeu en soulevant un sourcil et en ajoutant un monde de sous-entendu à ma simple réponse.

— Va te faire foutre, Devon, ai-je entendu Jack siffler, bien que ses lèvres aient à peine bougé.

Devon m'a souri et m'a fait un clin d'œil.

J'ai retrouvé Brenda et j'ai pris la moitié de ses tables. Comme prévu, la soirée a été longue et bien remplie, car on avait entendu parler de nos invités célèbres. C'était probablement la chose la plus excitante qui soit arrivée aux résidents de Butler Cove depuis qu'on avait construit un nouveau pont sur l'île.

Mais j'ai trouvé ça de plus en plus déroutant.

Je croyais que Jack n'aimait pas qu'on sache où il était. S'il avait l'impression que Butler Cove était un endroit où il pouvait se cacher, pourquoi faisait-il savoir au monde entier où il se trouvait ?

A moins qu'il n'ait pas prévu de rester très longtemps.

Ma poitrine semblait doublée de plomb. Il avait dit à Colt qu'il restait *indéfiniment,* mais c'était avant que je lui dise de me laisser tranquille. C'est ce que je voulais, non ?

J'ai hésité entre le fait d'être bouleversée parce qu'il avait ouvertement ignoré ma demande — et par extension, admettre qu'il ne pensait pas ce qu'il m'avait dit — et la déception, parce que cela signifiait clairement qu'il quitterait Butler Cove et me *laisserait tranquille* pour de bon.

Au cours de la soirée, il a dû se faire prendre en photo avec au moins trente personnes. Ah les femmes !

J'ai essayé de ne pas faire attention, mais le poids de la présence de Jack dans la pièce était difficile à ignorer. La tension a traversé ma peau et s'est enfoncée profondément dans mon ventre, devenant de plus en plus forte à chaque seconde. Je marchais à l'adrénaline, comptant les minutes pour pouvoir m'échapper.

Il est clair qu'après avoir entendu le buzz, un groupe d'étudiantes de l'USC Beaufort est arrivé une demi-heure avant la fermeture. Un petit troupeau de longs membres bronzés, de gloss à lèvres et de jupes courtes. J'ai reconnu l'une d'elle comme une amie de Jazz. Nous avons échangé quelques plaisanteries alors que je leur indiquais où elles pouvaient s'asseoir et que j'essayais de ne pas rouler des yeux en regardant Brenda.

Elles avaient peut-être même des paillettes. *Non mais j'te jure...*

En passant devant le bar, elles ont invité Jack et Devon à se joindre à elles dans leur box.

Ce que les gars ont fait.

C'était quoi ce bordel ?

J'ai pris une longue inspiration et j'ai demandé à Brenda de s'occuper de leurs commandes de boissons. En allant à la cuisine, j'ai défoncé la porte avec ma paume.

Les filles ont rigolé comme des pintades ridicules tout en léchant les bottes de Jack et Devon pendant un temps interminablement long. L'amie de Jazz, elle s'appelait Ashley, je m'en souviens maintenant, avait de longs cheveux blonds magnifiques, et elle a mis son bras autour de l'épaule de Jack en se blottissant contre lui.

— Quel spectacle, n'est-ce pas ? m'a dit Brenda à côté de moi, un peu plus tard.

Je me suis rendu compte que je les regardais fixement et j'ai vite détourné les yeux.

— Ouais, irréel.

— La rumeur dit que vous avez eu un truc ensemble, a dit Brenda d'un air curieux. Je ne savais même pas qu'il était déjà venu à Butler Cove, mais je suppose que c'est logique puisque son ami a une maison ici. C'est vrai ?

J'ai soupiré. Qu'est-ce que ça faisait de le dire maintenant ?

— Ouais. On a eu ça, oui.

— Waouh ! Brenda avait l'air impressionnée. C'est pas que je pensais que tu ne pourrais pas attirer une bombe comme ça... mais je ne m'attendais pas à ce que tu sois attirée par quelqu'un avec ce genre de carrière.

J'ai laissé échapper un petit rire sans l'amusement auquel on aurait pu s'attendre.

— Moi non plus, mais... J'ai regardé Jack qui mettait sa bouche au creux de l'oreille d'Ashley. *Non mais je rêve ?* Je ne pouvais pas supporter ça. Le regarder faire me faisait gerber. Je savais ce qu'elle ressentait probablement en ce moment — un petit frisson avec les hormones qui s'accumulent dans tout son corps. J'ai cru un moment qu'il était une personne différente. Quoi qu'il en soit, ai-je essayé de dire bravement : on dirait qu'il est passé à autre chose, hein ?

Le voir en tête-à-tête comme ça, c'était un spectacle étrangement familier que j'avais déjà vu dans les tabloïds ces derniers mois. Je bouillais. C'était quoi son problème avec les blondes ?

— Chérie, si tu savais comme ses yeux te suivent partout dans ce restaurant... a soupiré Brenda. Tu as peut-être tourné la page, mais ce garçon, ce célèbre et magnifique homme qui peut avoir n'importe qui, n'importe où, en claquant des doigts, c'est *toi* qu'il veut.

J'ai dégluti et j'ai involontairement tourné les yeux vers Jack, dont les yeux étaient bien sur moi. Oui, c'est vrai, je les avais sentis toute la soirée. J'aurais aimé qu'il y ait un moyen de traduire ce qui se passait dans sa tête. Pourquoi ses yeux disaient une chose et ses actes une autre ? C'était vertigineux, et je détestais ça. Dieu merci, la soirée était presque finie.

Rapidement, le reste du restaurant s'est vidé, et il ne restait plus que la table de Jack. Le shérif Graves s'était arrêté pour s'assurer que les gens ne traînaient pas devant l'entrée, et comme il était bien plus tard que l'heure de la fermeture, pour pousser Paulie à fermer.

Ashley, la blonde, a dégainé son téléphone et fait un *selfie* avec

Jack, sans même voir qu'il ne regardait pas son appareil photo, mais moi. Pourtant, je commençais à me sentir un peu comme une proie la nuit dans la forêt.

— Est-ce que tu penses que tu pourrais laisser des hommes disponibles pour le reste d'entre nous ? a dit Brenda quand nous nous sommes croisées à nouveau. En voilà encore un parfait exemple.

J'ai hoché la tête, mais je n'ai pas pu détourner le regard de Jack. Ses yeux semblaient noirs vus d'ici. S'il avait fait semblant de ne pas suivre tous mes mouvements avant, il ne le cachait plus.

— Colton Graves *est* disponible, ai-je répondu à Brenda. On a rompu aujourd'hui. Si tant est qu'on sortait ensemble, techniquement.

Jack a levé les yeux sur ma bouche pendant que je parlais. Il n'y avait aucun moyen qu'il puisse lire sur les lèvres. Et franchement, j'avais l'impression qu'il touchait mes lèvres sans les lire. Je les ai léchés sans réfléchir, et il a plissé les yeux.

— C'est bon à savoir, c'est bon à savoir, a murmuré Brenda à côté de moi. Je vous laisse... heu... vous importuner l'un l'autre avec vos yeux alors.

J'ai enregistré ses mots. Oter mon regard de Jack, c'était comme essayer de décoller un morceau de caramel beurre salé d'un papier. J'ai secoué la tête et je me suis dirigée vers le bar.

— Paulie, dans combien de temps pensez-vous qu'on peut faire sortir ces gens d'ici pour pouvoir fermer ?

— Je ne pense pas que les gars vont s'en tirer comme ça. S'ils veulent se débarrasser de ces filles, il faut que tu les sortes par derrière et que tu les ramènes à la maison, d'accord ?

— Quoi ? Non, Brenda peut faire ça, ai-je dit en paniquant.

Brenda est encore passée, les mains pleines d'assiettes.

— Désolé, chérie, je me foutrais des coups de pieds au cul mais je suis venue à pied. Pas possible.

— Paulie, ai-je supplié, en m'agrippant à des pailles. S'ils sont venus à pied, ils peuvent rentrer chez eux à pied. Non ? Ou bien vous les prenez, vous et je ferme. Et peut-être qu'ils ne veulent pas se débarrasser de ces filles.

— J'te remercie Keri Ann, et tu sais que je te fais confiance pour la fermeture et tout mais je veux être sûr que ces filles rentrent chez elles sans problèmes. Je ne veux pas qu'elles traînent dans le coin et foutent le boxon quand elles réaliseront que ces gars sont partis. En plus, les gars m'ont déjà demandé de l'aide pour partir. On doit leur permettre de s'échapper rapidement, pas de les renvoyer chez eux à pied pour qu'on puisse les suivre, tu vois.

Un énorme gloussement s'est échappé des rires autour de la table.

Paulie a levé la main et a fait signe à Devon, qui a hoché la tête à Jack, et tous deux se sont excusés pour quitter la table.

Je me suis tendue.

— Aw ! a dit la fille de l'autre côté d'Ashley. Vous devez aller aux toilettes ensembles ? Je pensais que nous, les filles, on était les seules à faire ça ?!

Devon a ri.

— Non, c'est Jack qui doit y aller, moi je vais voir Paulie pour lui demander si par hasard on ne pourrait pas rester un peu plus avec vous.

De toute évidence, il avait l'habitude de s'extraire de ce genre de situations.

J'ai soupiré d'un air résigné et je me suis dirigée vers la cuisine avant que Jack ne puisse à nouveau me regarder. J'étais sur le point de me retrouver seule dans un espace confiné avec lui, je n'avais pas besoin d'être encore plus excitée. Je savais que j'étais battue. Plus vite on en finirait avec ça, mieux ce serait.

J'ai pris mon sac et j'ai dit au revoir à Hector et aux autres gars dans la cuisine, j'ai couru par la porte de derrière dans la nuit fraîche du printemps pour prendre mon pick-up. Il s'est mis à rugir, j'ai fait un rapide demi-tour et je l'ai ramené au ralenti, le côté passager étant aligné à la porte que je venais de franchir. Une

banquette, trois personnes. Quelqu'un allait se retrouver extrêmement proche de moi.

J'ai baissé ma vitre et j'ai respiré à fond l'air de la mer, pollué
par les ordures du restaurant. Puis j'ai fermé les yeux et j'ai
compté lentement, en essayant de ramener mon pouls à une sorte
de rythme régulier, et j'ai attendu.

QUINZE

DEVON EST SORTI en premier par la porte de derrière et il s'est penché pour jeter un coup d'œil rapide à l'intérieur du pick-up. Pour s'assurer que c'était bien moi, je suppose. Il m'a fait un clin d'œil, comme si on partageait un énorme secret, puis il a ouvert la portière et s'est mis de côté pour que Jack puisse entrer en premier. Celui-ci a hésité pendant une fraction de seconde avant de grimper.

J'ai tourné la tête et regardé stoïquement le pare-brise sombre devant moi, comme si toutes les cellules de mon corps et de mes sens n'étaient pas en harmonie avec Jack, qui se tenait à quelques millimètres de ma cuisse sur le siège. Mes phalanges sont devenues plus pâles sur le volant. Ma peau était en fait plus chaude de ce côté de mon corps.

— Merci, Keri Ann, a dit Devon en entrant et en claquant la portière, causant un courant d'air qui m'a envoyé l'odeur de jack et m'a submergée.

Seigneur.

J'ai mis le camion en marche et je suis sortie du parking sur la rue sombre, les phares balayant les palmiers nains qui bordent le trottoir.

Closer to The Edge de *Thirty seconds to Mars* est sorti de la radio du camion.

— Pas de problème, ai-je répondu d'une voix éraillée.

J'étais faible à cet instant. J'étais fatiguée, épuisée émotionnellement et sur les nerfs. Et pire encore ? J'étais excitée. Je l'avais été toute la soirée. Pour une raison quelconque, mon corps n'avait pas reçu la consigne que je ne devais plus avoir aucun lien avec Jack. J'avais réussi à trouver la force de le repousser ce matin-là, même si mon corps avait réagi. En répondant au souvenir de ce que cela faisait d'être avec lui, ce qui était beaucoup plus puissant maintenant que c'était un vrai souvenir, qu'à l'époque où c'était juste un concept, tant de mois auparavant. Mon Dieu, je voulais arrêter de penser, mais j'en avais besoin en même temps, pour garder mes esprits.

En me déplaçant sur mon siège, j'ai tourné vers la maison de Devon.

Jack a pris une grande bouffée d'air à côté de moi et a penché la tête en arrière contre le siège. Ses mains sont tombées l'une contre l'autre entre ses cuisses vêtues de jean, les faisant s'écarter légèrement et se cogner contre mon genou.

J'ai sursauté et serré les dents.

— Désolé, a murmuré Jack et il a resserré les jambes.

Je l'ai regardé du coin de l'œil et je n'ai pas manqué de voir sa petite fossette qui se creusait en guise de sourire.

Devon me regardait de l'autre côté de Jack, tout innocent, les sourcils en l'air et les bras croisés.

— Alors, vous êtes là pour combien de temps, Devon ? ai-je demandé d'une voix stable et décontractée.

Il a souri.

— Pour un certain moment, en fait. Je suis en train de produire un film à Savannah dans lequel Jack jouera, donc on devrait être chez moi pour quelque temps.

Mon cœur battait la chamade. J'ai jeté un coup d'œil à Jack, puis j'ai regardé la route.

— C'est génial. Tant mieux pour vous. Tous les deux.

Alors il était revenu pour un film, pas pour moi ? *Bien sûr, Keri Ann.* Franchement, j'étais tellement bête parfois.

Et pourquoi ça me dérangerait, alors que je ne voulais plus rien avoir à faire avec Jack ? J'ai jeté un regard sur Devon, ignorant les yeux de Jack sur moi.

— Si ça veut dire que des scènes comme celle de ce soir vont devenir une habitude, vous feriez mieux de trouver des groupies pour ramener vos fesses à la maison quand vous êtes bourrés. Parce que je ne le ferai pas une autre fois.

Devon a ricané.

— Monica voudrait ma peau...

— On n'est pas soûls, a dit Jack tout bas.

Je me suis arrêtée dans l'allée de Devon, j'ai mis le levier de vitesses en position de stationnement et j'ai baissé la musique. *Non, non, non, non, je n'oublierai jamais,* disait la chanson dans la radio. Instantanément, j'ai été frappée par une vague de nostalgie. J'ai eu envie de retourner à nos débuts avec Jack.

Devon m'a remerciée et il a ouvert la portière. Il est sorti et, après un signe de tête à son comparse, l'a refermée derrière lui.

J'ai tourné brusquement la tête pour faire face à Jack.

— C'est quoi ça... Mes paroles sont restées en suspens alors que Jack se penchait vers moi, son parfum, son parfum de Jack dont je me souvenais si bien... le pin... le savon... le propre, m'entourait.

Mon pouls s'est accéléré.

Les phares du pick-up se reflétaient sur la maison blanche devant nous, lui éclairant les yeux, les faisant briller. Un vert profond de forêt, qui m'aspirait.

« Jack... »

Nos souffles se mélangeaient. Le mien, en respirations rapides et hachées, non synchronisées avec un besoin insatiable d'oxygène et de retour à la réalité.

— Tu crois que je ne suis de retour qu'à cause du film à Savannah, n'est-ce pas ?

Je me suis léché nerveusement les lèvres et j'ai hoché la tête.

Les yeux de Jack ont suivi le mouvement.

« J'ai supplié, a-t-il chuchoté. J'ai supplié, et j'ai vendu un peu plus de mon âme pour que ça arrive. » Sa bouche a formé un rictus.

— Je ne comprends pas pourquoi tu fais ça, Jack.

— Oui, je vois bien. Il s'est penché plus près et il a levé le bras pour s'accrocher à la portière côté conducteur. Me voir murmurer à l'oreille de cette fille ce soir t'a dérangé, n'est-ce pas ?

— Non, ai-je réussi à sortir.

— Menteuse. Tu veux savoir ce que je lui disais ?

J'ai secoué la tête.

— Non, certainement pas.

Le camion est soudain devenu immobile et silencieux quand il a coupé le contact, puis il s'est rapproché, partageant mon oxygène n'en laissant pas assez pour moi. Sa main a contourné le volant et éteint les phares.

Nous avons été plongés dans l'obscurité.

J'ai dégluti. C'était un son assourdissant. Tous mes sens se sont mis en état d'alerte maximale. En fermant les yeux, il ne servait à rien de les garder ouverts, j'ai senti ses doigts rugueux parcourir ma nuque et enflammer mes terminaisons nerveuses. Ses lèvres étaient proches, assez proches pour les goûter à nouveau, si je me penchais un peu en avant. J'ai résisté.

J'ai eu l'eau à la bouche.

Ses doigts dansaient sur ma pommette et ont glissé derrière ma tête. J'ai senti la douce traction sur ma queue de cheval et des mèches sont tombées autour de mes oreilles.

Jack a inhalé, il m'a respirée.

— Mon Dieu... a-t-il murmuré.

Je savais que je devais l'arrêter, arrêter ça, mais pendant un moment, je voulais juste... le ressentir à nouveau.

Le coussinet de son pouce a caressé mon pouls qui battait sauvagement dans mon cou, et j'ai relâché une bouffée d'air qui s'était coincée sans mon consentement. J'avais soif de la bouche de Jack, mais j'ai refusé de réduire la minuscule distance entre nous deux.

— Comment peux-tu me dire que ce n'est pas réel ? a chuchoté Jack, en caressant ma bouche avec ses paroles. Puis sa langue a glissé doucement sur ma lèvre inférieure.

Oh mon Dieu.

Un petit bruit m'a échappé. J'aurais dû l'arrêter plus tôt.

« C'est aussi réel que possible, Keri Ann. C'est du Technicolor, alors que tout le reste est en noir et blanc. Ça... Sa main a glissé vers le bas, sur la peau exposée de ma poitrine, puis a caressé ma robe et le bout de mon sein en envoyant des ondes de choc à travers tout mon corps. Je me suis cambrée dans sa main malgré moi.

Maudit soit mon corps, ce traître !

Sa main ne s'est pas arrêtée, mais elle a flotté le long de mon ventre jusqu'à ma cuisse, et je me suis tendue, les lèvres serrées pour contenir mes réactions, tremblante et au bord d'un endroit où ma fierté cesserait d'exister.

« Ça, a-t-il continué en froissant ma robe entre ses doigts tout en commençant à la relever lentement sur ma cuisse, ce que nous avons... c'est une surcharge extra-sensorielle... où tout le reste n'est qu'un putain de film muet. »

J'ai laissé échapper un souffle et j'ai serré la mâchoire.

Ma robe a glissé vers le haut. La chaleur s'est accumulée dans mon ventre. C'était enivrant. Y aurait-il quoi que ce soit d'autre dans ma vie qui me fasse ressentir ça ? J'étais engourdie avant qu'il ne me touche et engourdie depuis qu'il était parti. Je voulais sangloter sur l'injustice que cela représentait.

Comment pourrais-je ne pas vouloir être avec lui et vouloir être consumé par lui en même temps ? Je voulais retourner sur ce lit, avec lui sur moi, qui me regardait comme si j'étais son salut. Sa bénédiction. Sa libération.

Mais je savais pourquoi je ne voulais pas non plus. Je me perdrais en lui.

— ça, ai-je réussi à dire au moment où sa main a lâché ma robe en bouchon et a atterri sur ma cuisse nue, en envoyant des cascades de sensations sur ma peau, c'est juste du désir, Jack. Saisissant son visage entre mes mains dans l'obscurité totale, j'ai réduit la distance et incliné ma tête vers la sienne, en glissant ma langue dans sa délicieuse bouche.

Jack a gémi profondément, et ses doigts se sont enfoncés dans ma cuisse.

Il avait si bon goût. Tellement... Jack. Son visage était dur et rugueux sous mes doigts, sa bouche douce alors qu'il me laissait entrer, m'embrassant doucement en retour, ne répondant pas à mon agressivité. Alors je l'ai embrassé plus fort, pour le punir de m'avoir fait ça. Parce que je voulais qu'il prenne ma place, pour que ce ne soit pas ma faute si on en était encore là. Pour faire en sorte que ce soit *lui* qui m'embrasse, et que je ne le fasse pas *volontairement*.

C'était tellement n'importe quoi.

Sa douceur et son refus de répondre à mon besoin féroce m'ont eue. Et m'ont rendue folle. J'ai arraché ma bouche de la sienne, notre respiration erratique s'est propagée autour de l'intérieur du véhicule. J'ai lutté pour faire taire mon corps.

Il était lourd quand je l'ai poussé dans le noir absolu, pour l'éloigner de moi.

En me retournant sur mon siège, j'ai rallumé les phares du pick-up, et la lumière s'est écrasée sur ce moment bouillant, comme de l'eau glacée.

— Sors de mon camion, Jack.

— Quoi ? Sa voix était rauque, mais j'ai refusé de le regarder.

— Tu m'as bien entendu. Va-t'en. Dehors. Je ne peux pas faire ça avec toi. Je ne le ferai pas. Comment peux-tu t'attendre à ce que je le fasse ? Comment pourrais-je le vouloir ?

Jack a soupiré lourdement et s'est redressé sur son siège. Le silence et les non-dits s'étiraient, remplissant l'habitacle, glissant dans tout l'espace disponible entre nous et me repoussant contre mon siège avec leur poids.

Et puis, je l'ai entendu bouger pour ouvrir la portière. Il s'est arrêté alors que le plafonnier s'allumait, et que la pression entre nous se relâchait dans la nuit.

— Ce soir, cette fille, comme toutes les filles, les filles interchangeables, disponibles, cette fille...

— Elle s'appelle Ashley.

— Si tu veux, *Ashley*... m'a proposé de me tailler une pipe.

J'ai sursauté et mon estomac aussi.

— Je n'ai pas le temps pour ça, Jack.

— Mais je lui ai dit, très gentiment et discrètement, pour ne pas l'embarrasser devant ses amies, que je n'avais pas l'intention d'accepter son offre.

— Pauvre Ashley, ai-je murmuré avec sarcasme.

Il est sorti, puis s'est penché dans la cabine du camion, les épaules courbées et larges, remplissant l'embrasure de la porte.

Ses yeux étaient à la fois méchants, amers et vulnérables.

— Je te parle d'Ashley pour illustrer un point. Je n'essaie pas seulement de *baiser*. Je peux baiser quand je veux. Je suis un trophée sexuel potentiel pour presque toutes les femmes que je rencontre.

Il n'y avait même pas un soupçon d'arrogance sur son visage, malgré ces mots.

— Félicitations, Jack. Tu es très maître de toi. Mais franchement, même si j'apprécie que tu n'aies pas enfoncé le clou parce que j'étais présente dans la salle, quelle importance ça a puisque le monde entier, tout comme moi, a dû te voir t'afficher partout dans les médias avec toutes les femmes disponibles ? J'ai haussé les épaules. Qu'est-ce que ça change une de plus ?

Il a quitté le camion et le bruit du gravier s'est répandu quand il a donné un coup de pied dedans, le dos tourné.

— Merde ! a-t-il grogné et il s'est agrippé les cheveux à deux mains en serrant les poings et en contractant les omoplates sous son tee-shirt. Il a expiré bruyamment puis s'est retourné vers moi, le visage empreint de souffrance. Contrairement à toi, il s'est raclé la gorge, je n'ai couché avec personne depuis sept mois.

— Quoi ? J'étais sous le choc. Il pensait que je... ? Attendez. Il n'avait pas... ?

— Pas depuis toi.

J'ai plissé le front, à la fois surprise et perplexe

— Crois-moi ou pas, mais tu devrais le savoir, au moins. Et... Les muscles de sa mâchoire ses ont crispés. Je sais à quoi ça ressemblait. Pour le meilleur ou pour le pire, je l'ai fait exprès. Et j'en suis désolé. C'était vraiment débile. Mais ce que tu penses avoir vu et ce qui s'est réellement passé, ou dans ce cas, ce qui ne *s'est pas* passé, sont deux choses très différentes.

Mon esprit n'arrivait pas à digérer les mots qu'il entendait, assez rapidement pour ressentir du soulagement ou de l'incrédulité. J'ai choisi un des deux.

— Tout comme tu n'as pas couché avec Audrey, et pourtant elle portait peut-être ton enfant ?

J'ai détourné le regard. Comment pouvais-je le croire sur parole ?

— Bordel de merde. Tu me laisses t'expliquer ? Ou tu as peur que quand tu sauras la vérité, aussi brutale soit-elle, tu n'aies plus aucune raison de te cacher derrière ?

Je les regardé dans les yeux et j'ai vu qu'ils m'imploraient de l'écouter. J'ai aussi vu qu'il était surpris par sa propre question. Et nerveux à cause de la réponse que je ferais.

— Oui, ai-je admis en chuchotant.

Ses yeux se sont un peu élargis.

« S'il te plaît, Jack. Peut-être que je te croirai et que je te pardonnerai, mais... »

— Mais, quoi ?

J'ai avalé et j'ai affronté ma vérité.

— Et si je ne veux toujours pas faire partie de ta vie ? J'ai des projets et je sais comment les réaliser et... et... pour la première fois, je peux voir un avenir. Mon avenir. J'ai fait une pause, en luttant pour trouver les bons mots. J'ai peur que tu m'avales toute entière.

Mon aveu a coupé l'air entre nous comme une guillotine.

— Eh bien. Il a plissé le front et sa pomme d'Adam a fait un bond. Il avait l'air désolé. C'est une autre histoire ça, n'est-ce pas ?

SEIZE

J'ÉTAIS PHYSIQUEMENT et émotionnellement épuisée par ma journée et du fait d'avoir foutu Jack dehors... de mon pick-up et... de ma vie... encore une fois. Dès que je suis arrivée dans mon lit, je me suis laissé tomber comme un sac de ciment.

J'ai été réveillée par la lumière du soleil qui filtrait à travers ma fenêtre. J'ai tendu une main hésitante et j'ai pris mon téléphone sur la table de nuit. Je me suis rendu compte qu'il était presque dix heures. J'étais attendue au Grill une heure plus tard. J'avais aussi manqué un autre appel de Jazz.

Les images et les émotions de la nuit précédente se sont infiltrées dans mon esprit, faisant des ravages sur le sentiment de paix que j'aurais dû avoir après neuf heures de sommeil consécutives. Le fait que Jack m'ait révélé qu'il n'avait couché avec aucune de ces filles m'avait rendue perplexe. Mais je ne savais pas si je devais le croire et si cela faisait vraiment une différence.

Je suis descendue pour faire du café, puis je suis remontée prendre une douche. Mes cheveux étaient étonnamment beaux avec les mèches que le salon avait faites la veille. Je les ai attachés et je me suis douchée et changée pour le travail. Essayer d'empêcher mes pensées de s'égarer vers Jack était presque impossible. Je me sentais bizarre et déprimée par la façon dont les choses se passaient entre nous. Je lui avais demandé de rester à l'écart, et il ne l'avait pas fait. Je ne lui en voulais pas forcément. C'était inquiétant de découvrir que j'étais soulagée de savoir qu'il avait ignoré ma requête. Mais maintenant, je venais *encore* de le mettre dehors. Une partie de moi trouvait ça justifié. Je connaissais toutes les raisons pour lesquelles je l'avais fait. Puis l'autre partie de moi, une partie au fond de mon cœur, se sentait lourde et partagée.

ON ETAIT EN PLEIN RUSH DE midi au Grill. Les résidents ne voulaient pas l'admettre, mais je savais qu'ils espéraient voir Devon et Jack de leurs propres yeux. Ça m'avait laissée sur les nerfs et épuisée. Je savais qu'ils ne reviendraient probablement pas, mais la simple possibilité qu'ils le puissent mettait mon niveau d'anxiété en alerte maxi.

A trois heures, quand Jazz est entrée toute bronzée, ses cheveux blonds ébouriffés et pleins de vagues désordonnées séchées à l'air libre, j'étais si soulagée de la voir que je ne me doutais même pas qu'elle était encore censée être en Floride. Je me suis jetée sur elle et je l'ai serrée fort dans mes bras.

— Purée, lâche un peu le homard. Elle a ri en grimaçant.

— Merde, désolée, ai-je dit en remarquant que la peau de son dos était brûlante sous mes doigts.

— Je me suis endormie près de la piscine hier, et cet imbécile de Brandon m'a laissée cramer. Elle s'est retournée et m'a montré son dos.

— Aïe... J'ai fait une grimace pleine de compassion à la vue de son dos cramoisi. C'est donc « cet imbécile de Brandon » maintenant ? Et qu'est-ce que tu fais ici d'abord ? m'est-il soudain venu à l'esprit de lui demander.

Elle s'est retournée et elle a soupiré pendant que je la conduisais vers un siège au bar.

— Ouais, eh ben, j'avais besoin de faire une pause. Et il fait encore plus chaud qu'ici, en Floride. Brandon est tellement gentil, et il a vraiment une belle gueule, mais j'te jure, parfois je me demande s'il a un cerveau. Et ne me parle pas de sa prise de décisions. Je suis une femme moderne et tout mais j'aurais bien besoin d'un mâle alpha, là. Elle a levé les yeux au ciel. Etre avec lui c'est un peu comme s'occuper d'un enfant, tu vois ?

Je lui ai servi un Arnold Palmer [1] en riant.

— Et pourtant c'est toi qui as pris le coup de soleil !

Jazz m'a tiré la langue.

— Pourquoi y a tout ce monde ici ? Ne me dis pas que *notre célébrité* a paradé dans toute la ville, si ?

— Comment t'as deviné ? Il était là avec Devon hier soir. Ils ont causé une émeute, distribué des autographes, sont devenus les meilleurs amis de Paulie en lui tapant dans le dos et tout. C'était bizarre et nauséabond.

Jazz s'est étouffée avec son thé, les yeux grands ouverts.

— Waouh ! Il est vraiment sorti en public ? Puis elle a froncé les sourcils. Pendant que tu travaillais ? Comment il était avec toi ? Mon Dieu, ça a été ?

Et c'est pour ça que j'aimais Jazz. Elle me connaissait comme seule une meilleure amie pouvait me connaître. Elle savait exactement quoi demander et jusqu'où elle pouvait aller.

« C'est pour ça que tu m'as envoyé ce texto disant que tu étais traumatisée ? J'ai essayé de te rappeler, au fait. »

— Je sais, je sais. Et non, je l'ai envoyé avant même d'arriver ici et de voir ça. J'étais traumatisée par ma tentative désastreuse pour acheter une robe et par l'expérience bizarre de rendez-vous de beauté à Savannah. Tout ça après un déjeuner avec Colt où il a carrément mis fin à notre non-relation.

Les yeux de Jazz se sont encore élargis et elle a enroulé les lèvres autour de sa paille.

J'ai ricané.

« Si j'avais su à quel point le reste de la soirée allait être trau-matisant, je n'aurais pas prononcé ce mot avec autant de désinvol-ture. Oh, et ton amie Ashley était là, en train de promettre des faveurs sexuelles à Jack tout en lui léchant pratiquement l'oreille. »

Elle lui avait peut-être bien léché, d'ailleurs. *Seigneur.* J'ai frissonné.

— Oh putain ! Cette fille est une MST en puissance, si ce n'est déjà fait. Tu peux me faire confiance. Dis-moi qu'il ne s'est rien passé entre eux. Jazz m'a attrapé la main et l'a serrée.

— Non, Dieu merci.

— Mais il se comportait visiblement comme un con devant toi. Il faut que tu me racontes tout depuis le début.

JAZZ a attendu avec moi jusqu'à la fin de mon temps de travail, puis nous sommes allées chez moi. J'ai sorti une boîte avec des restes de tarte aux noix de pécan de Mme Weaton que j'ai réchauffé dans deux assiettes au micro-ondes.

— Mon Dieu, les garçons peuvent être si con parfois, a dit Jazz quand je lui ai raconté tout ce qui s'était passé depuis notre coup de fil au milieu de la nuit où je lui avais dit que Jack était de retour. S'il ne faisait rien avec ces filles en Angleterre, pourquoi a-t-il recréé toute cette scène en traînant avec Ashley et ses copines ?

— Je sais... J'ai secoué la tête et j'ai ajouté de la crème glacée à ma tarte. Tu crois qu'il n'a couché avec personne depuis la dernière fois qu'il m'a vue ?

— Putain, peut-être.

— Mais il y a des tonnes de choses qu'il aurait pu faire sans avoir à... faire vraiment le truc, ai-je murmuré morose en pensant à la proposition que lui avait faite Ashley hier soir.

— C'est vrai, a dit Jazz, puis elle a écarquillé les yeux et ouvert grand la bouche pour ensuite la tordre dans une parodie d'effroi. Mon Dieu, peut-être que tu as une foufoune magique, et que tu l'as... *bloqué*, a-t-elle chuchoté en murmurant la dernière partie avec une grimace qui imitait l'horreur.

Je me suis étouffée avec ma part de tarte.

Jazz a continué de façon dramatique, « Genre, pour toujours. Mon Dieu, le pauvre gars doit être désespéré. Tu imagines le truc ?! »

Jazz a eu du mal à dire le dernier mot de sa phrase parce que nous avons toutes les deux eu une crise de fou rire.

— Ou peut-être qu'il a juste développé un dysfonctionnement érectile.

— Dans ce cas, tu ne voudras probablement plus de lui de toute façon !

La porte de derrière a claqué, interrompant notre hilarité.

— Il n'y a pas de quoi se moquer, les filles. La voix de Joey est arrivée de derrière nous, nous faisant sursauter. C'est un vrai problème médical. Et c'est bon de savoir que vous ne grandissez pas beaucoup pendant mon absence !

— Joey ! J'ai sauté pour l'embrasser. Qu'est-ce que tu fais à la maison ?

— Je pensais que je pouvais faire la surprise à ma sœur préférée, a-t-il dit en posant son sac de sport et en m'attrapant. Il était beau, en jeans, avec une chemise bleue, des bottes de cow-boy en cuir marron et ses cheveux blonds étaient plus longs et plus hirsutes que d'habitude.

— Et t'assurer que je ne sautais pas dans les bras de Jack ?

— ça, aussi. Il m'a serrée dans ses bras. Salut Jazz, a-t-il juste dit par-dessus ma tête. De toute façon, il faut que je travaille mes cours les jours prochains et je peux le faire ici aussi bien que là-bas.

— Jazz revient tout juste de Floride où elle était avec Brandon, ai-je ajouté pour elle.

— Salut, Joey, a-t-elle gazouillé en se raclant la gorge. Eh bien, on parlait justement de Jack, et donc, comme il a ce « problème médical », Keri Ann est en sécurité, apparemment.

— Et comment vous pouvez savoir toutes les deux qu'il a ce problème ?

— On le suppose. Malgré toutes les preuves du contraire, il est célibataire depuis la dernière fois qu'il a vu ta sœur.

Joey a ricané d'un air sarcastique.

— Ouais, c'est ça...

— C'est soit ça, soit tu devras te rendre à l'évidence que Jack en pince vraiment pour Keri Ann. La proclamation de Jazz nous a tous calmés. Parfois, les gens savent vraiment ce qu'ils veulent, a-t-elle ajouté, et je savais qu'elle ne pouvait pas se retenir avec Joey.

J'ai dégluti.

— Ou, il *ment*, a dit Joey. Vous, les filles, vous faites trop confiance aux hommes. Souvent, les mecs ne veulent qu'une chose et disent n'importe quoi pour l'avoir.

— *Nous*, les filles, on fait trop confiance ? Ou *les filles* en général ? lui a rétorqué Jazz d'une voix sèche. Et les mecs *en général* disent n'importe quoi pour l'avoir, ou les mecs comme *toi* ?

Waouh !

Jazz s'est affalée sur sa chaise de cuisine, puis elle a aspiré une bouffée d'air entre ses dents quand son dos a touché le dossier.

— Aïe !

Joey s'est avancé d'un bond, pris en flagrant délit d'intérêt pour elle.

— Qu'est-ce qu'il y a ?

J'ai souri.

— J'ai un coup de soleil, c'est rien, a dit Jazz en grimaçant.

Joey est passé derrière elle.

— Merde, c'est moche. Quand est-ce que c'est arrivé ?

— Hier après-midi. Je me suis endormie au soleil, a-t-elle marmonné. C'est rien, vraiment. La Lidocaïne que j'ai pulvérisée dessus avant de prendre la route ne doit plus faire effet.

— C'est quoi ces conneries ? Ton... Bradford, ou autre, n'était pas censé être avec toi ?

Je savais très bien qu'il connaissait le prénom du copain de Jazz.

— Brandon ! avons crié Jazz et moi. Et nous nous sommes regardées. Aux yeux marron-chocolat ! a-t-on dit encore en chœur, en éclatant de rire.

— Vous avez bu ou quoi ? a demandé Joye.

Toujours en riant, je suis allée vers l'armoire à pharmacie et j'en ai sorti la trousse de secours. J'ai fouillé partout et j'ai trouvé de la Lidocaïne et une crème apaisante à l'Aloe vera.

— Attrape, ai-je dit en jetant les boîtes à Joey.

Joey les a attrapés, impeccablement, l'une après l'autre.

— Je ne vais pas...

— Non, pas lui...

— Si, lui. Je vais me doucher pour enlever les odeurs du Grill. Après on commandera des pizzas et on regardera un film.

Je me suis dirigée vers les escaliers et j'ai entendu Jazz murmurer comme si elle s'ennuyait.

— Très bien, voyons ce que vous savez faire, Docteur Butler.

— Vous m'avez toujours donné envie de jouer au docteur avec vous, Mademoiselle Fraser, a répondu Joey, et dans ma surprise, j'ai failli trébucher dans l'escalier.

D'habitude, c'était Jazz qui le taquinait et essayait de l'aiguillonner, et je ne l'avais jamais entendu entrer dans son jeu. J'aurais tout donné pour voir la tête de Jazz. Peut-être que Colt avait raison, un peu de saine concurrence faisait des merveilles.

DIX-SEPT

LE LENDEMAIN MATIN au réveil, la première chose qui m'a frappée a été que j'avais fait une erreur avec Jack. Je le savais jusqu'au fond de mon âme de fille de la Caroline du Sud. De la même façon que je savais qu'il était temps de chercher des nids de tortues de mer sans avoir à vérifier sur le calendrier.

Je luttais pour me sortir des bras de Morphée qui me séduisaient avec la promesse de retourner vers cette zone quasi inconsciente et sans émotion, quand des sons et des odeurs venant du bas ont pénétré ma conscience. Café, bacon et quelque chose de sucré me promettaient une récompense pour faire face à ces sentiments compliqués.

Comment pouvais-je me sentir coupable d'avoir blessé Jack après ce qu'il m'avait fait subir ? Mais là, c'était clair comme de l'eau de roche. Je me sentais coupable quand je repensais à son expression, à ses beaux yeux qui semblaient si malheureux. Deux fois depuis qu'il était revenu quelques jours auparavant, j'avais écouté ses déclarations et je les lui avais jetées à la figure avec insouciance. *Mon Dieu !* Mais j'avais raison de le faire, le droit de me protéger. Et si je lui donnais une chance et que je me retrouvais là où j'étais des mois plus tôt?

Et franchement, tout ce cirque avec Devon et lui au Grill en train de signer des autographes.... c'était ça, mon avenir ? Etre sous les feux de la rampe était déjà assez difficile avec mes réalisations artistiques, imaginez être photographiée en tant que petite amie de Jack Eversea ? D'être jugée pour savoir si j'étais assez bien pour lui, ou si j'avais quelque chose que les autres n'avaient pas ? J'ai frissonné. Non, merci.

Et puis, quand on se séparerait encore, je recevrais des regards apitoyés du monde entier, pas seulement de ceux qui le savaient la première fois. *Bien sûr que ça n'allait pas durer*, diraient-ils. *Elle n'était pas faite pour lui. Qu'est-ce qu'il lui trouvait de toute façon ?*

Soudain, je me suis assise dans mon lit. *Putain !*

Le petit-déjeuner sentait vraiment bon. J'ai rapidement enfilé un pantalon cargo et un tee-shirt noir et j'ai descendu les escaliers en trottinant.

Mme Weaton, ma locataire âgée, qui avait pourtant sa propre cuisine dans son propre chalet, était en train de ronchonner dans sa barbe, dans *ma* cuisine. Elle m'a aperçue, et son visage ridé s'est froissé en souriant.

— Salut, ma belle ! a-t-elle dit d'une voix chantante en me serrant d'une seule main, tout en tenant la spatule de l'autre.

J'ai regardé dans la pièce et j'ai vu Joey à la table de la cuisine penché sur un ordinateur portable et des papiers, profondément concentré.

— Euh, salut. Je lui ai rendu son embrassade, son parfum de lavande m'a réconfortée et j'ai souri devant son maquillage excentrique. C'est pas que je n'aime pas être réveillée par l'odeur du café et du bacon, mais que faites-vous ici ?

— Oh, chérie, pose tes jolies fesses sur ce siège et je te raconterai tout. Prends d'abord un café. Elle s'est approchée de la cafetière.

— Bonjour, Joey.

— Bonjour, a-t-il marmonné sans lever les yeux.

C'était bizarrement tendu hier soir entre mon frère et Jazz

quand on regardait le film. Finalement, Jazz avait prétexté la fatigue de la conduite et nous avait dit bonne nuit. Joey l'avait regardé partir d'un air maussade, tout en frottant sa lèvre inférieure avec son pouce encore et encore.

Je m'étais abstenue de dire un mot.

Je me suis dirigée vers le café. Il y avait une grande enveloppe blanche appuyée contre le sucrier, avec *Keri Ann* gribouillée dessus.

— Qu'est-ce que c'est, ai-je demandé à Mme Weaton, en la prenant.

— Oh, c'est juste une lettre de Jack.

— Quoi ? Mon sourire a quitté mon visage.

— Quoi ? a demandé Joey, en levant la tête.

J'ai froncé les sourcils en le regardant

— Je sais, a dit Mme Weaton d'une voix chantante. J'ai dû lui donner une enveloppe ! Vous les jeunes, vous devriez tous avoir votre propre papeterie. Comment pouvez-vous correspondre alors que vous ne possédez même pas une enveloppe ?

— Comment... quand... ? Je ne savais pas quoi demander en premier.

— Hier soir. Je suis rentrée un peu tard de mon Canasta[1] du mercredi après-midi et j'ai trouvé Jack ici. Je lui ai donné l'enveloppe et je lui ai dit de la laisser sur le porche. Il avait vu la voiture de Joey et Jazzy alors il ne voulait pas te déranger. Quand je me suis réveillée ce matin et que j'ai vu que tu ne l'avais pas prise, j'ai pensé te l'apporter.

Elle a transféré le bacon sur un vieux papier journal, puis elle a soupiré et ouvert le four, baignant la cuisine dans une bouffée chaude de cannelle et de mélasse.

« Ce garçon... ! » a-t-elle dit dans un soupir.

Mon estomac a grogné, en étouffant les battements de mon cœur, tandis que je décachetais nerveusement l'enveloppe. J'ai pris ma tasse de café et je l'ai apportée à la table.

— Qu'est-ce qu'il a, ce garçon ?

— Eh bien, ma chère, c'est évident ce qu'il ressent pour toi. Je l'ai su dès le début. Et je suis juste là pour m'assurer que tu lises sa lettre et que tu entendes ce qu'il a à dire pour sa défense.

— Oh, s'il vous plaît, a ricané Joey. Je dirais qu'il a eu l'occasion de dire à Keri Ann ce qu'il ressentait, et je pense que nous avons tous bien compris le message la dernière fois.

J'avais la gorge nouée.

« Excuse-moi, a dit Joey rapidement. Mais tu ne vas pas la lire, quand même ? »

Mme Weaton a apporté une assiette de bacon et un gâteau à vous donner une crise cardiaque, qui ressemblait à un cake bourré de beurre, de sirop, de noix de pécan locales et de cannelle. Elle a posé le tout sur la table devant Joey et moi. Un petit-déjeuner de champions.

J'ai fait glisser la lettre sur le côté et je me suis pris une part des offrandes.

— Depuis quand êtes-vous de son côté ? ai-je demandé à Mme Weaton en décidant de faire comme si Joey n'était pas là. Vous vous souvenez à quel point j'étais malheureuse, n'est-ce pas ?

J'ai pensé que je pourrais aussi bien jeter un os à ronger à Joey.

— Chérie, à mon âge, on acquiert une sagesse sur la vie et sur l'amour. Tu verras tes erreurs et tes regrets dans toute leur glorieuse nudité. Et ce sera pas joli, joli. Elle a soupiré. Je peux te promettre que tu regretteras de ne pas lui avoir donné une seconde chance. Ce garçon est amoureux. Il ne s'en rend peut-être même pas encore compte, mais quand il le fera, je pense qu'il n'y aura rien qu'il ne fasse pour toi. On ne jette pas ça à la poubelle quand ça vous arrive. Ça ne vous arrivera peut-être plus jamais !

Joey n'avait rien à dire, pour une fois. Il s'est levé et il a quitté la cuisine.

J'ai mordu dans le délicieux gâteau, mais en entendant ça toute sa saveur a disparu.

— Eh bien, il m'a dit qu'il l'était, amoureux de moi, ai-je dit tout bas, de peur que Joey ne puisse encore m'entendre. Mais je lui ai dit que s'il le pensait, il devait me laisser tranquille. Et il ne l'a pas fait. Il s'est pointé au travail avant-hier soir. J'ai secoué la tête. Comment peut-il être amoureux de moi ? Il me connaît à peine ! J'ai fait tomber la fourchette sur mon assiette avec un bruit métallique et je l'ai repoussée. Comment ose-t-il revenir ici et foutre ma vie à l'envers ?

J'ai tendu la main vers la lettre, avec l'intention de déchiqueter en mille morceaux dans mon irritation. Et ma peur. J'avais *peur* que ça me fasse changer d'avis.

Mme Weaton m'a surpris en l'arrachant d'une main osseuse et tachée par la vieillesse, avant que mes doigts n'atterrissent dessus.

— Non ! Pas question !

— Merde. Vous êtes rapide ! ai-je dit, choquée, alors qu'on se regardait les yeux écarquillés. Puis j'ai pouffé et on a toutes les deux éclaté de rire.

— Eh bien, c'est un soulagement comique bienvenu, ça commençait à devenir plutôt larmoyant par ici, a dit Mme Weaton en faisant semblant d'être fâchée.

— Désolée, je ne l'aurais pas vraiment déchirée. J'imagine que je lui en veux encore tellement. Comment est-ce qu'il a pu partir sans dire un mot s'il ressent vraiment ce qu'il dit ? Et franche-ment, quelle putain, pardon, de relation je vais avoir avec une star de cinéma ?

— Eh bien, je ne sais pas, tu lui as demandé ?

— Non, ai-je répondu en secouant la tête. Enfin, je voulais, ou du moins, on a essayé d'en parler, mais... je n'ai pas voulu écouter.

J'ai essayé de rassembler toutes les bribes des explications dont je me souvenais.

« Il a dit... J'ai marqué une pause, me demandant si je devais en parler. Il a dit qu'il devait rester à l'écart pour me protéger, et il a dit qu'il n'avait pas... euh, enfin vous voyez... j'ai rougi en m'éclair-cissant la voix... depuis moi.

— J'espère bien que non ! a-t-elle rétorqué, l'air furieux. Mais je sais comment sont les jeunes de nos jours. Je suppose que ça veut vraiment dire quelque chose. Je ne dis pas que tu lui pardonnes tout de suite, ni même que tu croies tout ce qu'il dit, mais, chérie, il faut au moins que tu saches tous les faits. Elle m'a glissé la lettre. Tu ne voudrais pas regretter ça. Crois-moi, je le sais. Maintenant, mange. Et après tu liras.

J'ai pris une grande gorgée de café et j'ai mâché quatre morceaux de bacon et la moitié de la tranche de gâteau. C'était vraiment affreusement bon. Quand j'ai eu fini, j'ai serré Mme Weaton dans mes bras et je suis montée au grenier.

J'ai retrouvé le petit coin lecture que je m'étais créé quand j'étais petite. En ouvrant la grande enveloppe, je m'attendais à trouver une lettre. Apparemment une longue, compte tenu de l'épaisseur de l'enveloppe. Au lieu de cela, j'ai sorti une liasse de feuilles blanches pliées et attachées avec une vieille ficelle rouge décolorée. Les feuilles avaient clairement été déchirées d'un cahier et étaient remplies de gribouillis de Jack que j'ai reconnus d'après les listes de courses qu'il avait l'habitude de laisser.

Mon cœur battait la chamade quand je me suis enfoncée dans le matelas et les oreillers. Les pages étaient datées. C'était vraiment une sorte de journal intime. Pourquoi diable voulait-il me confier ses pensées intimes ? J'ai passé en revue les pages datant de janvier jusqu'au mois dernier. J'ai commencé à voir des bribes de mon nom, et j'ai rapidement replié les pages et les ai tenues contre ma poitrine, en soupirant longuement. Est-ce que je voulais vraiment faire ça ?

Bien que j'aie dit que je n'avais pas besoin de savoir, j'avais désespérément besoin de comprendre ce qui s'était passé quand Jack était parti et pourquoi il n'était pas revenu. Il était aussi évident maintenant, après deux tentatives ratées de se parler en direct, qu'il m'était impossible d'être près de lui assez longtemps pour l'écouter avant qu'une dispute ou une réaction de fuite, comme je savais si bien faire, ne se déclenche. Et il s'était rendu compte avant moi que c'était peut-être le seul moyen de m'atteindre. Et la seule façon pour que je ne crois pas qu'il soit en train de me débiter des répliques de cinéma.

Seigneur ! C'était réel.

Il était réel.

C'était bien réel.

J'ai déplié les feuilles et j'ai commencé à lire.

Iver Heath, Buckinghamshire, Angleterre
10 janvier

Je n'arrive pas à croire que je sois revenu ici. En Angleterre. Je me caille. L'air est blanc, humide et rempli de petits cristaux de glace. Le vert que je vois partout où je regarde est tellement profond et foncé que j'ai l'impression qu'il n'y a pas d'autre couleur.

"The better part of valor is discretion."
~ William Shakespeare

12 janvier

Ma mère avait l'habitude de me donner des journaux intimes vierges quand j'étais plus jeune pour m'aider à "trier les choses", disait-elle. "Mets-le sur papier si tu ne peux pas en parler, et enlève-le de ta tête pour que ça ne s'envenime pas." C'est comme ça qu'elle avait découvert que je me droguais quand j'avais 16 ans. Me faire tout écrire c'était une bonne idée de sa part.

Bien sûr, je suis allé voir Maman dès mon arrivée. Je devais m'excuser de ne pas être venu quand j'avais été à Londres avec Audrey. Bien sûr qu'elle m'a pardonné. Elle le fait toujours. Je suis allé me coucher dans leur chambre d'ami chez elle et Jeff et j'ai dormi deux jours. Quand je me suis réveillé, elle m'a tendu une tasse de thé et ce foutu cahier tout neuf. Il n'y a rien de mieux que d'être avec ta mère pour te ramener directement à l'enfance. "Je n'en ai pas besoin", je lui ai dit. Mais me voilà déjà en train de mettre mon âme à nu sur les pages d'un journal plutôt qu'en face de la seule personne qui m'ait jamais donné envie de me confier.

18 janvier

Keri Ann.

Le simple fait d'écrire son nom me provoque une décharge électrique
étrange. Comme si je ne devais pas l'écrire.

C'est un écho de ce que j'ai vécu quand j'étais avec elle. Comme si elle
était trop bien pour que je l'attire dans les conneries qui composent ma vie.
J'aurais dû m'écouter.

19 janvier

Je suis sur le plateau. J'ai rencontré toute l'équipe et le scénariste
aujourd'hui (Alistair Mc Gowan) et c'est un vrai con. Je déteste dire cela
des gens que je connais à peine, mais il était ivre à la réunion à sept heures
ce matin et il a commencé à mettre sa main sous la jupe de cette pauvre
stagiaire qui nous apportait du café. Il a ri et il lui a dit qu'elle ne devrait
pas porter de jupe au travail. Comme je l'ai dit, un connard. Si je n'avais
pas promis à Peak de remettre ce projet sur pied en échange du silence
d'Audrey et pour l'empêcher de faire son cinéma de femme bafouée avec
Keri Ann, je me serais barré.

"You cannot find peace by avoiding life."
~ Virginia Woolf

20 janvier

Nous allons tous à Londres demain soir, les acteurs et l'équipe. Heureusement qu'on n'est qu'à 30 km. Ce sera ma première occasion de me faire
prendre en photo. Duane m'a envoyé un texto pour me dire qu'Audrey a
encore fait des vagues, en se plaignant que les fans la détestaient toujours, et
que je devais commencer à faire ma part du deal. Je vais peut-être
demander à cette stagiaire, Suzy, si elle veut bien se faire prendre en photo
avec moi. On pourra toujours enrayer le truc. Je préfère que ce soit avec
quelqu'un en qui je puisse avoir confiance, plutôt qu'avec une folle poten-
tielle. Histoire de donner à Audrey ce qu'elle veut le plus vite possible. J'es-

père de tout mon cœur que Keri Ann ne verra pas la photo et ne pensera pas
que je n'en ai rien à foutre.

30 janvier

J'ai joué le rôle de la star de cinéma heureuse, chanceuse et séduisante
pendant si longtemps que j'ai commencé à y croire. Au moins, j'avais
commencé à y croire avant de rencontrer Keri Ann. Je portais l'imperti-
nence, l'assurance, la connaissance que je pouvais, si je le voulais, avoir
n'importe quoi et faire n'importe quoi. Porter cette peau était devenu plus
facile. J'avais enfoui mon vrai moi si profondément que je l'avais oublié.
Ou je ne pensais pas qu'il valait la peine qu'on aille le rechercher. Je n'en
suis toujours pas sûr.

30 janvier-plus tard

Le problème, c'est que j'adore ce que je fais. Je m'en suis vraiment souvenu
aujourd'hui. Je déteste la merde, la fausseté, la superficialité, les jeux
auxquels tu dois jouer. Les petites danses qu'on doit faire pour caresser des
egos, rendre les gens heureux et montrer la quantité précise de gratitude et
d'humilité. Mais aujourd'hui, nous tournions une scène particulièrement
émouvante où mon personnage quitte l'amour de sa vie et lui fait du mal...
grossièrement et délibérément. C'était, ou aurait pu être, une scène géniale,
mais ça fait des jours qu'on s'y attelle et on ne l'a pas encore réussie. J'ai
tout donné pourtant. La scène... était juste... mal écrite. Je pouvais le voir
si clairement. J'ai enfin eu le courage de dire quelque chose au réalisateur,
Dan, et il m'a laissé faire à ma façon pendant qu'Alistair, ce connard bouffi
d'orgueil, faisait on sait pas trop quoi quand il disparait pendant des
heures. Pourquoi est-il sur le plateau d'abord ? Sa période de consultation
est finie depuis longtemps.

Ok, j'arrête de râler.

"There is no exquisite beauty without
some strangeness in the proportion."
~ Edgar Allan Poe

1ⁱᵉʳ *février*

Elle me manque. Comment peut-on regretter quelqu'un avec qui on n'a pas vraiment passé beaucoup de temps ? Je pense que c'est à mon âme qu'elle manque, alors. C'est la seule explication.

J'entre vraiment dans la tête de mon personnage, cet artiste, et je me demande toujours ce qu'elle en dirait. Quel conseil elle me donnerait.

15 *février*

Maintenant que "Alistair Le violeur" a été retiré du plateau, les choses vont très bien. Je suis vraiment impliqué, ça a été une expérience plutôt géniale. Dan, le réalisateur, parle de me donner des droits sur l'écriture et la réalisation. La nouvelle s'est répandue et la presse nous a demandé de changer notre politique de plateau fermé. J'ai refusé. Quand les caméras ne tournent pas, je dois laisser le personnage que j'ai inventé en dehors de ce que je fais ici. J'ai eu d'autres séances photo avec Suzy et des amis à elle. Ce sont des filles cool et c'est sympa de rire avec elles. Et surtout elles sont blondes, Dieu merci. C'est déjà assez pénible quand je me sens seul et que j'ai une demi bouteille dans le nez de me dire parfois que si je rencontrais quelqu'un avec la même couleur de cheveux qu'elle, comme du caramel brûlé, ce serait facile de faire semblant. Pendant un moment. Je ne sais pas pourquoi je ne le fais pas, en fait. Je veux dire qu'à ce stade, elle doit avoir tourné la page. Peut-être que ça ne lui a même pas pris autant de temps. Ou peut-être qu'elle a vu les photos et supposé le pire.

Peut-être que je devrais passer à autre chose moi aussi. C'est juste que... je ne peux pas.

Peut-être que ce qu'on vivait n'était pas "le grand amour". Peut-être que j'ai tout imaginé. Peut-être qu'elle n'en a jamais rien eu à foutre, et que je suis le seul à avoir imaginé des choses ? Je voulais qu'elle voie au-delà de cette ridicule armure de confiance que je porte, mais peut-être qu'elle ne l'a jamais fait ? Et si elle avait vraiment vu en moi et que je ne lui suffisais pas ?

20 février

Conférence téléphonique sur le film de Dread Pirate Roberts aujourd'hui. C'était bon d'entendre la voix de Devon au téléphone. Il y avait aussi des gars de Peak et un type de la prod' d'ici, à Londres. J'ai insisté pour qu'ils tournent le film à Savannah. Je savais que Devon serait partant puisqu'il a une maison là-bas dont il ne profite pas assez. J'ai parlé de l'histoire de la ville et des docks près de la rivière, etc... Nous verrons bien. J'ai juste besoin de trouver un moyen de passer BEAUCOUP de temps là-bas. Je ne sais pas pourquoi. J'ai rappelé Duane après que tout le monde ait raccroché et je l'ai pratiquement supplié. On verra quel sera le prix à payer s'il accepte.

25 février

Putain, je suis déprimé. C'est bon pour mon rôle. Le rôle que je joue est aussi morose qu'on puisse l'être.

Il ne pleut même pas ici, il fait juste humide. Comme un froid constant et profond avec cette bruine grise incessante. Je n'arrête pas de me souvenir de l'orage que j'ai traversé pour aller chez elle, avant que je... merde, je ne peux pas écrire là-dessus pour l'instant.

Ça c'est de l'averse ! Cinq minutes et t'es trempé jusqu'aux os. Ils ne rigolent pas avec la pluie là-bas. Cette merde ici, c'est juste pour se foutre de ta gueule.

J'ai trouvé une petite tortue de mer en cuivre sur un cordon de cuir alors que j'étais sur Portobello Road la semaine dernière. Il semble que je la porte tout le temps dans ma poche. Apparemment, un tatouage sur mon pied ne suffit pas. Qui aurait cru que j'étais aussi sentimental ? Pas moi ....

Oh, et c'est mon anniversaire. On m'a offert une caisse de Bushmills. Je me demande combien de temps il me faudra pour la descendre ? Je devrais peut-être la donner plutôt que de parier là-dessus.

28 février

Excellente nouvelle. Il s'avère que Savannah a un nouveau studio en construction, et une subvention énorme pour le cinéma depuis que « Midnight in the Garden of Good and Evil » a développé de plus de quarante pour cent le tourisme dans la ville. De plus, le mec de la prod' à Londres est obsédé par le "sud profond" et il était à fond pour l'idée. Et... je vais avoir les droits sur l'écriture et la réalisation pour ça ! Alistair est énervé (énervé et saoul). Encore une fois.

J'ai envie de lui dire. Je veux l'appeler et lui dire. J'ai même mis son numéro dans mon téléphone et je l'ai fixé des yeux entre les prises aujourd'hui.

1er mars

J'ai parlé à ma mère de Keri Ann aujourd'hui. Il était temps qu'on ait une vraie bonne discussion. J'ai aussi travaillé sur les merdes à propos de mon père. Je lui ai demandé des trucs que je n'avais jamais voulu savoir avant. Elle était contente que je parle, elle a dit que j'enfouissais toujours tout et que j'avais de la difficulté à exprimer mes propres émotions. « Tu es vraiment doué pour ça quand tu es quelqu'un d'autre, a-t-elle dit. Pourquoi ne peux-tu pas le faire pour toi-même ? »

Elle m'a traité de « bouteille à la mer » de la taille d'un homme. Une histoire d'amour qui attendait d'arriver si la bonne personne me trouvait, et si seulement je m'ouvrais et acceptais qui j'étais.

Elle a toujours été un peu cliché !

21 mars

Le film va bientôt se terminer. Ce fut une expérience professionnelle extra-ordinaire. Personnellement, pas tant que ça. J'essaie de ne pas penser à la suite. J'ai beaucoup bu, plus que d'habitude. Quand on sort tous ensemble, je veux juste me soûler. Mes quelques séances de photos m'ont peut-être permis d'avoir une image de " fêtard ". D'une certaine façon, je m'en fiche parce que ça énerve probablement Audrey, et ça me satisfait un peu. Même si je me demande bien pourquoi on voudrait piquer un serpent, je n'en ai aucune idée. Et bien sûr, j'ai peur d'avoir gâché la dernière chance que j'avais avec Keri Ann à cause de ça. La fin du contrat approche, ce qui signifie que je n'ai aucune raison de ne pas retourner à Butler Cove. Et puis il y a le film à Savannah. J'y retournerai de toute façon. Et j'ai tout fait pour qu'elle ne veuille plus jamais me revoir.

22 mars

Il s'est presque passé quelque chose hier soir avec une amie de Suzy. Ce n'est pas allé trop loin. Mais c'était pas bon. Aussi moche que les photos qu'on faisait. Et puis après... eh bien, je pensais qu'elle connaissait le deal, mais elle a commencé à m'embrasser et avant que je m'en rende compte, nous étions à l'arrière d'une voiture. Elle sentait vraiment bon, comme les fraises, et elle était douce, et bon sang... mais j'étais bourré. Genre vraiment bourré. Mais tout d'un coup, sa main s'est retrouvée dans mon pantalon et elle me disait que c'était pas grave, qu'elle savait que j'étais amoureux de quelqu'un d'autre et qu'elle l'était aussi, et qu'on devrait s'amuser et que personne ne le saurait... Je pensais bien qu'à ce stade c'était parti trop loin, mais là, je lui ai pris la main, je l'ai serrée et je l'ai retirée de mon pantalon en lui disant qu'elle ne pouvait vraiment pas être amoureuse d'un autre si elle faisait ça avec moi.

J'ai presque envie de rire en écrivant ça. L'ancien Jack n'y aurait pas réfléchi à deux fois, j'avais du mal à croire aux mots qui sortaient de ma bouche. C'était une expérience hors du corps. C'est là que je me suis rappelé pourquoi j'aimais tant son odeur, les cheveux de Keri Ann sentaient toujours comme ça. Les fraises.

J'ai l'impression d'avoir construit tout ça dans ma tête. La chance qu'elle veuille me revoir est tellement minuscule, putain. Je réalise que j'ai vraiment l'air pathétique. Mais j'en n'ai rien à foutre.

29 mars

J'ai la gueule de bois et j'ai perdu la tortue de mer en cuivre, ce qui m'énerve vraiment.

Et j'abandonne. Se bourrer la gueule, je veux dire. Je ne veux vraiment pas me retrouver dans une autre situation comme ça, à l'arrière d'une voiture. J'ai aussi la réputation d'être un ivrogne. C'est pas bon. Je ne veux pas être mis dans le même sac que les Alistair de l'industrie du cinéma. Au moins, je n'agresse pas les filles de l'équipe. Il nous reste environ une semaine de tournage, puis je dois réfléchir à la suite. Combien de temps avant que j'y retourne ? Si j'y vais....

Dois-je le faire ?

31 mars

Je ne peux pas changer ce que je fais. Mais je peux lui montrer qui je suis. Que je suis plus que le Jack Eversea que tout le monde croit connaître. Je vais aussi utiliser tous les atouts dont je dispose pour la reconquérir. Même si je dois faire des sales coups.

DIX-HUIT

MES DOIGTS TREMBLAIENT en tournant la dernière page. Mon autre main était pressée contre ma bouche. Je venais de voir le vrai Jack, avec toutes ses incertitudes et ses faiblesses. Sa fragilité. Il était difficile d'imaginer que l'homme que j'avais vu en public, dans les médias, même celui qui m'avait courageusement murmuré des mots doux pour me séduire dans mon pick-up, était la même personne que celui qui avait écrit ces mots.

J'avais passé les cinq derniers mois à penser que j'avais été une diversion intéressante pour lui. Lui, avait passé les cinq derniers mois à se battre pour faire ce qu'il fallait pour tout le monde. *Et je lui manquais.*

J'avais la chair de poule et mon cœur battait fort. Les réactions se succédaient dans ma tête.

J'ai recommencé du début. Chaque date était sur une page séparée. Pour autant que je sache, il y avait peut-être des histoires horribles écrites entre les deux, mais je ne sais pas pourquoi, je ne le pensais pas.

Après les avoir lues une deuxième fois, et avoir senti ses mots toucher chacun de mes nerfs à vif comme si je les lisais pour la première fois, j'ai couru dans ma chambre et j'ai enfilé mes chaussures de course. En passant devant la salle de bains, je me suis essuyé les yeux et brossé les dents, puis j'ai descendu les escaliers en sautant deux marches à la fois et en trébuchant sur la dernière.

— Merde !

— Ça va, chérie ? a crié Mme Weaton de la cuisine.

— ça va, ai-je répondu en entrant dans la cuisine.

— Alors ?

Elle faisait des mots croisés à ma table de cuisine. Elle avait mis des lunettes de lecture et après m'avoir observée quelques secondes par-dessus, elle est retournée à ses mots croisés.

J'ai pris une chaise en face d'elle.

— Je suis abasourdie. Dans le bon sens du terme.

— Bien.

— Vous n'avez pas l'air surprise.

— Non, enfin, j'ai bien vu qu'il était bouleversé, et, elle me regardait par-dessus ses lunettes, aussi fou que cela puisse paraître, j'avais avec moi, pas plus tard qu'hier, mon carnet de notes que j'avais emmené au Canasta, et... crois-moi ou pas, une lettre en est tombée quand je me trouvais dans ma cuisine. Et pas n'importe quelle lettre non plus ! Elle a levé ses sourcils au crayon.

— Pas...

J'allais dire : *La* lettre, une des lettres de grand-père, celle de Nana qui dit qu'elle a changé d'avis à propos de leur mariage. J'ai jeté un coup d'œil vers le petit bureau. Je pouvais en voir le bord dans le salon d'où j'étais assise dans la cuisine.

Mme Weaton s'est renfrognée.

— Je sais. Je sais exactement où tu ranges les lettres, là où était celle-ci. Mais je te jure qu'elle a atterri dans mon carnet de notes.

— *La* lettre ? J'ai frissonné. C'est pas vrai ? Vous vous moquez pas de moi ?

— Chérie, j'aurais pensé que c'était une coïncidence et tout ça, si ce garçon n'avait pas été sur le pas de ma porte cinq minutes plus tard avec les pages d'une lettre à la main, en train de me demander de te les donner.

— C'étaient les pages de son journal.

— Oh, très bien.

— C'était mieux qu'une lettre. C'était son journal intime pendant qu'il était absent tout ce temps.

Mon Dieu, c'était tellement plus qu'une lettre, un courriel ou un texto qu'il aurait pu envoyer en pleine crise de rejet et de dépression.

Je n'étais toujours pas tout à fait sûre pour lui et Audrey et la grossesse, mais quoi qu'il se soit passé avant, je voyais bien d'après son journal qu'ils étaient définitivement séparés maintenant. Et qu'il avait conclu une sorte de marché pour moi.

L'idée de partager mon journal intime, mes pensées les plus intimes et mes peurs avec qui que ce soit m'a fait frémir. Le fait que Jack, un gars que les gens vendaient tous les jours, que ce soit pour une photo, un autographe ou une sordide exclusivité, m'ait donné ces pages, c'était bouleversant. Qu'il m'ait fait confiance sur le fait que je ne les divulguerais pas, ni Mme Weaton d'ailleurs, c'était...

— Qu'est-ce que tu attends ? a demandé Mme Weaton en tapotant son crayon sur la table.

— Merci ! ai-je crié par-dessus mon épaule en filant dehors sous le soleil radieux pour monter dans mon camion. Je le disais à Mme Weaton ou à Nana, je n'étais pas sûre. La voiture de Joey n'était plus là, et j'étais soulagée.

J'avais traversé toute une gamme d'émotions en lisant ces pages — du bonheur à la tristesse, en passant par la colère — et j'avais réalisé à un moment donné que j'avais des larmes séchées sur les joues. C'était impossible de dire si chaque page était là, mais je devais croire que s'il était prêt à me confier le moment où il avait *presque fait quelque chose* avec cette fille, c'est qu'il me disait tout. Tout ce qu'il avait besoin de dire en tout cas.

Il était revenu avec la peur de me faire face, la peur que je le rejette, et c'est exactement ce que j'avais fait. Il pensait que je sortais avec Colt, et pourtant il s'était quand même exposé.

Mon cœur s'est serré.

Tout en conduisant, je revenais sur ce que j'avais lu. J'étais si fière qu'il s'implique dans l'écriture et la réalisation. Il s'était fait un nom. Il avait montré aux gens qu'il était capable de plus. Et bon sang, j'étais si triste pour lui quand il parlait de son père, fière qu'il essaye d'en savoir plus, et de mieux comprendre, au milieu de ce que je savais être des souvenirs difficiles.

Je me suis arrêtée au feu sur Atlantic et Palmetto et j'ai tambouriné des doigts sur le volant. La vitre était encore baissée depuis hier soir, et la brise fraîche de la mer et du printemps m'a aidée à calmer mon impatience. *Combien de temps ce feu allait-il encore durer?*

Et sa mère ? Je voulais la serrer dans mes bras pour l'avoir si bien compris et l'avoir fait s'ouvrir aux autres de la seule façon qu'elle connaissait. J'ai ri à travers mes larmes. *Une bouteille à la mer.* C'est exactement ce qu'il était. Il avait essayé de s'ouvrir à moi et c'était moi qui avais eu trop peur.

Il me ferait souffrir. Rien ne pouvait être oublié, mais la façon dont je choisirais de passer à autre chose changerait le reste de ma vie. J'étais toujours nerveuse à propos de qui il était, et de ce que cela signifiait pour moi. Surtout maintenant que j'avais vraiment compris à quel point il aimait son métier. Mais je me demandais si nous pouvions trouver un moyen d'essayer d'avoir une relation sans souffrir de la célébrité. Nous devions essayer.

En arrivant dans l'allée de la magnifique maison de plage de Devon, j'ai vu la Jeep argentée garée sous la maison. Ça ne voulait pas dire que Jack était là. Cette pensée était comme une menace dans mon esprit. Et s'il était parti ?

J'ai grimpé les escaliers jusqu'à la porte d'entrée bleue pervenche, en tenant la rampe peinte en blanc du cottage et j'ai frappé, mon cœur battant littéralement dans mes oreilles.

Pourquoi le sang circulait-t-il si difficilement quand on était nerveux ?

Après quelques instants à penser que ma tête allait exploser ou que j'allais vomir, la porte s'est ouverte.

Devon.

J'ai essayé de ne pas montrer que mes épaules s'affaissaient.

— Salut ! ai-je tenté.

Il se tenait là, impassible. Très différent du Devon que j'avais rencontré précédemment et qui semblait être de mon côté, ou du moins de *notre* côté, d'accord avec nous pour qu'on se remette ensemble. C'est sûr, je serais en colère contre moi, à sa place. Je détestais penser à ce qu'ils avaient pu se dire quand j'avais viré Jack de mon camion. Maintenant que j'avais bien compris ce que Jack ressentait...

Je me suis dandinée d'un pied sur l'autre.

« Euh, est-ce que... »

— Il n'est pas là.

Des pierres se sont formées dans ma poitrine, leur poids pesant sur mon estomac déjà agité par l'angoisse et le regret. Je me suis agrippée à l'encadrement de la porte. *S'il vous plaît, faites qu'il ne soit pas parti.*

J'ai dû avoir l'air sur le point de m'évanouir.

— Et merde, a dit finalement Devon en secouant la tête. C'est ridicule. Vous êtes ridicules tous les deux. Il est au sous-sol, en train de casser la gueule à quelque chose. Passe devant la Jeep. Est-ce que tu peux me rendre un service, par contre ?

J'ai hoché la tête.

« Donne-lui le bénéfice du doute cette fois, OK ? »

J'ai hoché la tête encore une fois, ne me faisant pas confiance pour parler. Un soulagement et une nouvelle secousse nerveuse ont envahi mon organisme, ce qui a affaibli mes jambes lorsque je me suis retournée pour redescendre les escaliers.

Devon a fermé la porte derrière moi.

J'ai fait une pause pour me ressaisir, n'ayant aucune idée de ce que j'allais dire à Jack, et j'ai entendu des grognements et des coups frappés que je n'avais pas remarqués quand j'étais arrivée. J'ai levé la tête vers le ciel et j'ai rempli à fond mes poumons.

Nana, si tu es là, j'espère que tu savais ce que tu faisais quand tu m'as amené Jack Eversea.

IL FAISAIT SOMBRE sous la maison. L'espace, qui correspondait évidemment à toute la surface de la maison, était immense. J'ai fait une pause en entrant, puis je suis passée devant la Jeep, laissant mes yeux s'habituer à l'obscurité. Une légère odeur de moisi qui caractérisait la vie dans le sud humide de la côte, imprégnait l'espace. J'ai porté mon regard vers là d'où venaient les sons et j'ai distingué une silhouette entre les colonnes en béton. Jack, dans le coin le plus éloigné, s'entraînait contre un grand sac de frappe noir suspendu au plafond.

Les ombres étaient zébrées par les rayons du soleil qui traversaient les grilles sur tous les côtés de la maison. Ceux-ci dardaient sur toute sa carrure musclée comme de mini projecteurs. La lumière rebondissait sur sa peau en sueur. Il ne portait qu'un short de gym noir, moulant et trempé.

Il grognait et haletait tandis que ses poings volaient, les cheveux noirs mouillés et les sourcils froncés. Sa sueur perlait et s'égouttait sur le sol en béton.

J'ai continué d'avancer, mais je me suis arrêtée à environ trois mètres de lui, essayant de déglutir malgré ma bouche sèche. Il était si beau que ça me brisait le cœur.

Et il semblait si perdu.

Mes yeux ont glissé sur son corps parfait.

Ses pieds nus glissaient d'avant en arrière sur le ciment poussiéreux alors qu'il déplaçait élégamment son poids à chaque coup de poing que donnait le haut de son corps. Il avait un nouveau tatouage sur le pied. Cela m'a mise mal à l'aise de le voir, de savoir qu'il y avait tant de choses dans sa vie que je ne savais pas, ou ne comprenais pas encore. Mais j'en avais envie. Tellement.

Son dos me faisait toujours face quand il a arrêté ses enchaînements réguliers et qu'il a attrapé et serré le sac dans ses bras, en laissant tomber son front contre lui. Je m'attendais à ce qu'il ait fini, qu'il reprenne son souffle et qu'il se redresse, mais il a soudain relâché un bras du sac et s'est mis à le marteler de crochets du droit encore et encore, en poussant un grognement à chaque fois. Des grognements de frustration, ou de satisfaction d'avoir réussi le coup parfait, je n'en savais rien.

Il s'est finalement arrêté, en soulevant le torse alors qu'il s'accrochait au sac. Sa respiration était bruyante et laborieuse.

— Qu'est-ce que tu veux, Keri-Ann ? a-t-il dit entre ses dents.

J'ai sursauté.

Il n'a pas levé la tête de là où elle reposait contre le sac, et il est resté figé, haletant sous l'effort.

Une sorte de grésillement bizarre a traversé mon estomac agité. Mon Dieu, il m'attirait tellement. Tout en lui. Le côté fort et arrogant que tout le monde voyait. Et oui, cette démonstration

visuelle et viscérale de masculinité aussi. Mais surtout la part vulnérable qu'il avait eu le courage de me montrer.

J'ai tendu la main derrière moi et j'ai sorti les pages pliées de la poche arrière de mon pantalon, en essayant de ne pas trembler.

— C'est vraiment les pages de ton journal ? ai-je demandé dans un murmure.

Ses épaules se sont affaissées.

— T'es sérieuse ?

— C'est juste une question.

— Oui, c'est bien ça. Il a soupiré.

— Non, mais, je te crois... je suis désolée. Je ne sais pas pourquoi j'ai demandé ça. Ma voix était haletante et nerveuse. Tu... veux pas me regarder ? ai-je réussi à sortir.

Il n'a pas bougé pendant un instant. Puis il a incliné le visage sur le côté et m'a regardée par-dessous son bras. Ses yeux étaient sombres quand ils ont rencontré les miens. Il a cligné lentement des paupières, puis il a jeté son regard sur les pages que je tenais.

— Je voulais trouver un moyen de les récupérer avant que tu les lises...

— Je suis contente que tu ne l'aies pas fait. C'est tout ce qu'il y a ?

Il a fermé les yeux.

— C'est tout ce qui compte. Il y a des choses sur mon père que tu n'avais probablement pas besoin de voir et... eh bien, je n'ai pas non plus expliqué ce qui s'est passé avec Audrey. Il a rouvert les yeux sur moi tout en s'écartant finalement du sac. J'ai couché avec elle le jour où j'ai appris qu'elle me trompait.

— Quoi ?

J'ai dit ça même si j'avais entendu clairement. J'avais besoin de temps pour digérer.

Il a attendu en me regardant.

Comment peut-on réagir au fait d'être trompé, en couchant avec l'ennemi ? Une image de lui avec elle, nu, peau contre peau, m'a traversé l'esprit, me faisant grimacer. Évidemment, je savais qu'il avait couché avec elle, pour pouvoir penser que le bébé était le sien. Mais je ne savais pas *quand*. Et je savais qu'il avait été avec d'autres filles avant moi, il ne s'agissait pas de ça. Mais dans cette image, ce n'était pas une fille sans visage. Je connaissais Audrey. Je connaissais sa beauté. Et maintenant que j'avais lu les pages de Jack, je connaissais la laideur dont elle était capable en me menaçant pour atteindre Jack. Mais coucher avec elle, sachant qu'elle venait d'être avec quelqu'un d'autre ? Je les ai vus ensemble dans mon esprit, imaginant qu'il devait être... en colère pendant qu'il le faisait. Mon estomac s'est retourné.

J'étais dégoûtée. Et je me sentais sale... comme si c'était contagieux.

« Sans protection ? » ai-je demandé, bien que je connaisse déjà la réponse.

Il a hoché la tête.

J'ai enroulé mes bras autour de mon buste.

Il a défait les lacets des gants de boxe qu'il portait, il s'est redressé sur toute sa hauteur de plus d'un mètre quatre-vingt-dix et il les a retirés. Ce Jack, ce Jack méfiant, qui semblait porter une armure, était nouveau pour moi.

— Que veux-tu, Keri Ann ? m'a-t-il redemandé en jetant les gants sur le côté. Je sais que tu es dégoûtée de moi. Je savais que tu le serais. Tu as raison. Je le suis bien, moi.

J'ai posé les yeux sur sa poitrine sculptée qui se soulevait.

A quelques centaines de mètres de l'endroit où nous nous trouvions, le bruit des vagues qui s'écrasaient sans cesse sur le rivage se disputait mon attention avec le bruit de sa respiration encore irrégulière. Des vagues qui changeaient et renouvelaient constamment le sable, apportant de belles choses et aussi des déchets moches, et les emportant à nouveau sans regret. J'ai soupiré et détourné le regard. Il y avait de la poussière qui flottait dans les rayons du soleil, quelques cartons étaient empilées au hasard dans un coin à côté de moi. J'ai posé les pages du journal sur l'un d'eux.

— Tu m'as blessée, ai-je chuchoté en soutenant son regard.

Il a pincé les lèvres et fermé les yeux pendant quelques secondes, puis il a hoché la tête une fois.

— Oui.

— Et je t'ai blessé aussi.

Il n'a pas répondu.

« Je n'ai pas... Ma gorge était à nouveau sèche, je me sentais congestionnée. Je ne savais pas que j'étais capable de faire ça. Je ne l'avais pas vraiment cru jusqu'à ce que je le voie écrit de son écriture presque illisible. J'ai peur, Jack. J'ai inspiré profondément et j'ai stabilisé ma voix. Comme je te l'ai dit hier soir. Je ne suis pas prête à être avec toi en public, que ça me définisse, que *tu* me définisses.

Il a hoché la tête et dégluti en grimaçant comme s'il souffrait.

— Je sais.

— Je me suis à peine découverte moi-même, ai-je chuchoté. Qui je suis. Ce dont je suis capable. Ce que je veux.

La tension émanait de lui en ondes physiques, alors qu'il absorbait mes paroles. Il avait tellement de succès, tellement de force, il était tellement hors du commun quand les gens tournait leurs objectifs sur lui. Mais avec moi, il avait besoin de se protéger ?

Seigneur, comment pouvais-je rendre quelqu'un comme Jack Eversea si vulnérable ?

J'avais le pouvoir de l'écraser à ce moment précis. Le savoir était humiliant et terrifiant. Ne savait-il pas que je préférerais me noyer dans l'océan plutôt que d'utiliser ce pouvoir ?

Je me suis avancée, mon pouls battant à tout rompre à chaque pas, et je me suis arrêtée juste devant lui. Je l'ai respiré, toute sa sueur, tout son sel et ses efforts mêlés.

Sa mâchoire était serrée et ses yeux éclatants ont cligné une fois en soutenant mon regard.

Les econdres s'allongeaient, et notre respiration s'unissait en rythme. Le sien a ralenti enfin, et le mien a suivi. Je n'avais plus rien à lui demander qui me ferait me sentir mieux, qui me permettrait d'avoir confiance en lui. Lui faire confiance, c'était le saut dans l'inconnu. C'était le moment où je me demandais si l'histoire était toujours vouée à se répéter, et pourquoi je referais la même erreur. J'aurais aimé voir l'avenir dans les profondeurs de ses yeux verts, dans ses pupilles dilatées. Je ne pouvais pas, alors j'ai porté mon attention sur sa bouche pleine, la courbe de ses lèvres, délicatement dessinées sur sa mâchoire dure et mal rasé.

— Si tu me touches tout de suite, a dit Jack, en coupant le silence, je prends ça comme un oui pour nous. Il a penché plus près son corps en sueur, et mon cœur a manqué des battements. Et je ne te... il a laissé lentement sortir les mots... lâcherai plus *jamais*.

DIX NEUF

J'AI DIGERE SES paroles prononcées entre les dents. Leur écho se frayait un chemin autour de nous, et mon corps commençait à s'échauffer lentement.

— Est-ce que c'est une promesse ou une menace ? ai-je tenté doucement en levant la main entre nous deux. Je percevais la chaleur de son torse sur ma paume alors que celle-ci planait au-dessus de son cœur.

Il a regardé ma main, puis moi.

Je m'attendais presque à voir sa fossette se former, un Jack-ism pour alléger l'ambiance. Je m'attendais à ce qu'il s'avance vers ma main et nous force à entrer en contact.

Il n'a fait ni l'un ni l'autre.

— Les deux, a-t-il chuchoté. Mais tu dois faire un choix, Keri Ann. Ses yeux ont pris une lueur sauvage. Tu dois savoir qu'il n'y a pas de retour en arrière. Ne fais pas ça à moins que tu ne puisses m'accepter tout entier. Tu sais qui je suis. Ce que je fais. Je ne peux pas te le cacher, et je ne suis pas sûr de pouvoir *nous* cacher. Je vais essayer. Mais tu dois me donner tout de toi aussi. Si tu es toujours avec Colt, il faut que tu recules et que tu partes. Ne t'ap-proche de moi que si tu es libre. J'ai besoin que tu sois à moi.

Entièrement. Jusqu'au bout. Parce que je suis à toi, a-t-il terminé
d'un ton dur. Tu comprends ?

Mon Dieu. Comment pouvais-je faire ça ? Comment pouvais-je
passer à une autre étape ? Je ne pouvais pas accepter tout ce qu'il
demandait, n'est-ce pas ?

Mon hésitation se reflétait dans le sinistre pincement des
lèvres de Jack. Ses yeux se sont voilés.

— Attends, ai-je dit avant qu'il ne prenne mon hésitation pour
une réponse négative. Je ne suis pas avec Colt. Et rien... rien ne
s'est jamais passé avec lui, ai-je ajouté. Non pas que ça ait de l'importance.

Une bouffée d'air s'est échappée de ses lèvres.

« Mais... »

J'ai éloigné la main de l'endroit où j'étais sur le point de le
toucher.

Jack a encore serré fort les dents et il a fait un pas en arrière,
avant de passer une main dans ses cheveux humides, les yeux
baissés.

Mes paumes me démangeaient de lui faire la même chose. « Tu
ne peux pas me demander de m'afficher et... et de vivre *ça* sans
penser à moi. S'il te plaît... bon sang, je sais qu'il y a des milliers et
des milliers de filles qui voudraient prendre ma place, et qui s'en
ficheraient... qui auraient envie de ce que tu as à offrir, mais...

— Mais je ne veux pas de ces filles. Je te veux, toi, a-t-il dit, en
me regardant enfin.

— Je sais, ai-je chuchoté.

— Ah bon ?

J'ai hoché la tête.

« Je parle de toi et moi. C'est tout. Juste toi. Et moi. Il n'y a
jamais eu de concept plus simple, il a secoué la tête et soupiré, et
pourtant plus... impossible à vivre. Il a levé la main et saisi rudement deux mèches de cheveux entre ses doigts avant de les laisser
en un désordre indiscipliné et humide. Et toi, Keri Ann ? Qu'est-
ce que tu veux ? »

Toi.

— Je veux... je veux être plus que ce que je suis maintenant, de mon propre mérite. Je ne veux pas avoir peur que Joey et moi soyons la génération qui va perdre la maison familiale. Je veux qu'on me respecte et non qu'on me prenne en pitié. Je veux être fière de moi et de mes capacités. Je veux vivre une vie où les gens ne regardent pas et ne jugent pas tous mes mouvements — Et c'est *ta vie* à bien des égards — J'ai inspiré profondément. Je ne veux pas que les gens te regardent et se demandent pourquoi tu es avec moi. Mais, surtout, je ne veux pas imaginer ma vie sans toi.

Il a cligné des yeux, semblant digérer chaque aspect de ce que j'avais dit et l'entreposer quelque part dans son cerveau, mais je savais que ce qu'il avait entendu, c'était qu'en clair je disais oui. Et c'était bien ça. Il n'était pas question que je m'éloigne de tout ça. De lui. Je ne pourrais pas, même si j'essayais.

J'ai soupiré, les lèvres pincées. J'espérais vraiment savoir ce que je faisais. Si nous échouions cette fois, ça me briserait irrémédiablement.

J'ai tendu lentement les mains, hésitant avant que le bout de mes doigts n'entre en contact avec son torse.

« Parc contre... s'il te plaît... peut-on faire ça lentement ? Est-ce que tu peux me donner du temps ? On peut essayer d'être ensemble sans que le reste de ton monde le sache ?

— Pas tout de suite ?

— Oui, j'ai acquiescé. S'il te plaît ?

Je ne pouvais plus attendre. On réglerait les détails plus tard, et on le ferait ensemble. J'ai pris une grande bouffée d'air et j'ai appuyé mes paumes contre sa peau humide.

Jack a fermé les yeux et il a expiré en se penchant vers moi.

J'ai glissé mes mains autour de ses côtes et autour de ses épaules musclées et j'ai avancé vers lui.

Ses bras se sont enroulés autour de moi, m'attirant contre lui. Une main s'est glissée dans mes cheveux et a appuyé mon visage contre sa poitrine humide. Il a expiré et un gémissement à peine contrôlé lui a échappé, se répercutant sur ma peau.

Je me suis délectée de la sensation de sa peau chaude et humide, de son cœur qui battait sous ma joue, de mon corps qui se pressait contre le sien. Le sentiment de soulagement d'être dans les bras de Jack était si fort qu'à ce moment-là, il semblait que plus rien de mal ne pourrait m'arriver, plus jamais.

Le parfum de sa masculinité brute s'est infiltré par tous mes pores, et j'ai tourné la tête pour presser mes lèvres sur sa peau salée avant de pouvoir réfléchir.

Son corps a réagi sous mon toucher.

Il a pris mon visage entre ses mains et il l'a incliné pour que je le regarde.

— Je vais t'embrasser, a-t-il dit d'une voix rauque en fixant ma bouche.

J'ai hoché la tête et mouillé ma lèvre inférieure en attendant qu'il baissc la tête. Mon pouls a pris un rythme effréné lorsqu'il s'est rapproché de moi. J'ai voulu me calmer, mais ma respiration s'est accélérée. J'ai glissé une main autour de sa nuque, en attirant sa bouche plus près, parce qu'il mettait trop de temps pour me toucher. La dernière chose que j'ai vue, c'est sa fossette avant que sa bouche ne rencontre la mienne.

Il n'y avait rien de lent et de doux dans ce baiser. Nous avions attendu ce qui semblait être une éternité avant et il n'y avait plus aucun doute et plus aucune question entre nous. J'ai entrouvert les lèvres pour laisser sa langue glisser dans ma bouche en gémissant sous cette sensation exquise.

Sa bouche était ferme contre la mienne. Il se reculait puis s'approchait à nouveau, capturant mes lèvres entre les siennes puis glissant à nouveau dans ma bouche. Nos têtes bougeaient et s'inclinaient, essayant de trouver l'ajustement parfait. Le rythme parfait. Nous essayons de nous rapprocher, même si nous nous buvions déjà l'un l'autre. Aucun de nous ne semblait vouloir s'arrêter et respirer davantage à part les halètements nécessaires et impérieux qui ponctuaient le moment.

J'ai saisi une poignée de cheveux dans sa nuque, et tandis qu'il frôlait ma bouche, j'ai sucé désespérément sa lèvre inférieure, en la mordillant légèrement. Tout mon corps était à l'écoute de ce baiser, concentré sur son goût, la menthe sucrée sur sa langue et le sel de sa sueur, et chaque fois qu'il mordillait ou taquinait ma lèvre des sensations surgissaient du tréfonds de mes entrailles.

— Mon Dieu, a dit Jack d'une voix rauque contre ma bouche, en s'arrêtant entre deux baisers profonds. Une de ses mains a quitté mon visage et s'est enroulée autour de mon buste en m'attirant contre lui. Fort. Quand tu as dit lentement... lentement comment ? Ses doigts s'enfonçaient dans mes côtes, me serrant plus près. Sa main sur mon visage est descendue dans mon cou, inclinant ma tête vers l'arrière, faisant de la place pour sa bouche chaude alors qu'il lâchait la mienne et glissait jusqu'à mon menton puis mon oreille, provoquant des frissons sur ma peau déjà sensible.

J'avais dit lentement ? Un rire nerveux est remonté de ma gorge, et j'ai dégluti sans savoir quoi répondre.

— Tu dois me guider, Keri Ann, ou sinon je... eh merde, a-t-il dit soudain en me soulevant du sol. Il a pivoté sur lui-même et s'est dirigé vers la porte grillagée qui menait à la piscine.

J'ai couiné.

— Qu'est-ce que tu fous, Jack ?

— Enlève tes chaussures.

— Quoi ? Pourquoi ? lui ai-je demandé, essoufflée, tellement il me serrait fort dans ses bras alors qu'il s'enfuyait vers la porte, sous le soleil radieux. J'ai jeté un coup d'œil à la piscine par-dessus mon épaule. Non ! Pas question !

— Non pas la piscine, elle est chauffée, et il m'a soudain soulevée par-dessus son épaule comme un pompier.

Haletante, j'ai ouvert les yeux contre le bas de son dos.

— Jack ! Qu'est-ce que tu fais ? ai-je crié en lui claquant les fesses.

Il a ri, en grognant et il a arraché mes baskets, les laissant tomber pendant qu'il se dirigeait vers le chemin des dunes, ses pieds nus glissant dans le sable pendant que je lui tapais inutilement dans le dos.

« Attends, Jack ! Il me semble que j'ai précisé rien en public, » ai-je essayé désespérément de dire dans un souffle. Son épaule était enfoncée dans mon estomac. Et le petit-déjeuner de Mme Weaton n'était pas encore digéré. Oh, mon Dieu, je vais vomir. »

— On y est presque, et personne n'est sur la plage au moins, il s'est balancé dans les deux sens sans s'arrêter en se dirigeant vers l'eau pour que je puisse regarder, dans les cents premiers mètres à l'horizon.

Il a foulé les vagues, ralentissant à cause de la résistance de la mer, puis il nous a tous les deux projetés dans l'eau.

J'ai frissonné à cause du froid glacial pendant que nous coulions ensemble, et je me suis empressée de reprendre pieds, et de ressortir de l'eau en hoquetant.

— C'est quoi ce bordel, Jack ? Pourquoi tu as fait ça ? J'ai toussé et craché de l'eau de mer.

— J'avais besoin d'une douche froide, et vite, a-t-il dit en débarrassant ses cheveux de l'eau d'un rapide coup de tête, et les laissant parfaitement coiffés. *Les mecs...* Merde, c'est vraiment froid ! Pardon ! Il m'a attrapée en m'attirant contre son corps encore chaud.

— Bien sûr que c'est froid, imbécile, on est à peine au printemps, ai-je murmuré en claquant des dents. Brrr ! J'espère que c'est froid... comme ça, lui ai-je dit, en lui mettant devant les yeux mon pouce et mon index côte à côte.

Il a éclaté de rire, la bouche grande ouverte, les fossettes bien visibles, les yeux plissés par le rire. L'eau de mer s'égouttait de la pointe de ses cheveux noirs.

Merde, c'était beau quand ce garçon souriait. Les paroles de la chanson m'ont traversé l'esprit. Ma poitrine s'est soudain dilatée à cause de l'émotion. L'effet pâmoison était encore pleinement perceptible sept mois plus tard. Un rire m'a échappé sous forme de hoquet. C'était si contagieux de voir son bonheur.

— Pas avec toi dans les parages, Keri Ann. Il m'a fait un clin d'œil et m'a pressée contre lui pour me montrer.

J'ai dégluti nerveusement, même lorsqu'une vague de chaleur m'a traversée, réchauffant mon corps glacé de l'intérieur. J'ai serré les dents pour retenir la divine sensation, de peur d'haleter comme un chien ou quelque chose d'aussi embarrassant. J'ai frissonné.

— Allez, on rentre, tu es gelée. Tu es belle, mais tu as les lèvres toutes bleues et je te sens trembler.

Il s'est écarté et, prenant ma main, s'est dirigé vers le rivage.

Nous avons commencé à avancer, de l'eau jusqu'à la taille, en direction du sable sec. Mon corps était lourd à cause du poids de mon pantalon mouillé et de mon t-shirt, et la brise m'a refroidie encore plus. Au fur et à mesure que nous avancions, une idée m'est venue à l'esprit. Il fallait que je me venge. Il m'avait foutue à l'eau, après tout.

Alors que nous avions de l'eau jusqu'aux mollets, lui en tout cas, j'ai attendu le bon moment et j'ai lancé ma jambe droite en tirant sur son bras pour le faire basculer. Il a eu le réflexe de m'attraper tout en tournant et en perdant l'équilibre, et il m'a entraînée avec lui dans sa chute. J'ai poussé des cris en tombant dans l'eau peu profonde.

Jack a lâché un grognement quand son dos a frappé le sable sans que l'eau peu profonde puisse amortir sa chute. J'ai atterri sur lui, nous étouffant chacun à moitié.

— Oh putain, a-t-il crié en fermant les yeux et en laissant retomber sa tête. C'était quoi ça ?

— Désolée. Moi qui essaye de me venger parce que tu m'as fait couler ? ai-je proposé d'un air penaud, mes cheveux humides tombant entre nos visages comme un rideau.

Il a ouvert les yeux et les a plongés dans les miens. Une petite vague a échoué sur nos corps puis s'est éloignée en aspirant le sable autour de nous.

« Je peux me rattraper ? » ai-je demandé en abaissant ma bouche vers la sienne, pour l'embrasser. »

Il m'a répondu en enroulant une main dans mes cheveux mouillés et en me maintenant contre sa bouche. Des vagues douces faisaient des clapotis toutes les dix secondes avant qu'une plus grosse ne s'enroule soudain sur mon dos. Mon bras était sous le cou de Jack et je l'ai secoué brusquement pour nous sortir de l'eau.

— Est-ce que tu essayes de me tuer ?

J'ai ri.

— Environ une vague sur sept est beaucoup plus grande que les autres. Heureusement, la marée descend, sinon on serait en train de s'étouffer, là.

Il a grimacé, puis il a basculé et m'a fait rouler sur le dos dans les vagues, en plaçant son poids entre mes jambes et sur ma poitrine. La froidure de l'eau oubliée, mon cœur a fait des bonds et la chaleur s'est répandue à travers moi.

— Tu t'y connais en vagues, hein ?

J'ai hoché la tête, pensant instantanément à ma sculpture.

— Je me suis complètement abrutie à faire des recherches là-dessus. Nous sommes allongés dans environ dix centimètres d'eau en ce moment, ce qui signifie que la prochaine vague qui arrivera aussi loin avant de se briser sera probablement vingt centimètres plus haute. Je pense que tout ira bien pour toi, mais tu m'as mise dans une position un peu vulnérable.

Une autre petite vague a léché nos corps et a sculpté la terre sous nous, et j'ai enroulé mes bras autour de son dos nu.

— Vingt centimètres, hein ? Je pourrais partir dans plein de directions sur ce sujet ! Jack a ri d'un air taquin, ses yeux verts ressortaient sur le rose de ses pommettes. Alors, ma belle abrutie

de l'océan, encore combien de vagues avant la grosse, maintenant
?

— Tu me distrais un peu là, je n'en ai aucune idée, ai-je
répondu franchement en souriant à son expression espiègle.

Comme sur commande, une plus grosse vague s'est enroulée,
ce qui m'a forcée à relever mon visage plus près de lui. Elle a aussi
plaqué le corps de Jack contre le mien. Waouh ! J'ai planté mon
regard sur sa bouche. Vu ce que le reste de mon corps ressentait,
j'avais besoin de parfaire la connexion entre nous.

— Je suis peut-être une abrutie, mais je suis *ton* abrutie. S'il te
plaît, embrasse-moi.

Jack a abaissé lentement les paupières il a posé son front
contre le mien.

— Mon Dieu, tu n'as pas idée à quel point j'aime t'entendre
dire ça.

— Quoi ? Que je suis une abrutie ?

— Non, que tu es à moi.

VINGT

LE SABLE SOUS mon dos refluait et ondulait avec la marée descendante, mais c'était une minuscule distraction par rapport à Jack au-dessus de moi, son corps pressé contre le mien.

Il était dur, lisse et ferme. Trop dur. Intimement dur.

Le sol sous mon dos était fluide et rugueux. J'étais entièrement vêtue, mais la situation me donnait l'impression d'être complètement nue et exposée. J'ai tourné la tête et j'ai vu des silhouettes et un chien aboyer au loin.

Jack a suivi mon regard.

— Tout va bien, a-t-il dit en cognant doucement son nez contre le mien. Je pense que je suis plutôt bon pour repérer si on nous surveille ou pas, désormais. Un nuage est passé sur son visage quand il a dit ça.

— Quoi ?

— Bon allez, a chuchoté Jack. Ça a l'air super sur les cartes postales, mais ces baisers dans les vagues, c'est glacial.

Il s'est écarté de moi en se levant et j'ai attrapé sa main tendue pour me mettre debout.

Sans sa chaleur corporelle, la brise printanière normalement douce de l'océan a traversé mes vêtements mouillés. J'ai frissonné.

Il m'a tirée par la main et on a couru vers la maison. Essayer de se déplacer avec des vêtements froids et mouillés et du sable rugueux dans chaque interstice n'était pas terrible.

« Il y a une douche extérieure sous la maison, et il y a de l'eau chaude, a promis Jack alors que nous traversions les dunes vers l'intimité de la maison de Devon. »

— J'espère que tu as quelque chose à me prêter. Sinon je vais devoir rentrer me changer avant le travail ce soir.

— Ouais.

On est passés devant la piscine et j'ai ramassé mes baskets que Jack avait laissées là. Nous sommes entrés dans la zone sombre sous la maison, et Jack m'a conduit vers un petit recoin caché par des claustras.

Me laissant dans l'espace clos, Jack m'a pris les chaussures sèches.

— Tu mélanges bien l'eau, hein ? Je reviens tout de suite avec des serviettes.

Après avoir obtenu la température idéale, j'ai avancé entière-ment habillée sous le jet chaud et accueillant et j'ai penché la tête en arrière pour laisser couler l'eau au-dessus de moi. Comment avais-je pu laisser ma vie changer si radicalement en quelques heures ? J'étais de nouveau avec Jack. Entièrement. Jusqu'au bout.

Je n'avais même pas parlé à Jazz des pages du journal intime, alors qu'on se consultait pour *tout*. Et Joey ? Mon Dieu, je n'avais aucune idée de la réaction qu'aurait Joey. Tout le monde allait avoir la tête qui tourne. Moi aussi d'ailleurs.

J'ai entendu un bruit derrière moi, et je me suis retournée lorsque Jack a laissé la porte de la cabine de douche se refermer derrière lui et placé une bouteille de shampooing sur la petite étagère à l'intérieur des parois.

— J'ai mis des serviettes sèches et des vêtements de rechange juste à l'extérieur, a-t-il annoncé en s'approchant. Il ne portait toujours que son short noir et il a posé les mains sur ma taille. L'eau giclait sur mon dos. Il m'a fait tourner un peu et il a incliné la tête, laissant l'eau chaude laver le sel sur sa peau. Puis il a fait un pas en arrière et nous étions tous les deux à peine sous le jet.

Je me suis soulevée pour l'embrasser. Je n'ai pas pu m'en empêcher. Je l'ai embrassé doucement, en lui pinçant les lèvres entre les miennes, puis je me suis reculée.

Il a souri.

C'était si bizarre de penser que je pourrais probablement faire ça quand je le voudrais, maintenant. A certains moments, je le regardais et je voyais *mon* Jack que je pouvais embrasser quand je le voulais. A d'autres, c'était comme si un filtre tombait, et je voyais Jack Eversea, star de cinéma, une personne que je ne devrais même pas toucher. C'était un sentiment étrange.

Il me regardait curieusement, les mains sur ma taille. Puis il a enroulé ses doigts sur mon t-shirt et l'a soulevé.

« Tu devrais probablement enlever le sable sur ton corps. »

J'ai hésité, puis je lui ai souri timidement et j'ai levé les bras, le laissant détacher le tissu mouillé de ma peau. Il a fait un bruit sourd en tombant, et je me suis retrouvée là, avec mon petit soutien-gorge en coton noir. Rien de très sexy et pas en dentelles comme ce que j'aurais porté si j'avais planifié ce moment. Son visage était sérieux et rouge et ses yeux erraient au-dessus de mon corps. Il a pincé les lèvres.

J'ai chuchoté :

« Hé, puisque j'ai du sable partout, je pense que je devrais aussi enlever mon pantalon. »

J'ai ri.

— J'ai l'impression d'être un ado excité, a ricané Jack.

J'ai souri, j'ai vite défait mon pantalon cargo trempé et je m'en suis extirpée. C'était comme si je portais un bikini noir, je me suis dit. Mais nous savions tous les deux que c'était différent. Dès que j'ai été sous le jet, en soutien-gorge et en culotte, je me suis retrouvée dans les bras de Jack. Nous étions revenus au point où nous nous étions arrêtés. L'eau qui coulait en cascade sur nous avait un goût sucré par rapport au sel de la sueur et de l'eau de mer.

Jack a gémi et sa langue a glissé dans ma bouche, élevant la température de mon corps à un niveau de fièvre provoqué par le désir. Ses bras étaient enroulés autour de moi, et c'était une sensation enivrante d'avoir ma peau nue pressée contre la sienne. Sentir la dure pression de son excitation m'a fait mal au ventre. Mais c'était aussi le rappel instantané que nous avions déjà fait l'amour et que nous allions probablement le refaire. J'étais nerveuse. Et toujours secouée par ce qu'il avait admis avoir fait avec Audrey.

J'ai tremblé, en essayant de concilier les beaux moments transcendants que nous avions partagés — des moments où Jack avait été si tendre et passionné avec moi — avec l'accouplement animal et plein de colère et d'humiliation que je voyais dans mon esprit quand je pensais à lui et Audrey ensemble.

— Hé, Jack s'est reculé et m'a regardée. Qu'est-ce que tu as ?

J'ai laissé tomber ma tête, le front contre sa poitrine. J'ai senti son cœur battre à tout rompre et j'ai entendu qu'il déglutissait.

Il a hésité, puis il a enroulé ses bras autour de mes épaules, en embrassant mes cheveux mouillés. « On peut y aller doucement, Keri Ann, je te le promets. On n'est pas obligés de faire ce que tu ne veux pas. » Il a encore avalé bruyamment. Jamais. Mais parle-moi, s'il te plaît. S'il te plaît. Tu me rends nerveux. »

J'ai hoché la tête contre sa poitrine, ne sachant pas vraiment quoi dire.

Il s'est encore écarté et, saisissant mes épaules, m'a retournée doucement pour que je lui tourne le dos. Je l'ai regardé par-dessus mon épaule, mais il a pris le shampooing. Il en a versé dans sa main et l'a fait mousser, puis il a tendu ses doigts jusqu'à mes cheveux.

Oh, oui, oui.

J'ai acquiescé et j'ai penché la tête en arrière.

L'odeur du shampooing au pin coulait autour de nous. Je découvrais l'origine de l'odeur de Jack dont je me souvenais la dernière fois qu'il était ici. J'étais presque triste de découvrir le mystère, mais j'ai fermé les yeux en étouffant à peine un gémissement alors que les doigts de Jack glissaient contre mon cuir chevelu en le massant avec la mousse. Il n'y avait rien de sexuel, mais tout de sensuel dans ce qu'il faisait. C'était déroutant, mais trop exquis pour être refusé. Il m'a massée doucement et il a étalé la mousse jusqu'aux pointes de mes mèches, puis ses mains ont fait glisser la mousse le long de la peau exposée de mes épaules et de mon dos. J'ai senti une traction sur la fermeture de mon soutien-gorge et je me suis tendue quand il s'est détaché. Jack, toujours derrière moi, a fait glisser les bretelles le long de mes bras et m'a dégagée du tissu mouillé.

Je me suis figée.

— Tout va bien, Keri Ann, a-t-il chuchoté. Puis il m'a gentiment ramenée sous le jet, pour rincer mes cheveux et la mousse. J'ai réalisé que j'avais plein de sable sur la poitrine quand l'eau l'a emporté sous le jet, le long de mon ventre.

Les gestes tendres et respectueux de Jack, apparemment sans arrière-pensée, me faisaient lâcher prise et faisaient fondre mes préoccupations.

Ses mains ne se sont jamais aventurées sur mes seins. Au lieu de cela, elles ont glissé de chaque côté de ma taille jusqu'à mes hanches et ont tiré sur ma culotte. Ma respiration est devenue hachée, et une chaleur plus intense que celle fournie par l'eau qui s'écoulait sur moi, s'est propagée langoureusement à travers moi.

Il s'est baissé, s'accroupissant derrière moi et j'ai enjambé la culotte, mon cœur battant désormais dans la région de ma gorge. Les palpitations faisaient écho dans tout mon corps. On avait déjà fait l'amour, mais ce moment était encore plus intime.

Jack s'est mis sur le côté et l'eau m'a encore frappée. Puis elle s'est arrêtée de couler, il m'a contournée sans se retourner et il a attrapé une grande serviette blanche qu'il avait apportée. Il la déroulée, protégeant mon corps de ses yeux qui n'ont pas quitté les miens lorsqu'il me l'a tendue.

C'était tout ?

Des idées m'ont traversé l'esprit : ignorer la serviette ou la jeter de côté, le déshabiller comme il l'avait fait pour moi, le laver, laver ses cheveux... le toucher. J'ai regardé la serviette et au final, je l'ai prise avec reconnaissance et je me suis enveloppée dedans.

Jack a souri.

VINGT-ET-UN

Nous étions couchés sur le lit de Jack. Nous avions attendus que mes vêtements sèchent au rez-de-chaussée, et ils étaient prêts maintenant et posés en tas sur le sol près du lit. Aucun de nous deux ne semblait vouloir quitter ce moment.

Je portais son t-shirt vert sauge qui me rappelait la couleur de ses yeux. Malheureusement, il était propre quand il me l'avait donné, donc il sentait la lessive plutôt que lui, quand je l'avais mis en le respirant comme un chiot malade d'affection. Et je portais une paire de ses caleçons. Ils étaient noirs et un peu lâches. Il avait plutôt la taille fine, malgré sa carrure donc ça ne m'allait pas trop mal.

C'était étrange d'être à nouveau dans cette pièce. Les souvenirs de la fois précédente où j'étais ici, nue, en train de lui donner tout de moi-même, scintillaient comme des images fragmentées au détour de chaque parole censée que j'essayais d'avoir entre ses baisers. Et on s'embrassait beaucoup.

— C'est dans plusieurs mois le tournage, non ?

— En septembre, donc oui, environ quatre mois.

On a roulés sur le côté, face à face.

Il était encore torse nu, mais il portait un jean usé et confortable. Il doit en avoir dix-sept paires, me suis-dis-je.

— Qu'est-ce que tu vas faire pendant quatre mois ?

Il a souri, sa fossette me taquinait.

— Je vais apprendre l'escrime. Et venir t'embêter, probablement.

— Jamais. En tout cas, pourquoi ils attendent si longtemps avant le début du tournage?

— Il y a tout le décor à construire en premier. La plus grande partie, sera construite et stockée dans des entrepôts autour de Savannah. Je ne m'occupe pas de ça. Les étudiants de la SCAD vont aussi faire des trucs, un projet d'été, je suppose. Ils doivent recréer la *Maison du Pirate*. Je ne pense pas que l'office du tourisme de Savannah accepte qu'on fasse exploser l'original, a-t-il ajouté, pince sans rire.

— Tu m'étonnes ! J'ai souri. Mais sérieux, c'est trop cool. C'est dommage que je ne sois pas déjà inscrite là-bas, je les aurais carrément suppliés de me mettre sur ce projet.

J'ai pensé au vieux bois gris patiné de la *Maison du Pirate* et aux portes et volets peints en bleu *spectre* pour empêcher les fantômes d'entrer.

Il a souri.

— J'ai eu cette idée folle de transformer tout le scénario en Steampunk[1] et en féérie, surtout la partie sur le vaisseau *Revenge*, pour le rendre différent. Je l'ai dit à Devon et il était super fan, alors on l'a retravaillé avec le scénariste. Mais la majorité de mon intervention se verra sur la scénographie.

— Tu aimes vraiment faire ce truc, hein ?

— Ouais. Il m'a regardée d'un air sérieux et il a m'a remis une mèche de cheveux derrière l'oreille. C'est vrai. Les livres, les films, c'était mon moyen de m'évader quand j'étais petit. C'est normal que je participe à ce genre de création pour les autres maintenant.

— J'aimerais seulement qu'il n'y ait pas tout le revers de la médaille, ai-je chuchoté en pensant à son manque d'intimité et au fait qu'il doive réfléchir à deux fois avant de faire quoi que ce soit, même pour aller manger un hamburger quand il n'avait rien à manger chez lui.

— Keri Ann, je ne veux pas arrêter ce que je fais.

— Je sais, je sais. Ce n'est pas ce que je voulais dire. Je vois bien à quel point tu aimes ça. Je n'ai pas l'intention de m'en mêler.

Jack a soupiré.

— J'y ai presque renoncé. Quand j'étais ici la dernière fois, j'étais tellement désabusé, ils me contrôlaient tellement. J'essaye encore de surmonter tout ça. Et après qu'Audrey a sorti ses grandes menaces, j'ai pensé que je devrais m'éloigner de tout ça. Laisser tomber, pour que personne ne puisse plus me forcer à quoi que ce soit. Mais j'ai réalisé qu'y renoncer ne résoudrait rien. En fin de compte, la façon dont j'ai choisi de gérer ce truc, de me retirer du contrat et d'avoir la chance de participer au projet en Angleterre, ça a été la meilleure chose que j'aie pu faire.

— *Ce sont nos choix, Harry, qui montrent ce que nous sommes vraiment, bien plus que nos capacités,* ai-je cité.

— Oh mon Dieu, tu me cites Harry Potter, maintenant ? Jack a ri, me faisant rouler sur le dos.

— Eh bien, tu es un autodidacte, en matière de livres et de cinéma. Je ne suis qu'un rat de bibliothèque.

— Merde, je sais. Je me souviens de tes montagnes de livres. Il faut que je te fabrique une bibliothèque. Jack s'est approché et m'a embrassée.

J'ai dégluti quand l'émotion m'a serré la gorge. C'était comme s'il m'avait demandé de l'épouser.

Je ne voulais pas gâcher le moment, mais ce qu'il avait dit à propos d'Audrey m'a troublée.

— Dans ton journal, tu as fait allusion à Audrey qui te menaçait. Qu'est-ce qu'elle a fait ?

Jack s'est raidi.

« Je suis désolée, je... je veux juste savoir. Et tu viens de le répéter, alors... »

J'ai mordu nerveusement ma lèvre inférieure.

Il a soupiré.

— En fait, l'une des raisons pour lesquelles je ne suis pas revenu c'était... Il s'est redressé et m'a entraînée avec lui. Puis il m'a fait face.

J'ai relevé les jambes et croisé les chevilles.

— En fait, je suis revenu, a-t-il poursuivi. Je suis allé jusqu'à Butler Cove, mais je ne suis pas resté. Je ne pouvais pas rester. J'ai découvert qu'Audrey avait payé un type pour faire des photos de moi quand j'étais ici.

— Des photos de quand ? Quand tu es revenu ? J'étais perdue.

— Non, avant. Il a enlacé mes doigts. Des photos de nous.

Une sorte de terreur a résonné dans ma poitrine.

— Il a pris des photos de nous, qu'elle a menacé de rendre publiques pour justifier le fait qu'elle m'ait trompé.

— Nous ? Je me suis creusé la tête pour savoir où nous avions été vu ensemble. En train de faire du jogging sur la plage ? Sur sa moto ? Et si elles avaient été prises chez moi ?

La panique m'a fait mal au ventre.

— Elle allait tout te mettre sur le dos, Keri Ann. Elle allait dire que tu étais la raison pour laquelle elle m'avait trompé. C'est en partie pour ça que je ne suis pas revenu. Je voulais que tu sois aussi loin de moi que possible.

— Qu'est-ce qu'elle avait comme photos ?

Jack a dégluti.

« Jack ? »

— Elles ont été prises ici. Dans cette pièce. La plupart étaient assez floues, on ne voyait rien. Mais il y en avait d'autres de toi et moi debout, juste là. Il a montré la porte fenêtre et le balcon qui était maintenant fermés, même si les stores étaient ouverts sur le ciel bleu. Le lendemain matin... J'étais derrière toi et je te serrais dans mes bras.

Je me souvenais du moment, parfaitement. Ma peau s'est mise à fourmiller et mon sang s'est accumulé dans mes tripes.

— Les images floues...

Jack a hoché la tête et grimacé.

— La lumière était allumée ici.

Je me suis souvenue qu'il l'avait allumée. Je voulais qu'il éteigne, mais pas parce que quelqu'un aurait pu nous voir. Les larmes me piquaient les yeux.

— On ne peut pas vraiment dire que c'est nous, mais ça n'aurait pas eu d'importance. Et j'ai eu de la chance qu'elle ait payé un détective privé local et pas les paparazzis habituels. Ils ont un bien meilleur équipement pour capturer une scène.

J'ai lâché la main de Jack, j'ai mis les bras autour de mon buste et j'ai penché la tête vers le bas. J'avais besoin de faire revenir le sang vers mon cerveau.

— Oh mon Dieu, je ne vais pas y arriver, ai-je finalement réussi à dire et j'ai levé les mains pour me couvrir le visage.

Comment pourrais-je vivre avec ça ? L'idée qu'il serait une cible pour des photos et des histoires salaces était évidente, et c'était tout le contraire de ce que je pouvais souhaiter pour ma vie. Je savais tout ça, mais j'avais laissé les choses se faire. J'avais volontairement emprunté ce chemin avec lui, à ce moment-là, prétendant que ce qu'il faisait n'avait pas d'importance parce que ce n'était pas le vrai Jack Eversea. C'était le Jack qui m'avait plu. Mais le Jack qui m'avait plu faisait partie intégrante de cette société folle et voyeuriste dans laquelle nous vivions. Et j'avais mis les pieds dedans.

Jack s'est éloigné et j'ai entendu un bruit sourd. J'ai jeté un coup d'œil entre mes doigts pour voir qu'il avait glissé par terre, le dos contre le lit. Ses jambes vêtues de jean étaient pliées, ses bras reposaient sur ses genoux, encerclant sa tête. La nuque de son cou était étirée et... et je voulais l'embrasser. Je n'arrivais pas à concilier tout ça. Ce que je ressentais pour lui et ce que je ressentais pour qui il était.

— Où sont les photos, ai-je demandé dans un murmure.

— Elles m'appartiennent. Toutes, a murmuré Jack en respirant fort, en levant le visage et en laissant retomber sa tête sur le lit. Ça faisait partie du marché. L'accord que j'ai passé avec elle et avec ma société de production. Elle m'a donné les photos, et j'ai promis de ne pas te voir avant la fin du contrat, qui a expiré la semaine dernière.

Il avait fait un marché pour moi. Pour me protéger. Et il était venu ici dès que l'obligation avait été remplie. Mais Audrey ?

— Mon Dieu, pourquoi me déteste-t-elle autant ? Qu'est-ce que je lui ai fait ?

— Elle ne te déteste pas. Elle déteste *perdre*.

— Comme tout le monde, non ? Comment sais-tu qu'elle en a fini avec cette vendetta ? J'ai repensé à nous sur la plage un peu plus tôt et j'étais irritée que Jack ait encore pris le risque de s'exposer, avec moi.

— Je ne sais pas, a-t-il admis.

J'ai laissé échapper un soupir tremblant.

— Je ne peux pas...

— Je sais, s'est brusquement interposé Jack en serrant les poings, énervé. Je sais que tu ne veux pas de ça. Mais j'ai fait tout ce que j'ai pu pour m'assurer qu'elle arrête son cirque. Je ne peux rien promettre d'autre. Je ne sais pas, c'est tout. Il s'est levé et s'est dirigé vers la fenêtre en question en la regardant fixement, et en empoignant à nouveau ses cheveux. Merde.

— Eh bien, tu as recommencé l'autre soir en te montrant en public au Grill. Ce n'est probablement qu'une question de temps avant que quelqu'un vienne ici pour te suivre, comment on dit, pour te traquer, ai-je ajouté amèrement.

Mon Dieu, je détestais cette version de moi-même. Cette version amère, craintive et très triste. Jack avait fait ressortir mes meilleures et mes pires côtés.

J'ai glissé mes jambes hors du lit et j'ai attrapé mon tas de vêtements. J'ai enlevé son caleçon sous le t-shirt et j'ai remis mes sous-vêtements aussi pudiquement que possible.

Jack est revenu de la fenêtre vers la porte de la chambre, bloquant l'entrée de celle-ci mais en gardant le dos tourné vers moi, tout en tenant l'encadrement de la porte.

Contente qu'il ne regarde pas, même si j'étais hypnotisée par les contours de chaque muscle de son dos, j'ai enlevé son t-shirt, mis mon soutien-gorge et rapidement continué avec mon haut et mon pantalon. Je me suis assise de nouveau sur le lit et j'ai ramassé les vêtements empruntés.

— Je vais les laver...

— Non.

Je me suis arrêtée.

— Tu ne veux pas les laver ?

Jack s'est retourné et m'a pris le t-shirt et le caleçon des mains pour les jeter sur le côté.

— Non, ne les lave pas, mais je voulais dire ne pars pas. Pas comme ça.

— Jack...

Il s'est mis à genoux devant moi, les mains sur mes jambes.

— Notre histoire restera secrète. Je te le promets. J'ai envie de le crier sur les toits, mais je le garderai pour moi, ou je me tuerai à essayer, si ça me permet de te garder.

J'ai avalé la boule qui semblait s'être logée de façon permanente dans ma gorge.

— Je ne te quitte pas, Jack, ai-je murmuré, en passant une main sur son visage ciselé, frôlant sa barbe.

Il a fermé les yeux.

— Je ne serais pas venue ici aujourd'hui si je n'étais pas prête à faire face aux bons comme aux mauvais côtés. Tu le sais bien.

J'ai glissé mes mains dans ses cheveux doux et je me suis penchée en avant pour poser mon front contre le sien.

— Bon sang, Keri Ann. Il a levé la main et l'a plaquée sur mes fesses, en m'attirant à lui. Comment est-ce que tu arrives à me faire ça ? Je ne contrôle plus rien. Depuis que je t'ai rencontrée, toutes mes émotions sont liées à ma perception de ce que tu ressens. Je n'ai jamais vécu ça de ma vie.

— Pareil pour moi. J'ai respiré et j'ai enroulé mon autre main autour de son avant-bras puissant. Je pense que c'est nouveau pour nous deux.

Jack a ouvert les yeux et m'a regardée pendant un long moment. Puis il m'a embrassée, un long mais chaste baiser, et il s'est levé.

— Je sais que tu dois partir. Il m'a tendu la main. Je peux te raccompagner chez toi après ton service ?

J'ai souri, me souvenant de la première nuit où je l'avais rencontré, quand il avait fini par faire la même chose.

— Oui, bien sûr. Je t'enverrai un texto.

— Tu as toujours mon numéro ?

— Oui, ai-je dit en riant. Bien que j'ai pensé l'effacer au moins une fois par jour. Tu as toujours le mien ?

Mon Dieu, pourquoi ai-je demandé ça ? S'il avait dit non... ?

— Oui, a-t-il répondu, d'un ton qui suggérait que j'étais folle. Et moi j'ai pensé t'envoyer un texto au moins une fois par jour.

J'aurais bien aimé qu'il l'ait fait. Ça nous aurait évité bien des confusions. Et en même temps, ça aurait pu rendre les choses bien pires.

Et je n'avais aucune idée de comment nous allions avancer avec « nous ». C'était évident qu'il était plus à l'aise avec sa « célébrité » que je ne le pensais quand je l'avais rencontré, même s'il n'aimait toujours pas ça. Tout comme je voulais annoncer ma relation avec Jack à toutes les personnes autour de moi, Jack voulait évidemment faire de même. Seulement les gens de sa vie ... *étaient des citoyens du monde entier*, avec leur fort pouvoir de jugements.

Et peu importe ma future inscription à la SCAD. Je doutais qu'ils aient besoin qu'une feuille de chou implique une de leurs étudiantes, surtout avec un des membres du projet de film sur lequel ils travaillaient à un tel niveau de visibilité.

J'étais plus que reconnaissante envers Jack de m'avoir tenue à l'écart du public, mais comment pouvais-je savoir si une situation comme celle-là n'allait pas se présenter au prochain tournant ?

Aujourd'hui, *tout* avait changé. J'avais *tout* changé. Tout ce qui allait se passer à l'avenir allait être un vrai champ de mines.

VINGT-DEUX

VISITEUR DU SOIR : Tu as fini ?
   Visiteur du soir : Et maintenant ?
   Visiteur du soir : Et là ?

Les trois textos sont arrivés en chaîne à peu près cinq minutes après mon arrivée au travail. J'ai souri comme une idiote et j'ai remis mon téléphone dans la poche arrière de mon jean.

— On dirait que quelqu'un est de bonne humeur ce soir. Brenda m'a regardée en souriant. Je suppose qu'un certain *bogosse* d'Hollywood n'a rien à voir avec ça ?

— Chut, sérieux Brenda, tu dois m'aider à garder ça secret.

Je l'ai aidée à décharger les verres propres qu'elle avait apportés de la cuisine.

— Bien sûr que je le ferai, ma belle, ne t'inquiète pas. C'est presque impossible à croire de toute façon, et je ne dis pas ça parce que c'est toi !

J'ai dégluti. Mais Brenda avait raison. C'était insensé qu'une célébrité de la trempe de Jack soit à Butler Cove, notre petite ville touristique où rien d'excitant ne s'était jamais produit. Et en plus de ça, il voulait être avec *moi*. La petite Keri Ann quelconque.

— Tu ne devrais pas y croire, c'est vrai. J'étais d'accord elle sur l'improbabilité de la chose. C'est complètement dingue. Honnêtement, je sais que c'est un type normal, mais parfois je ne comprends pas ce qu'il voit en moi. Je veux dire c'est quand même...

— Ce putain de Jack Eversea ?

— Oui, et je suis...

— Probablement la chose la plus cool qui lui soit jamais arrivée ?

Je lui ai donné un coup de coude dans les côtes pour rire.

— Merci, Brenda.

Elle m'a souri et m'a poussée.

— Tu devrais savoir qu'il y a des gens qui sont venus aujourd'hui et qui ont demandé après lui. Et ils n'étaient pas d'ici...

Je me suis raclé la gorge. *Déjà ?*

— Heureusement que Paulie n'était pas là, il se serait mis à hurler et en aurait fait tout un plat en disant que c'était l'endroit préféré de Jack à Butler Cove. Elle a pincé les lèvres d'un air agacé. Il va mettre une plaque en laiton à son nom au bar, tu vas voir.

— Tu as probablement raison, malheureusement. Il s'est fait prendre en photo avec eux et leur a fait promettre de revenir la signer pour qu'il puisse l'accrocher derrière le bar.

Mon ventre s'est crispé. J'étais terrifiée. La conversation que Jack et moi avions eue cet après-midi à propos de nos photos m'a traversé l'esprit. Nous devions être très prudents.

Mon téléphone m'a encore fait vibrer les fesses.

« Désolée, donne-moi une minute, ai-je dit à Brenda en me dirigeant vers les toilettes des dames. »

Visiteur du soir : Je m'ennuie. Tu n'as pas quelque chose à réparer ?

Moi : Tu plaisantes ?

Visiteur du soir : Non

Moi : C'est bizarre de s'envoyer de nouveau des SMS. Tu n'as pas de citations de films pour moi ?

Il y a eu une pause assez longue pour que je me sente coupable de traîner dans les toilettes au lieu d'aider Brenda à installer la salle.

Visiteur du soir : Mais c'est bien, non ?

Moi : Oui, c'est bien.

J'ai souri et j'ai rapidement envoyé un SMS à Jazz.

Moi : Bon alors... j'ai des trucs à te raconter.

Puis j'ai encore envoyé un texto à Jack.

Moi : Je voulais te demander. J'ai vu le nouveau tatouage sur ton pied. C'est une tortue de mer ?

Visiteur du soir : Pour me souvenir de toi.

Moi : C'est ça. J'ai déjà dit que je sortirais avec toi, tu n'as pas besoin d'en rajouter.

Visiteur du soir : Malheureusement, je suis très sérieux.

J'ai fait une pause, essayant de trouver rapidement quelque chose de spirituel pour cacher ma surprise.

Moi : Je ne savais pas que tu risquais de m'oublier si facilement au point d'avoir besoin d'aide.

Visiteur du soir : Tu me tues. Ça ne risquait pas. Peut-être que j'aime juste me tortu-rer ! On ne reparlera plus de ça.

J'ai pouffé et j'ai failli céder à l'envie de le rassurer en lui disant que je ne risquais pas non plus de l'oublier. Mais j'ai résisté. Pendant une fraction de seconde, j'ai cédé à l'impression enivrante de savoir que l'homme le plus sexy d'Hollywood était à moi et qu'il ne voulait jamais m'oublier.

La façon dont j'ai survécu aux heures qui ont suivi m'a dépassée. J'avais toujours envie de sortir mon téléphone et d'envoyer un autre texto pour en récupérer un. Je perdais la tête. L'impatience de voir Jack après me tuait. Les souvenirs de nos baisers de l'après-midi ainsi que du moment sous la douche, que j'aurais aimé laisser se transformer en tout autre chose, l'emportaient sur tous mes soucis.

La seule pause que nous avions prise pendant que nous nous embrassions sur son lit tout l'après-midi, c'était quand il avait décidé qu'il devait se raser. Je m'étais assise sur le bord de la baignoire et je l'avais regardé dans le miroir pendant qu'il étalait la mousse sur son visage et son cou et qu'il passait le rasoir sur sa peau. Ses yeux s'étaient tournés vers les miens à plusieurs reprises pendant qu'il faisait ça, et nous savions tous les deux qu'il ne le faisait que pour pouvoir m'embrasser à nouveau sans me meurtrir la peau. Je ne pensais pas avoir jamais vu un truc plus sexy que cette séance de rasage.

Un frisson m'a traversée en y repensant et j'ai porté mes doigts à mes lèvres qui picotaient encore. Je devais me concentrer sur le travail, pas sur Jack.

Heureusement, c'était une soirée bien remplie et Joey est arrivé juste avant onze heures quand les choses ont finalement tiré à leur fin. Il savait que Jazz devait être là pour me tenir compagnie, alors c'était surprenant qu'il soit venu.

Où était Jazz, au fait ? Elle ne m'avait pas encore répondu.

— Salut, gamine, a dit Joey en faisant passer sa jambe au-dessus d'un tabouret de bar.

Je lui ai fait un sourire angélique.

— Hé. Où t'as disparu ce matin ?

— Je suis allé pagayer. J'avais besoin de m'aérer la tête dans la brise de la Lowcountry.

Il a passé une main dans ses cheveux blonds foncés et il a montré la pompe de Stella à la pression.

J'ai pris un verre et je me suis encore surprise à sourire.

— Comment se passe tes révisions ?

— Bien. Il m'a regardé d'un air bizarre. Qu'est-ce qui t'arrive ?

— Qu'est-ce que tu veux dire ? J'ai froncé les sourcils. Rien.

— OK, a-t-il dit, sceptique alors que je glissais sa bière vers lui. Où étais-tu à mon retour ?

J'ai mordu ma lèvre inférieure. Je n'étais pas encore prête à le dire à Joey, mais je ne pouvais pas lui mentir.

— Je suis allée voir Jack, lui ai-je dit discrètement, en m'assurant qu'on ne nous avait pas entendus. Les derniers clients partaient et Brenda les raccompagnait. Elle a tourné le panneau sur *fermé* et elle est repartie dans la cuisine.

— Je vois. Joey a pincé les lèvres en faisant un lent hochement de tête. Alors tu as lu sa lettre et tout ce qu'il avait écrit a effacé les sept derniers mois de « j'en ai rien à foutre » ? Peu importe ce que moi ou les amis qui t'aiment en pensent ?

— Bien sûr que ça m'importe.

— Bon Dieu, je déteste te demander ça, parce que je suis sûr qu'elle t'a encouragée... il a ricané, mais, heu... qu'est-ce que Jazz a à dire sur le fait que tu le revois ?

— Je ne lui ai pas encore dit.

Il a levé les sourcils, surpris. Mais tu vas réfléchir longtemps et sérieusement avant de t'engager avec lui, j'espère ? Je suis sûr que tout ce que tu as lu était très convaincant, mais tu vas y réfléchir, hein ?

J'ai serré les dents tellement j'étais agacée. Je n'avais plus du tout envie de sourire, là.

— Hein ? a insisté Joey

— Bien sûr que j'y ai réfléchi, ai-je répondu sèchement. Je n'ai rien fait d'autre que d'y réfléchir, Joey. Mais franchement, à un moment donné, je dois suivre mon instinct et mon cœur.

Il a rejeté la tête en arrière.

— Alors tu as déjà décidé ?

— Oui, et j'aimerais vraiment que tu sois heureux pour moi. En fait, il sera là dans peu de temps, pour me raccompagner chez moi.

Il a encore pincé ses lèvres.

— Il peut nous raccompagner, tous les deux alors. Et Colt ?

— Quoi, Colt ? Pourquoi tu ne demandes pas à Colt pour moi et Jack ? Je pense que tu verras qu'il « nous » comprend mieux que toi. J'ai tendu la main et je lui ai pris le bras. Joey, je ne vais pas te mentir, j'ai une trouille bleue de m'embarquer dans une relation avec lui. Mais si quelque chose tourne mal, j'aurai besoin que tu me soutiennes, pas que tu me sortes des « je te l'avais bien dit ».

— Alors pourquoi le faire ? a-t-il demandé, peiné. Je ne suis pas là, je ne peux pas te protéger si tout va mal. Et on n'a vraiment pas besoin de nous faire remarquer dans cette ville, ou que tu sois vue comme une de ces groupies, ou je sais pas comment ils appellent les filles qui traînent avec des acteurs, et que tout le monde suppose qu'il est sur sa dernière histoire de cul. On a besoin d'approbations dans cette ville, pas de jugements.

Il a regardé ailleurs.

— Qu'est-ce qui te tracasse d'autre, Joey ? J'ai réussi à sortir, en essayant de calmer ma montée de bile à l'idée que les gens me voient comme il venait de me décrire. Il ne s'agit pas que de Jack. Si c'est à propos de la ville, je sais déjà qu'ils ont augmenté nos impôts fonciers. Ce sera une lutte acharnée, mais d'une façon ou d'une autre, on va faire en sorte qu'ils les réduisent un peu. Le fait que je vois Jack ne devrait rien y faire. Quoi qu'il en soit, nous allons garder notre relation secrète. Tu sais que je ne veux pas être sous les projecteurs. Pas plus que toi.

Joey a soupiré et il a tambouriné des doigts sur le bar poli.

— Je ne voulais pas te faire peur, mais j'ai reçu un appel de notre assureur il y a quelques mois. Apparemment, nous sommes dans une zone touchée par une série de tempêtes, et avec tous les phénomènes météorologiques bizarres des dernières années, ils retirent l'assurance inondation de notre couverture, et nous devrons la souscrire séparément. Ça représente une fortune. Et avec nos impôts qui augmentent et tout... Il a soupiré longuement en laissant la phrase en suspens. Il n'avait pas besoin de la finir. Avec cette énorme facture d'assurance, si on pouvait la payer, il n'y aurait plus rien pour les impôts.

Mon esprit s'est mis en ébullition.

Brenda a sorti la tête de la cuisine.

— Keri Ann, je dois y aller. Tu peux fermer ce soir ? Salut, Joey.

— Salut ! Mon frère a hoché la tête, distraitement.

Je lui ai fait au revoir de la main.

— Euh, oui, merci, Brenda. A demain.

Elle a disparu, et j'ai regardé à nouveau Joey qui faisait triste mine.

— Keri Ann... à long terme, je ne sais pas comment on va garder la maison.

J'ai respiré fort parce que mon cœur venait de faire un bond.

— Pourquoi tu ne me l'as pas dit avant ? ai-je chuchoté.

— C'est-ce que je suis en train de faire.

— Non, je veux dire, avant. Tu as dit que tu l'avais su il y a quelques mois. Je ne peux pas aller à la SCAD. Nous aurons besoin de chaque centime en réserve pour la maison.

Joey a fermé les yeux, puis il s'est pincé l'arête du nez.

— Je ne veux pas que tu abandonnes ça. C'est ton heure, Keri Ann.

— Mais, Joey...

— Non, écoute. Il reste un peu d'argent de papa et maman. On peut l'utiliser pour payer l'assurance cette année, et ensuite je prendrai un prêt étudiant moi aussi. Ça nous laisse un an pour trouver une solution. J'espère pouvoir convaincre la ville de nous soutenir si on fait une requête au comté pour les impôts.

— Et s'ils ne le font pas et qu'on ne peut pas payer ?

— Eh bien, alors ils la mettront aux enchères, et quelqu'un pourra acheter la maison Butler pour le prix des taxes, plutôt que pour ce qu'elle vaut probablement, étant une maison historique et tout ça.

— Je me demande qui pourrait faire ça. Puis j'ai ajouté sinistrement, je ne pense pas qu'on aura beaucoup de chance d'obtenir l'appui de la ville pour un appel.

Le conseil municipal, et surtout le pasteur Mc Daniel, en avaient après notre maison depuis des années. J'ai deviné qu'ils avaient finalement mis au point une stratégie pour y parvenir. Pourquoi y avait-il toujours un méchant ? Et mon pauvre ami Jasper l'avait comme père. J'ai frissonné.

— Écoute, ne panique pas tout de suite. Si nous ne les payons pas, on a jusqu'au mois d'avril prochain avant qu'ils ne prennent en compte les impôts en souffrance, et s'ils vont jusqu'aux enchères, ce ne sera pas avant octobre. Après cela, nous avons une année entière pour racheter la maison. Donc c'est loin d'ici, d'accord ? J'avais juste besoin que tu saches ce qui se passe. Joey a baissé la tête. Mon Dieu, je suis désolé, Keri Ann.

J'ai fait le tour du bar.

— Pourquoi ? Je me suis blottie dans ses gros bras d'ours.

— Pour ne pas avoir tenu ma promesse de veiller sur toi. Je suis allé à la fac et je t'ai laissée te faire briser le cœur, avoir une histoire avec quelqu'un comme Jack Eversea, *deux fois*, et maintenant je ne pourrai probablement même plus garder notre maison pour toi.

Les larmes m'ont piqué les yeux. Je n'avais jamais entendu Joey avoir l'air aussi affolé.

— Joey, je ne sais pas à qui tu as fait cette promesse, mais tu dois laisser tomber. On est tous les deux adultes maintenant. Ce n'est plus à toi de t'occuper de moi. On trouvera une solution, d'accord ? Nous avons le temps. Nous trouverons une solution, ai-je répété pour le rassurer et en le serrant fort. Puis je me suis reculée. Et tu ne m'as pas laissée avoir une histoire avec Jack, je l'ai fait toute seule, et ça n'est arrivé qu'une fois, je ne suis jamais sortie de cette histoire, ai-je admis— pour lui, comme pour moi— J'ai besoin de toi à bord, Joey. Je pense... je pense que c'est ça qui compte pour moi.

Quelqu'un s'est raclé la gorge derrière moi et ça nous a fait sursauter tous les deux. Je me suis retournée pour trouver Jack, avec une casquette de baseball noire, debout dans l'entrée de la cuisine, les yeux plongés dans les miens.

VINGT-TROIS

— JE SUIS VENU par derrière, a dit doucement Jack, les doigts enfoncés dans ses poches de jean. Ses épaules étaient remontées sous ce qui ressemblait au t-shirt vert sauge que je portais tout à l'heure.

Mes joues sont devenues rouges pivoine et mon estomac s'est crispé sous la honte. Depuis combien de temps Jack nous écoutait, Joey et moi ? Assez longtemps pour entendre ma déclaration ? Peut-être même assez longtemps pour entendre l'histoire pitoyable de la maison. Je ne pouvais pas le voir à ses yeux, mais ils avaient quand même l'air intense.

« Hector a dit que c'était bon. Désolé de vous interrompre. »

Tandis que Jack s'approchait de nous la main levée, ses yeux m'ont finalement quittée et se sont dirigés vers mon frère.

Cela a semblé pousser Joey à l'action. Il s'est approché de Jack et lui a tendu la main.

Jack a hoché la tête en direction de mon frère, qui était de la même taille.

— Jack. On ne s'est jamais rencontrés officiellement. Je m'en excuse.

Je me suis mordu la lèvre. La dernière fois qu'ils s'était vus en personne, c'était à Savannah, quand j'avais pratiquement couru dans les bras de mon frère après avoir dit au revoir à Jack. Sans parler du fait que Jack venait de frapper son meilleur ami.

— Joey. Ravi de te rencontrer, a dit mon frère et il a serré fermement la main de Jack. Joey a posé les yeux sur moi une fraction de seconde, et je savais que lui aussi se demandait ce que Jack avait entendu, et qu'il me faisait également savoir qu'il avait compris ce que je lui avais dit. Nous en reparlerions, je le savais, mais pour l'instant, mon frère me donnait sa bénédiction temporaire.

— J'ai entendu dire que tu raccompagnais ma sœur chez elle ce soir.

Il a regardé Jack.

Celui-ci m'a fait un léger signe de tête et m'a fait un clin d'œil. Un de ces clins d'œil scintillants, lents et sexy qui me font fondre à l'intérieur et ça m'a tout de suite fait prendre conscience qu'il l'avait fait devant Joey.

— Si elle veut toujours de moi.

— Je crois que oui. Joey a levé un sourcil en me regardant, mais il semblait avoir raté ce que je venais de voir dans le clin d'œil de Jack.

— Ouais, euh, donnez-moi juste une minute. Je me suis rapidement retournée vers le bar et j'ai essayé de me souvenir de ma check liste de fermeture. Joey, tu finis cette bière ?

— Bien sûr. Il s'est approché du bar et Jack l'a suivi. Ils se sont assis tous les deux.

Embarrassant.

— Tu veux quelque chose, Jack ? ai-je demandé. *S'il te plaît, dis non, qu'on puisse sortir d'ici plus vite.*

— Non, merci, ça va.

— Ah OUAIS JE COMPRENDS MAINTENANT, a dit Joey une vingtaine de minutes plus tard, alors que nous rentrions à la maison à la lumière de la pleine lune, discutant de tout et de rien. Joey, Dieu le bénisse, avait poliment posé des questions sur le film de Jack et fait la conversation pendant que Jack faisait de son mieux pour paraître intéressé. Il m'avait attrapé la main en partant, son premier contact depuis son arrivée. Et maintenant, ses doigts ne tenaient pas en place.

Cachés par l'ombre de nos corps pendant que nous marchions, les doigts de Jack glissaient vers le haut de mon poignet, caressaient mon pouls, descendaient vers ma main, frôlaient ma paume, puis glissaient langoureusement entre mes doigts, comme si c'étaient mes jambes.

Je ne pouvais plus respirer.

— Tu comprends quoi ? ai-je réussi à demander à Joey et je me suis tout de suite raclé la gorge, en prétendant que ma question essoufflée n'était qu'une mésaventure vocale.

— Être avec vous deux, c'est comme être dans les douches du vestiaire des filles après l'entraînement de volley. Tu ne sais pas où regarder pour être tranquille.

Jack et moi avons éclaté de rire, notre intimité temporairement suspendue.

— C'est tellement pas ce que je m'attendais à entendre sortir de ta bouche. J'ai levé les sourcils. Qu'est-ce que tu t'y connais d'abord en vestiaires de filles après le volley ?

— Oh, tu n'as *aucune* idée de ce que Colt et moi avons fait au lycée, a-t-il dit de manière énigmatique.

— Seigneur, je ne veux pas savoir. J'y ai joué au volley-ball, moi !

Bien après qu'ils aient tous les deux quitté l'école. Dieu merci. Joey a ri.

— Je pense que le principal Holt n'en pouvait plus de voir

arriver la fin de *l'offensive Butler-Graves,* comme il nous appelait. Sur le terrain et en dehors, on était un vrai cauchemar.

— Joey était au centre et Colt était *quarterback* de l'équipe du lycée, ai-je expliqué à Jack.

Ils se sont lancés dans une discussion sur le football et le sport au lycée.

Jack avait été à l'école à New York et jouait surtout au basket-ball, mais il a dit que le rugby lui manquait depuis qu'il avait quitté l'Angleterre, alors ils ont discuté des similitudes et des différences entre ça et le football.

Tout le temps qu'il parlait, Jack ne m'a pas lâchée une seule fois, et parfois, lors d'une pause dans la conversation ou lorsque Joey parlait, il intensifiait son agression sensuelle envers moi. Il en avait toute une variante. Parfois il me pétrissait doucement la main pendant que la sienne glissait le long de la mienne, ou il me gratouillait le pouls du bout des doigts si légèrement que j'ai presque pensé que je l'avais imaginé. Le temps qu'on arrive devant la maison et qu'il me libère, j'étais entrée en fusion.

Joey a serré la main de Jack et m'a souhaité bonne nuit en hochant la tête d'un air bizarre quand je ne l'ai pas suivi à l'intérieur.

Nous sommes restés debout quelques instants après le départ de Joey, puis Jack s'est tourné vers moi.

J'ai posé les yeux sur sa large carrure.

— Tu portes le même t-shirt que celui que je t'ai emprunté tout à l'heure ? Pour une raison quelconque, l'idée que je l'avais enlevé et qu'il l'avait enfilé m'a fait frissonner.

Jack a hoché la tête.

— J'aime ton odeur.

Et l'entendre l'admettre c'était encore mieux.

« Dans l'intérêt de tenir mes promesses envers toi, a-t-il dit doucement, et de rester cachés, je ne vais pas t'embrasser tout de suite. Si quelqu'un nous suit ou nous regarde, c'est l'occasion rêvée. »

J'ai instantanément senti le bord tranchant de l'anxiété couper les coins de mon humeur. L'envie de regarder autour de nous et de chercher quelqu'un qui nous espionne était presque trop forte pour résister. J'ai essayé d'imaginer ce que quelqu'un verrait s'il nous regardait en ce moment. Deux personnes qui se tiennent tout près l'une de l'autre, face à face, mais sans se toucher. L'innocence totale.

Mais ma main chatouillait encore à cause de ses gestes séducteurs. Tout comme le reste de mon corps d'ailleurs.

« J'ai envie de t'embrasser, mais on ne va pas le faire ici, et je doute que Joey apprécierait que j'entre tout de suite, a-t-il murmuré avec un sourire sexy qui faisait ressortir sa fossette. »

Il a plié un bras sur son torse, levé l'autre et il a fait courir son pouce sur sa lèvre inférieure d'un air pensif. Puis il a inspiré un peu et m'a transpercée de son regard ombragé par sa casquette de baseball.

« En ce moment, cette lèvre inférieure que je touche a littéralement envie d'être sur la tienne.

Ah.

Il a continué : J'aimerais glisser mes mains dans tes cheveux, puis le long de ton dos, et t'attirer à moi. C'est super bon de t'avoir contre moi, tu le sais ça ? »

Je n'étais pas sûre d'avoir secoué la tête ou de l'avoir hochée mais mon corps se balançait vers Jack, ça s'était sûr. Je me suis retenue.

— Merde, quand tu décides de me dire ce que tu ressens, tu ne te retiens pas, hein ?

Sa main a quitté sa lèvre pour rejoindre son autre bras sur sa poitrine. Quiconque regarderait ne devinerait jamais ce qui sortait de sa bouche.

J'étais calme mais j'attendais ses prochaines paroles avec impatience.

— C'est si bon de t'avoir contre moi que tu me donnes envie de te déshabiller et de tuer des dragons pour toi en même temps.

Sa fossette est apparue furtivement. Et tu sais à quel point ta bouche a bon goût ? Comme c'est incroyable quand ma langue glisse sur tes lèvres et les touche pour la première fois ?

J'ai arrêté d'essayer de contrôler ma respiration.

—Jack, ai-je tenté entre deux respirations hachées.

J'avais à peine empêché un gémissement de s'échapper. Ma bouche était sèche, alors j'ai sorti un peu la langue pour trouver de l'humidité et je me suis léché la lèvre inférieure.

— Bon Dieu, et quand tu fais ça ? Tu me tues, putain. Il a expiré. Je devrais arrêter de te parler parce que te regarder réagir va me trahir, et je ne pourrai peut-être pas tenir ma promesse.

— N'arrête pas de parler. J'ai à moitié ri, à moitié hoqueté. Ça pourrait être le meilleur non-baiser de l'histoire des non-baisers.

Mon corps suivait des pulsations profondes, subsoniques et résonnantes. Cela avait commencé avec ses attouchements sur le chemin du retour et c'était maintenant du domaine du besoin désespéré.

Il s'est déplacé, il a grimacé et il a serré les bras sur son torse.

— D'accord. Bien que j'aie été un peu ambitieux sur ce que je pouvais gérer. Mon seuil est un peu bas quand il s'agit de toi.

— Alors tu peux lancer le truc mais ensuite tu gères plus rien ? ai-je demandé, en lui faisant un clin d'œil. Qu'est-ce que tu faisais à ma main sur le chemin, Jack ?

Jack m'a regardée et a mordu sa lèvre inférieure avant de la relâcher.

— Je la caressais de la même façon que j'ai envie de caresser ton corps. Il s'est tu. J'ai serré les bras autour de mon buste comme si je pouvais réguler la chaleur qui tourbillonnait à travers moi. Lentement, puis rapidement... doucement... puis... fort. Il a expiré difficilement. Délicatement.... puis très, très fort.

Putain de merde.

Le gémissement m'a échappé avant que je puisse l'arrêter. Et je ne me suis pas souciée de la ruée de désir bouillant qui me traversait de haut en bas en grondant comme une cascade.

Nous étions tous les deux en état de choc.

J'étais à quelques secondes de me consumer, et il ne m'avait même pas touchée. Vu la tête de Jack, il ressentait la même chose.

VINGT-QUATRE

— SI JE NE ME RETOURNE PAS pour partir, je n'en aurai plus rien à faire de ce que les gens voient ou pensent, a dit Jack d'une voix rauque.

Il se tenait à vingt centimètres de moi dans l'espace et dans le temps, mais il aurait pu être en moi, vu ce que mon corps traversait, ou à des milliers de kilomètres de là, vu la douleur de frustration qui l'accompagnait.

— Entre. Je me fiche de ce que Joey pense.

— Non, tu ne t'en fiches pas. Moi non plus, d'ailleurs. Il pense que je ne veux qu'une chose de toi. A cet instant très précis, il n'aurait pas tort. Mais je veux *plus*, beaucoup plus. Il a expiré et levé une main vers ma nuque. S'il te plaît. Rentre, Keri Ann.

J'ai essayé de faire fonctionner mon cerveau dans la brume sensuelle où il nageait, mais je n'ai pas répondu pendant quelques secondes. Puis j'ai hoché la tête et j'ai grimpé les marches en courant pour entrer sans me retourner.

J'ai fermé la porte et je me suis affaissée contre elle, le cœur battant dans mes oreilles. Mon corps était un bazar rouge et gluant de désir et de confusion mentale.

J'ai pris une grande inspiration et j'ai essayé de me calmer.

J'étais perdue parce que je voulais y aller doucement et en même temps j'étais prête à mettre ma peur de côté et à entamer une relation au grand jour avec Jack. Je n'arrivais pas à concilier la façon dont je réagissais à sa présence avec la part de moi-même qui avait peur de qui il était et de ce qu'il représentait.

La lumière de la cuisine était toujours allumée.

— Ça va ? m'a demandé Joey, en me faisant sursauter quand il est apparu dans l'embrasure.

J'ai mis une main sur ma poitrine.

— Oui, très bien. Tu m'as fait peur. Tu vas rester debout pour travailler ?

— En fait, non. Tu as vu la lune ? Elle est presque pleine. Je crois que je vais aller pagayer au clair de lune. Tu veux venir ?

C'était l'une de nos activités préférées quand on était plus jeunes. C'était toujours un plaisir encore plus grand pour moi, car je me couchais tard et je traînais avec mon frère aîné qui, à d'autres moments, était trop occupé avec ses amis et le football pour passer du temps avec moi. Mais je n'étais pas dans cet état d'esprit ce soir-là.

J'ai soupiré.

— Nan, mais tu devrais y aller. En fait, tu devrais appeler Jazz, elle adorerait ça. Elle peut prendre mon kayak.

Je ne sais pas d'où est venue cette suggestion.

Joey a commencé à dire :

— Il est tard. Elle ne voudra pas venir.

— Tu as peur qu'elle lise plus que tu ne le voudrais dans cette invitation ?

Il s'est détourné.

— Peut-être. De toute façon elle est avec quelqu'un maintenant.

— Oui, oui, c'est vrai. Alors vous pourriez, je sais pas, j'ai levé les yeux au ciel, y aller en copains ?

— Allez, viens. Viens avec moi, il faut que je te parle.

J'adorais pagayer au clair de lune, c'était vrai.

— Juste une petite ballade alors, je suis crevée.

Il a tendu une main ouverte.

— Clés. Je vais mettre les kayaks dans le camion.

J'ai hoché la tête, j'ai fouillé dans mon sac à main, puis je lui ai jeté les clés.

Joey les a prises et je me suis écartée pour le laisser sortir par la porte de derrière.

— Joey, je l'ai arrêté avant de changer d'avis. Je veux être avec Jack, et j'aimerais vraiment que tu oublies tes réticences sur lui, sur nous deux.

— Ecoute, Keri Ann. Je comprends, mais je ne suis pas obligé d'aimer ça. En ce qui me concerne, il pourrait partir n'importe quand, et il partira probablement, et tu seras toujours là où tu es.

J'ai ravalé ma déception devant sa réaction.

— Jack n'est pas entré ce soir, il ne m'a même pas embrassée, par respect pour toi. Donc je crois qu'il a bien compris ton message. Merci d'être si protecteur, mais... tu penses que tu pourrais baisser d'un cran ?

— Va te préparer, on parlera sur l'eau.

ON A ROULE AVEC les vitres ouvertes. La brise nocturne du printemps nous a remplis les narines, avec l'odeur du marais dans le fond.

— Je ne suis pas sûr de lui faire confiance.

Joey a gâché le calme que j'avais finalement trouvé en chemin vers le parking sous le pont.

Au lieu de répondre, je suis descendue du pick-up et j'ai sorti mon kayak par derrière. Le clair de lune éclaboussait d'argent l'obscurité normale de l'île et de son estuaire intérieur.

S'activant en silence, Joey a tenu mon kayak pendant que je m'installais dedans. Puis je me suis penchée et j'ai tenu le sien pour lui.

—Jusqu'à la rivière ? a-t-il demandé.

J'ai souri.

— Tant que j'ai ma pagaie. C'était toujours notre blague quand nous décidions de nous éloigner de l'embouchure.

— Ouais, restons proches.

J'ai fait demi-tour et je me suis retournée, attendant et dérivant lentement. L'eau était noire et étrange, mais belle dans le clair de lune. C'était la pleine lune et marée haute, donc le niveau de l'eau était plus élevé que la normale. Si nous avions une vague de chaleur précoce, les moustiques écloraient en plus grandes quantités que d'habitude dans l'eau qui stagnerait ensuite à marée basse.

Joey s'est approché et nous nous sommes déplacés en silence, en absorbant ce moment de paix.

J'ai gardé les yeux rivés sur l'eau pour détecter la présence de dauphins éventuels. C'était la meilleure partie des ballades au clair de lune.

Joey s'est raclé la gorge pour me prévenir qu'il allait parler.

—Je sais qu'il va tourner un film ici et tout mais qu'est-ce qu'il va se passer après ? Je veux dire, si vous êtes toujours ensemble. Qu'est-ce que tu feras ? Tu vas le suivre partout dans le monde ?

J'ai soupiré en essayant de ne pas m'énerver.

— Mon Dieu, Joey, je ne sais pas. Pourquoi tu t'inquiètes de quelque chose dans le futur ? On verra bien quand on y sera.

J'ai accordé ma respiration au rythme de mes coups de pagaie.

— Pourquoi tu ne t'inquiètes pas toi ?

— Parce que je me sens bien, parce que je sais que je suis censée être avec lui.

Je ne pensais pas qu'il avait besoin de savoir pour la lettre de Nana. De savoir que je la croyais impliquée dans le fait qu'on se soit remis ensemble, Jack et moi. Il ne considèrerait jamais ça comme autre chose qu'une coïncidence.

— Et tu penses que si tu abandonnes ta vie et tes rêves pour le suivre partout, il te respectera toujours ? Qu'il ne se lassera pas de se sentir responsable de toi tout le temps ? Il n'abandonne pas sa vie pour toi, lui, mais tu as l'air plutôt de t'en foutre de sacrifier non seulement ton avenir, mais aussi le respect qu'à cette ville pour toi et franchement, le mien aussi, et notre nom de famille.

J'ai eu soudain la tête vide comme si le sang l'avait quittée, laissant un bourdonnement dans son sillage. Une piqûre aiguë de douleur m'a pincé le cœur et mes yeux se sont remplis de larmes. J'ai sorti la pagaie de l'eau et je l'ai posée en travers de mon kayak.

— Joey... J'ai essayé de parler mais c'est un murmure qui est sorti.

— Je suis désolé, Keri Ann. Joey a aussi arrêté de pagayer et s'est penché pour attraper le bout de mon kayak. On a fait une pause au milieu de la voie navigable. C'était la nuit, mais la lune était comme un projecteur sur la terre. Il avait l'air peiné. Je suis désolé, a-t-il dit encore une fois. Mais c'est ce que je ressens. Je ne pense pas qu'il t'utilise. Il a l'air d'être un type plutôt sincère. Mais je n'arrive pas à vous voir tous les deux ensembles. Je ne peux pas, c'est tout. Et je pense qu'à la fin, c'est toi qui souffriras. Il a passé une main dans ses cheveux. Mon Dieu, te souviens-tu au moins de Papa et Maman ? Maman dansait, tu le savais ? J'adorais la regarder danser. C'était magique pour moi. Elle m'emmenait parfois avec elle si je n'avais pas d'école. Elle était incroyable. On m'a dit qu'elle aurait été assez bonne pour aller à New York, et faire carrière dans la danse, mais elle avait rencontré papa et elle était tombée amoureuse. Il lui avait promis qu'ils trouveraient une ville avec une compagnie de danse. Il n'arrêtait pas de promettre, promettre. Puis elle nous a eus et finalement tout ce qu'elle voulait trouver, c'était un poste d'enseignante. Si elle ne pouvait pas danser pour elle-même, elle enseignerait la danse aux autres. Mais non. Papa n'arrêtait pas de déménager, et elle a fini par abandonner. Elle a *abandonné* !

Je voulais dire à Joey que ça n'avait rien à voir avec Jack et moi, mais il n'avait jamais parlé de Papa et Maman, et je voulais absorber ça comme une pluie dans le désert.

Joey a lâché mon kayak et recommencé à pagayer. Des coups lents et puissants. J'ai suivi, en enfonçant ma pagaie à travers l'eau couleur d'encre.

« Quand j'avais à peu près neuf ans, a dit Joey alors que je m'approchais de lui, tu tournoyais autour de la cuisine dans cet appartement où nous venions d'emménager à Wilmington. Tu étais si petite. Il a souri. On était là pour une autre affaire sur laquelle papa travaillait. Un contrat dans la vente ou quelque chose comme ça. Et Maman... elle s'est mise à pleurer d'un coup. Elle pleurait pendant que tu dansais dans la cuisine. Je ne savais pas quoi faire. Je pensais qu'on l'avait contrariée, ou quelque chose comme ça, ou que tu avais fait quelque chose de mal. Je savais qu'elle essayait de trouver un emploi depuis notre arrivée, alors mon esprit de neuf ans a voulu l'aider à se sentir mieux, et je lui ai dit qu'elle devrait t'apprendre à danser. Elle m'a regardé en sanglotant, puis elle s'est levée et elle a sorti toutes ses affaires de danse, justaucorps et pointes et les a jetées dans cette grosse poubelle en métal qui était dehors.

Elle a jeté toutes ses affaires ! a-t-il dit en secouant la tête comme s'il n'y croyait toujours pas. Sa façon d'agir était si effrayante que je lui ai crié d'arrêter, et toi tu pleurais avec toute cette agitation. Avant que je m'en rende compte, elle y avait mis le feu. Les voisins ont appelé les pompiers. C'était horrible.

Je suis restée immobile et silencieuse. J'étais stupéfaite. Des larmes m'ont strié les joues. J'ai senti le froid piquant du sel dans la brise.

On avait tous les deux arrêté de pagayer.

Joey était loin dans ses pensées, les yeux perdus dans le vague. « Papa est rentré à la maison quelques heures plus tard pour fêter le fait qu'il venait de "conclure" l'affaire ou je ne sais quoi. Il ne savait même pas que quelque chose avait changé ou que quelque chose s'était passé ce jour-là. Tout s'est déroulé comme d'habitude. Mais tout était différent. Mon Dieu, elle était si différente. Elle n'était pas si triste que ça, juste... rien. Je détestais ça. C'était horrible. Et je détestais que papa n'ait même pas remarqué. Je ne sais même pas s'ils en ont parlé, le fait qu'elle ne cherchait plus de travail. Qu'elle n'ait plus jamais dansé. Il a pris une grande bouffée d'air. Je te regarde, et tu me rappelles tellement maman. La mère dont je me souviens quand j'étais plus jeune. Tu es créative, honnête, bonne et belle, et si c'est en mon pouvoir de te sauver d'une situation comme ça, où tu t'oublieras pour quelqu'un d'autre, alors bon Dieu, je dois essayer !

Il m'a regardée, ses yeux normalement bleus étaient sombre dans notre monde noir et blanc du moment. Mais ils brillaient à cause des larmes non versées. Il a lâché sa pagaie d'une main et a serré et desserré le poing.

J'ai attrapé sa main et je l'ai tenue dans la mienne. J'avais l'impression que mon cœur se brisait. Je n'avais jamais su cette histoire. J'étais reconnaissante de ne pas avoir éprouvé la douleur de Maman avec autant d'acuité, mais j'étais infiniment plus triste de ne pas m'en souvenir du tout. Je n'avais pas d'images de la mère magique et dansante dont Joey se souvenait si bien.

« Réfléchis, Keri Ann. Je te l'ai dit depuis le début, depuis que je vous ai vus ensemble à Savannah, et bon Dieu, même ce soir, il y avait une telle intensité entre vous, c'est de la folie. Je ne dis pas que tu n'es pas adulte et que tu ne peux pas le supporter, mais tu vois ce que je veux dire. »

J'ai hoché la tête.

— Oui, Joey. J'ai les mêmes préoccupations que toi. Je comprends tout ce que tu dis. Je ne vais pas me lancer là-dedans à l'aveuglette. Et je ne sais pas comment on va faire pour être ensemble et garder ça secret. Ou comment je vais être moi-même ne pas être aspiré dans son vortex. Je n'ai aucune idée de ce que l'avenir m'apportera, et j'ai peur de me ridiculiser.

Joey a serré les dents.

Mais personne ne peut planifier sa vie comme ça. Tu ne peux pas la planifier pour moi, tu ne peux pas me protéger de la douleur... et je ne veux pas que tu le fasses.

Ses épaules se sont affaissées.

— Je sais.

J'ai pensé à lui et à Jazz, mais je savais qu'il n'était pas prêt à ce que je fasse le parallèle. Peut-être qu'il avait peur qu'elle soit cette femme-là pour lui et qu'elle l'empêche d'avancer. Ou qu'elle abandonnerait ses plans pour être avec lui, et qu'il ne serait pas capable de gérer la culpabilité.

— Et tu ne devrais pas le faire pour toi non plus.

C'est tout ce que j'ai dit.

— Peu importe ce que je dis, n'est-ce pas ? Je veux juste te protéger. Je te jure que s'il te fait du mal, il le regrettera. J'ai essayé de sourire en serrant la main de Joey. Et c'est Jack Eversea, bon sang ! a-t-il ajouté, incrédule. Enfin, franchement quoi !

J'ai réussi à rire un peu.

— Je suis désolée pour Maman, Joey. Je ne m'en souviens pas. Les larmes me sont encore montées aux yeux. Je ne me souviens pas qu'elle dansait. Je suis désolée que tu aies dû vivre ça. Et qu'elle ait traversé ça. J'ai dégluti pour essayer d'empêcher ma voix de trembler. Et que je n'aie jamais pu la voir danser. Elle devait être très belle.

— Ouais, elle l'était, a-t-il dit doucement. Et, tu sais je ne voulais pas dire que je te respecterais moins si toi et Jack étiez ensemble. Je suis désolée. Je suis juste inquiet.

— Ouais, eh bien, moi aussi. Et je te pardonne, même si tu as gâché ce qui aurait pu être une ballade de kayak nocturne incroyable.

Joey a gloussé.

— Allez, on rentre.

Nous avons fait avancer nos kayaks en silence, à l'exception des bruits de notre respiration et des pagaies dans l'eau. Je tendais l'oreille pour entendre le bruit d'un souffle puissant qui nous indiquerait la présence de dauphins.

En arrivant au quai, tout ce que j'ai entendu, c'est le bourdonnement de mon téléphone là où je l'avais laissé avec mon chandail.

J'ai attendu jusqu'à ce que nous soyons sur le chemin du retour, la tête appuyée contre le cadre de la vitre, puis j'ai inspiré la dernière bouffée d'air printanier pour la nuit, avant de le lire.

Visiteur du soir : Tu prends ta journée demain ? J'ai des projets pour nous...

VINGT-CINQ

DES QUE JE ME SUIS LEVEE, j'ai envoyé un texto à Brenda. Je ne faisais que le déjeuner aujourd'hui. Comme elle m'a confirmée qu'elle pouvait trouver quelqu'un pour me remplacer, j'ai appelé Paulie.

— Tu n'as jamais officiellement demandé à prendre un jour de congé, a-t-il dit, de façon bourrue. C'est pour quelque chose d'important ?

— Je n'en ai aucune idée.

Puis j'ai envoyé un texto à Jack.

Moi : Qu'est-ce qu'on fait ?

Visiteur du soir : Dev et moi on viendra te chercher dans 45 minutes. Apporte un maillot de bain au cas où. Ton frère veut venir ? Et Jazz ?

La déception de partager Jack avec Devon et le fait qu'il voulait inviter autant de gens que possible était si forte que j'ai failli rire de moi-même. Un maillot de bain ?

Moi : Je vais voir... encore une fois, qu'est-ce qu'on fait ?

Visiteur du soir : Recherche de lieux et de chevaux (ne demande pas plus).

Chercher des chevaux... en maillot de bain ? Ben voyons. Je

venais de commencer à envoyer un SMS à Jazz quand un autre message de Jack est arrivé.

Visiteur du soir: Ne t'inquiète pas, j'ai aussi des projets pour toi et moi.

Un rire bête m'a échappé, et je me suis mordu la lèvre pour retenir mon émotion.

Moi : Ça ne m'avait même pas traversé l'esprit.

Visiteur du soir : Tu as de la chance. Moi, je n'ai pensé qu'à ça.

Moi : J'ai menti. Évidemment. Moi, aussi.

Visiteur du soir: Je sais.

Moi : Prétentieux !

Visiteur du soir : Confiant.

Jack et Devon s'étaient garés dans leur Jeep argentée, décapotée, et Jack a sauté de la voiture vêtu de son uniforme habituel : casquette de baseball foncée, jean délavé, t-shirt de couleur unie et des bottes d'aviateur cette fois. Il s'était rasé et il souriait de toute sa mâchoire carrée. Mon Dieu qu'il avait de belles dents !

Mon frère lui a serré la main et Jack l'a présenté à Devon.

Tandis qu'il abaissait son siège vers l'avant pour que Joey et moi puissions grimper, dans la jeep, Joey s'est mis de côté pour me permettre de monter en premier. Je lui ai donné un coup de coude. Je voulais m'asseoir derrière Jack.

Mon frère a roulé des yeux et il est monté, puis il m'a pris des mains le sac avec nos serviettes et nos affaires. Devon et lui ont échangé quelques commentaires et parlé de la direction que nous allions prendre. J'avais déjà dit à Jazz de nous retrouver à la Marina selon les instructions de Jack.

— Bonjour, a murmuré doucement Jack alors que je passais devant lui pour grimper après Joey.

J'ai levé la tête mais je ne pouvais pas voir ses yeux derrière ses lunettes.

— Oui, c'est un bon jour, ai-je répondu en m'installant sur la banquette et en m'attachant les cheveux avec un chouchou.

Jack a relevé le siège et il est monté. Je pouvais voir la nuque lisse de son cou par-dessus le dossier du siège. Franchement, est-ce que chaque partie de lui était la plus belle chose que j'aie jamais vue ?

Dès que nous avons démarré sa main est descendue dans l'espace entre son siège et la portière et m'a touché légèrement la cheville.

J'ai pincé les lèvres, en respirant profondément par le nez. Mon cœur a commencé à battre fort et régulièrement, et je voulais fermer les yeux et me délecter de la sensation de ses doigts sur moi. En fouillant dans mon sac à main en cuir brun, j'ai sorti mes lunettes de soleil et je les ai enfilées. J'ai déplacé mon pied vers l'avant, et sa main s'est légèrement refermée autour de ma jambe.

Le capitaine du port de Palmetto Marina était buriné, les cheveux pleins de sel et les yeux bleus les plus pâles que j'aie jamais vus. Il était peut-être aussi la seule personne au monde à ne pas avoir reconnu Jack.

Devon a rempli les papiers pour la location de bateau, puis nous avons acheté assez de boissons, de sandwiches et de snacks pour une apocalypse et nous sommes descendus sur la jetée. J'ai bien regardé le grand yacht blanc au bout.

— Waouh ! C'est celui-ci ?

— Ah ben merde ! Jazz a fait écho à ma surprise. C'est mieux que de traîner dans le vieux Skiff Caroline de Cooper pour ramasser les paniers de crabes. Il doit faire au moins douze mètres.

Nous sommes montés à bord, et Dan, le skipper, d'un certain âge lui aussi et qui s'est avéré être la deuxième personne au monde à ignorer complètement qui était sur son bateau, nous a fait visiter et nous a montré où ranger nos affaires. Nous nous sommes tous installés sur le pont avant, en bavardant plus fort que les cris des mouettes.

Cap'n Dan nous a fait glisser lentement le long de la zone sans vagues vers l'embouchure, et le vent frais et salé me fouettait le visage et m'envoyait des mèches dans les yeux.

— J'aimerais bien que Monica soit là, a dit Devon. Elle adore la mer. Et faire du bateau aussi.

— Où est-elle ? ai-je demandé.

— Elle sera là la semaine prochaine, on avait quelques projets à finir.

— Alors qu'est-ce qu'on fait ? a demandé Jazz. Ça me va de rester tranquille sur le bateau, mais est-ce qu'on va faire quelque chose de particulier ?

— Je voulais venir ici et voir les endroits que notre équipe de recherche de lieux avait répertoriés, lui a répondu Devon.

— Alors, tu les approuves ou quoi ? a demandé Jazz.

— Normalement, on va avec les gens de l'équipe, mais Jack pensait qu'on pourrait en faire une journée sympa et visiter d'autres endroits nous-mêmes. Il a jeté un coup d'œil à Jack, et ils ont échangé un regard.

Jazz m'a regardée et m'a fait un clin d'œil.

— Savez-vous quelque chose sur les chevaux Marsh Tacky ? a demandé Jack.

— Eh bien, ils sont d'ici et en voie d'extinction. Je pense qu'il en reste moins de trois cents, lui ai-je répondu.

Il a hoché la tête.

— Oui, ils datent des colons espagnols et sont très robustes et bons dans les eaux marécageuses, donc ils seront parfaits pour le film, on se disait.

— C'est vrai, a dit Jazz, allongée sur l'un des coussins blancs pour être en plein soleil. Il faisait froid sur l'eau malgré le ciel clair et lumineux. J'ai entendu dire qu'il y a des courses sur la plage de Daufuskie Island. C'est dans quelques semaines, je crois.

— Oui, c'est là qu'on va, a dit Devon. Normalement, ils arrivent sur une péniche le matin de l'événement, depuis les écuries environnantes.

— Mince, ça doit être un spectacle à voir, a ajouté Joey.

Jack a tourné sa casquette de baseball vers l'arrière.

— J'ai parlé à un type du coin qui en a quelques-uns sur l'île. Il a abaissé ses lunettes de soleil une seconde et m'a regardée. C'est là qu'on va aujourd'hui. On va faire la course, à cheval sur la plage.

— Oh mon Dieu, c'est vrai ? a couiné Jazz. C'est trop cool !

Et apparemment assez dangereux, surtout quand on faisait la somme totale de mon expérience en équitation... c'est-à-dire zéro. J'ai dégluti nerveusement. *Waouh* !

L'ÎLE DAUFUSKIE n'était accessible que par bateau, ce qui la mettait à l'abri d'un développement massif. Le terrain du propriétaire de l'écurie était juste à côté de la plage, niché au milieu des grands pins, des palmiers et d'anciens chênes tentaculaires parsemés de mousse Espagnole. Nous pouvions voir l'océan scintiller à travers les pins, d'où nous nous tenions sur les épines brunes craquantes qui tapissaient le sol.

— C'est typique que ce soit un californien qui nous montre comme l'endroit où nous vivons est incroyable, a dit Joey. Il a donné un coup dans les côtes de Jack quand un garçon Gullah[1] du coin nous a amené un étalon couleur noisette.

Devon nous a laissés pour parler au propriétaire de l'écurie à propos de l'autorisation de filmer et de la logistique pour utiliser la barge pour apporter l'équipement cinématographique.

— *Who dun' gunna rai dis 'un* ? nous a demandé le garçon qui tenait le cheval dans son dialecte Gullah. Il avait l'air d'avoir une douzaine d'années, jeune mais nerveux, sous sa peau très foncée.

Le cheval était beau et fort. Jazz et moi nous sommes toutes les deux retrouvées en train de reculer un peu alors que le garçon attachait sa corde de façon lâche sur la clôture en bois.

Jack a regardé mon frère d'un air absent.

— Oh, désolé. Il a demandé qui voulait monter ce cheval en premier.

— Je pense que toi et moi devrions faire la course en premier, a dit Jack. Pour montrer aux filles comment on fait. Peut-être faire un pari ?

— Ce mec veut sortir avec ma sœur, a dit Joey au garçon en me montrant du doigt.

Le garçon m'a regardée, puis Jack. Il a fait un signe de tête à Joey pour qu'il le suive, et ils ont échangé quelques murmures, avant que le garçon ne parte en courant sur les aiguilles de pin.

— C'était quoi ce bordel ? ai-je demandé à Joey.

— Il a dit qu'il allait me chercher un cheval plus rapide.

Jazz a ri en reniflant.

— Euh, Joey ai-je dit les sourcils levés, d'un air amusé, c'était quand la dernière fois que tu es monté à cheval ?

— Quoi ? Tu crois que je ne peux pas battre cette espèce de tapette d'acteur ?

Jazz est repartie de plus belle dans ses rires hystériques.

— Ha, ha, T'as dit quoi... ?

— Je relève le défi ! Jack a jeté un regard sérieux à mon frère avant que Jazz ne puisse finir. Si je gagne, je resterai sur l'île ce soir avec ta sœur. Seuls.

J'ai pouffé puis j'ai serré la mâchoire pour me retenir.

Jazz a rapidement cessé de rire.

— Merde, c'était chaud, m'a-t-elle murmuré.

Sans blague !

Joey semblait peser le pour et le contre. Puis on a sorti son cheval de l'écurie. Un cheval noir musclé qui sautait de côté et tirait sur sa longe.

— Marché conclu.

Nous avons suivi derrière alors que les garçons et les chevaux étaient conduits vers la plage sous le soleil radieux.

La course, balisée à la corde, devait comporter un sprint de quatre cents mètres, suivi d'une promenade dans l'eau autour d'une petite bouée, puis retour. J'étais nerveuse rien qu'à l'idée de regarder. Il était notoirement difficile de guider les Marsh Tackies dans les virages sans tomber.

Jack a défait ses chaussures et ses chaussettes, glissant pieds nus dans le sable. Il a soulevé son t-shirt derrière sa tête, me laissant entrevoir ses beaux abdos. *Oh oui, s'il te plaît, enlève-le, s'il te plaît.* Puis il l'a passé par-dessus sa tête, me laissant avec la bouche sèche et les paumes moites.

Mon frère lui a emboîté le pas.

Jazz a fait un petit bruit à côté de moi.

Alors que Jack avait un corps ciselé et mince, Joey n'était pas moins bien fait mais un peu plus large avec des bras et des épaules plus épais.

— Oh mon Dieu... Jazz a sorti son téléphone. Je dois filmer ça. C'est peut-être la chose la plus sexy que j'aie jamais vue. Genre, jamais. Je suis rarement sans voix, mais ça pourrait le faire. Selon les mots immortels de Lana Del Rey :

« *Oh cette grâce,*

Oh ce corps,

Oh ce visage,

Ça me donne envie de faire la fête... » chantonna-t-elle seulement pour mes oreilles.

— Comment on monte sans selle ni étriers ? a demandé Joey.

Jack s'est approché et a formé un étrier avec ses mains pour Joey et l'a aidé à se soulever. Puis il est revenu en souriant, s'est agrippé à la crinière de son cheval et il a sauté sur son dos d'un seul mouvement souple.

Oh. Mon. Dieu

Jazz a couiné.

— Je crois que je viens de jouir.

— La ferme, Jazz, ai-je réussi à sortir, et j'ai dégluti bruyamment.

— Et si je gagne ? a demandé Joey, l'air un peu en colère et plus déterminé que jamais. Son cheval sautillait sur le côté, ignorant les murmures apaisants du garçon qui tenait ses rênes.

— ça n'arrivera pas. Je suis trop à cheval sur le résultat. Excusez le jeu de mots !

Ses yeux se sont plantés dans les miens. J'ai soutenu le regard de Jack un instant avant qu'il ne me fasse un clin d'œil et regarde Joey.

Mon frère a rougi.

— Si je gagne, tu peux rester sur cette île, *tout seul.* Il a jeté un regard mauvais au gars de l'écurie qui se tenait à côté d'eux et attendait de faire démarrer la course. Quand tu veux.

Mes yeux ont parcouru le torse nu de Jack jusqu'à une vrille d'encre noire qui s'échappait de la ceinture de ses sous-vêtements, visible au-dessus de son jean usé. Le tatouage qui couvrait sa peau abîmée par son père. Ses mains étaient enroulées dans la crinière du cheval, ses biceps contractés. Sa jambe puissante reposait sur le flanc du cheval noisette, se terminant par son pied nu et le tatouage de la belle petite tortue de mer. Jack avait marqué son corps quatre fois... une fois pour couvrir ses souvenirs d'enfance douloureux, une fois pour célébrer le saut dans sa carrière de méga star, la mince chaîne tatouée sur sa cheville sur laquelle je n'avais jamais posé de questions, et une fois... pour se souvenir de moi.

Je n'ai pas eu le temps d'y réfléchir plus longuement, car un fort « Hah ! » a fendu l'air et les deux chevaux ont démarré en trombe quand le gars leur a tapé sur la croupe.

Jack s'est immédiatement penché en avant, saisissant le cheval avec tout son corps, ondulant des muscles. Mais Joey était sur un cheval beaucoup plus rapide, et cela compensait son manque de technique.

Le cheval noir a vite pris la tête. Joey a jeté un œil sur Jack par-dessus son épaule, ses cheveux blonds lui fouettant les yeux.

Jazz a miaulé à côté de moi.

— Vas-y, Joey, a-t-elle crié, son téléphone pointé droit devant.

— Tu l'encourages vraiment pour que je ne me fasse pas sauter ce soir ? J'ai ri d'un air incrédule. Vas-y, Jack ! ai-je hurlé à mon tour.

— Je ne savais pas que tu étais prête à remonter sur le cheval, pour ainsi dire. A-t-elle gloussé.

— J'ai peut-être changé d'avis.

— Mais franchement, c'est le truc le plus sexy que j'aie jamais vu.

Nous nous sommes regardées, puis nous avons crié et applaudi pour nos gars respectifs.

Joey a atteint la fin du premier sprint et il a fait entrer le cheval dans l'eau. Il s'est jeté dans les vagues. Dans le virage, cependant, il a glissé sur le côté du cheval et il se battait maintenant pour se redresser. Jack est entré dans l'eau après lui. Ils ont réussi à contourner la bouée, les chevaux presque dans l'eau jusqu'aux flancs. Je ne sais pas pourquoi je n'avais pas pris de photo avant, mais j'ai sorti mon téléphone de ma poche arrière, je l'ai pointé sur Jack et j'ai déclenché juste au moment où il s'approchait de Joey.

Il s'est penché sur le côté du cheval et il a plongé la tête dans l'eau pour la mouiller Puis il est resté couché sur l'encolure du cheval alors qu'il émergeait des vagues moins profondes, puis vers le sable. Avec une pression de ses cuisses bleues foncées et gorgées d'eau, le cheval de Jack a redécollé dès qu'il a heurté le sable sec.

Joey était aussi sorti de l'eau, et son cheval a regagné du terrain. Rejointes par quelques spectateurs qui revenaient d'une promenade et par Devon, Jazz et moi hurlions et sautions comme des folles.

J'étais impressionnée par la façon dont Joey montait, en fait, il avait un peu appris et il avait travaillé dans une écurie un été, mais je ne pensais pas qu'il serait capable de monter à cru et de faire une course.

Et Jack ? Il n'y avait pas de mots pour dire ce que je ressentais en le voyant faire. C'était une réaction purement physique.

Joey était à une tête de Jack et j'ai crié plus fort, la voix cassée, en sautant toujours. Ils ont franchi la ligne d'arrivée devant nous, Jack gardant son avance de justesse.

Tout le monde a hurlé, se réjouissant simplement du spectacle.

VINGT-SIX

JACK, ET JOEY ont tous deux fait ralentir leur cheval un peu plus loin sur la plage et sont descendus de leurs montures, haletant et souriant en se serrant la main, puis ils se sont tapé l'épaule d'une claque.

Leur joie et leur exaltation étaient visibles sur leurs visages. Tous les paris et les tensions oubliés.

Je les regardais en souriant comme une idiote et ils sont revenus d'un pas nonchalant. Jack a saisi à nouveau la main de Joey et, alors que le gars de l'écurie éloignait les chevaux, il l'a entraîné à l'écart en lui disant quelque chose à l'oreille. Joey a hoché la tête, et m'a fait un clin d'œil, avant de serrer la main de Jack et de lui frapper de nouveau l'épaule.

Puis Jack s'est tourné vers moi et m'a montrée du doigt. Ses yeux brillaient, ses fossettes étaient complètement visibles et j'ai couru. J'ai couru sous les sifflets et les acclamations et je me suis jetée dans ses bras.

— Ouff, a-t-il lancé.

Puis il a gémi quand mes jambes se sont enroulées autour de lui et que je l'ai serré dans mes bras. Nous nous sommes étreints comme ça pendant plusieurs longues minutes, l'odeur saumâtre des vagues et le corps chaud de Jack imprégnant toutes mes pensées.

— C'était incroyable ! ai-je dit enfin. On est tranquille ici, n'est-ce pas ? Pour te serrer dans mes bras ? Je veux dire, cet endroit est isolé, et je ne pense pas que les gens du coin vont poster des photos sur Internet.

— Oui, a-t-il murmuré à mon oreille. C'est pour ça que je veux rester ici avec toi ce soir. C'est d'accord ?

— Je suppose, ai-je dit timidement. Il a reculé pour me regarder et j'ai vite ajouté : Oui !

— On n'a rien besoin de faire. Il a frotté son nez contre le mien. Je veux juste être avec toi pour une nuit et ne pas m'inquiéter qu'on nous voie. Le bateau peut ramener tout le monde, et revenir le matin pour nous chercher avant que tu ailles travailler à midi.

Je l'ai encore serré dans mes bras et j'ai déplié mes jambes. Il m'a fait descendre à terre et nous sommes retournés rejoindre les autres. Aucun d'entre nous n'a fait la course comme les garçons, mais nous avons tous monté à cheval à tour de rôle le long de la plage et trotté dans les vagues. Jazz et moi étions d'accord pour dire que c'était sans aucun doute la journée la plus cool de notre vie. Jazz ressemblait à une princesse gitane sur son cheval, avec sa chemise longue imprimée qui lui descendait jusqu'aux cuisses et ses bracelets colorés autour des chevilles et des poignets. À ma grande satisfaction, Joey n'arrêtait pas de la regarder. J'ai levé les yeux du cheval que je montais dans les vagues avec un grand sourire et j'ai surpris Jack en train de prendre une photo de moi avec son téléphone.

C'était de bonne guerre, je suppose.

Après la ballade à cheval, nous sommes retournés sur le bateau. Nous avons enfilé nos maillots de bain, nous avons mangé nos sandwiches et exploré le périmètre de l'île. Nous nous sommes arrêtés aussi près que possible d'un petit banc de sable qui avait émergé avec la marée basse, et après beaucoup de persuasion et de cajoleries de la part de tous ceux qui avaient déjà sauté par-dessus bord dans l'eau glacée, j'ai fait la même chose.

— Vous réalisez qu'il y a des tonnes de requins taureaux par ici, hein ? ai-je dit, la voix tremblante alors que nous arrivions sur le sable.

— Toutes sortes de requins, a dit Joey en secouant la tête. Et des dauphins, des raies et des baleines.

— Et du vivaneau, du cobia et de la plie, a ajouté Jazz en tapant Joey sur le genou. Ça ne l'empêche pas d'avoir peur des requins. Andouille.

Jack m'a pris la main, et nous avons tous échoué sur le sable. Je me suis installée et j'ai posé ma tête sur sa jambe. Ses doigts m'ont caressé les cheveux. J'ai soupiré de contentement.

Je sentais Joey nous regarder, comme il l'avait fait toute la journée, et je me demandais ce qu'il en pensait, et quels échanges avaient eu lieu entre lui et Jack après la course. Il avait aussi l'air perturbé par le fait que Jazz ne cessait de parler avec Devon, lui posant toutes sortes de questions sur l'industrie cinématographique et les tenants et aboutissants de la production en l'ignorant complètement.

— On va aller à l'hôtel ici ? ai-je murmuré à Jack. J'avais une envie folle de l'embrasser sur la bouche.

Jack a secoué la tête.

— Dans un cottage.

— Qu'est-ce qu'on fait pour la nourriture et les affaires pour la nuit ?

— Tout ça a été pris en charge par la société qui s'occupe de la location des cottages de la station. Ils ont apporté des trucs ce matin, je crois. Et je leur ai demandé d'acheter tout ce qu'il faut, brosses à dents et tout le reste.

— Waouh ! Tu as pensé à tout. J'ai souri et j'ai fermé les yeux. L'idée de ce qui nous attendait a provoqué un battement régulier de mon sang partout dans mon corps, impatiente que j'étais alors que l'après-midi passait lentement.

Nous avons tous pris un peu le soleil alors qu'il commençait à descendre et nos ventres pleins et l'air marin ont endormi tout le monde. Quand la marée a commencé à empiéter sur notre bande de sable, il était temps de rejoindre le bateau.

J'avais hâte que tout le monde s'en aille pour que Jack et moi soyons seuls. De retour à bord, j'ai mis mon short en jean blanc par-dessus mon bikini, puis j'ai fixé Jack derrière mes lunettes miroirs.

Parfois, pour éviter l'effet Jack Eversea, star de cinéma, je devais décomposer ses traits en éléments individuels de beauté, juste pour pouvoir le voir, *lui*. Les angles de ses pommettes qui semblaient parfois durs, les petites rides d'expression de ses yeux, les lèvres pleines et la petite cicatrice dans son sourcil gauche sur laquelle je me sentais ancrée, pour me rappeler qu'il était une vraie personne sous ce qu'il projetait à tous les autres.

On s'est arrêtés devant le quai. J'ai serré Devon, Joey, puis Jazz dans mes bras et Jack et moi avons sauté sur la terre ferme et leur avons dit au revoir de la main.

J'ai regardé autour de la zone des pins et j'ai vu une voiturette de golf.

— C'est notre caisse ? ai-je demandé, en essayant de ne pas paraître aussi excitée que je l'étais.

Les clés étaient sur la voiturette de golf et une carte de l'île avec un sentier balisé était sur un siège. Nous sommes montés dedans et nous nous sommes dirigés vers le chemin de terre à travers les arbres qui semblaient suivre le bord de l'eau, alors même que nous arrivions à un virage sur la route, où l'île faisait une pointe puis une baie face à l'embouchure. Ici, les arbres se tenaient plus près les uns des autres, cachant presque un petit cottage près de la rive.

— Ça devrait être ça, ai-je dit, en vérifiant la carte.

PEINT EN BLANC, ET d'une simplicité époustouflante, le chalet en planches et en lattes ressemblait à un outil de marketing pour *Southern Living Magazine*. Il avait une toiture métallique qui faisait saillie au-dessus d'un porche avec deux balancelles face à la mer. Une pelouse verdoyante courait jusqu'à la plage. Des lanternes étaient accrochées dans la myrte à fleurs roses près de la maison ainsi que quelques lampes tempêtes avec des bougies posées ici et là.

— Waah ! C'est tout ce que j'ai pu dire.

Sous le porche, on pouvait voir à l'intérieur des portes fenêtres et des deux fenêtres de chaque côté. Il y avait un seau à glace en argent avec une bouteille de champagne et deux flûtes en verre posées sur une petite table de bistro près de la fenêtre.

Et je pouvais voir un lit. Un lit gigantesque. J'ai jeté un coup d'œil à Jack, qui arborait un sourire asymétrique. Il a détourné les yeux et s'est agenouillé pour chercher la clé sous le tapis.

Il a trouvé la clé et s'est relevé en se tournant vers moi. Le soleil était bas dans le ciel au-dessus de la mer et jetait partout une lueur dorée.

Je me suis avancée et j'ai glissé ma main dans sa nuque. Il a cligné des yeux puis les a fermés. J'ai attiré son visage vers le bas et j'ai doucement posé mes lèvres sur les siennes. Mon autre main est descendue le long de son bras jusqu'à ce que j'atteigne sa main qui tenait la clé. Je lui ai serré le poignet et lui ai dit que j'étais impatiente d'entrer avec lui.

Il a souri contre mes lèvres et a ouvert la porte.

En entrant dans le chalet j'ai respiré l'odeur du linge propre et du cèdre. Un petit coin cuisine avait été aménagé dans le fond, derrière le salon ouvert avec cheminée en pierre. Les murs étaient recouverts d'un parement de bateau couleur crème, ce qui donnait un aspect décontracté à la pièce élégamment décorée.

Les seules fenêtres étaient celles qui donnaient sur le porche et sur la mer, encadrées par d'élégants rideaux blancs.

Je me suis tournée lentement et je me suis dirigée vers le côté gauche du salon. Là, une cloison basse séparait la zone de la chambre à coucher où une grande baignoire victorienne blanche à pattes d'oie était nichée.

— Waouh ! ai-je dit encore une fois, et puis je me suis figée en regardant la table de chevet. Oh mon Dieu, ai-je couiné quand j'ai reconnu ma lampe en bois flotté que Faith avait vendue dans son magasin.

— Quoi ?

Je me suis assise sur le bord du lit blanc, en passant doucement mes doigts sur la lampe.

— C'est la mienne.

— C'est beau, a dit Jack, et il est venu s'asseoir à côté de moi. Je lui ai souri.

— Cet endroit est magnifique. Merci.

— *Tu* es magnifique. Il a dégluti. J'espère que tu ne penses pas que c'était trop présomptueux de ma part de faire ça si vite. Ce n'est pas parce qu'on est là qu'on est obligés de... tu sais.

— Je sais. J'ai souri. Il avait dit ça au moins trois fois.

— Je vais chercher nos affaires. Je pense qu'il y a autre chose que cette baignoire dans la salle de bains, peut-être quelque part derrière, a-t-il dit, en indiquant le mur derrière le lit. Va enquêter. Peut-être qu'on pourrait se doucher et voir ce qu'on a à manger dans le frigo.

J'ai hoché la tête et il s'est dirigé vers le porche.

Il y avait en effet une salle de bain au fond avec une très grande douche à l'italienne avec des carreaux de métro blancs et de multiples pommes de douche. J'ai tendu la main et j'ai ouvert l'eau, la laissant chauffer, puis je me suis dirigée vers le miroir au-dessus de l'une des vasques en marbre. J'étais un peu rouge à cause du soleil et mes cheveux étaient tout emmêlés quand je les ai sortis de mon vague chignon. Quand Jack m'avait dit que j'étais belle, je l'avais cru. Totalement. Je me sentais belle quand il me regardait.

Le fait qu'il ait mentionné qu'on allait se doucher évoquait toutes sortes d'images, et même s'il voulait probablement dire que nous devrions nous doucher l'un après l'autre, je n'imaginais rien d'autre que nous, ensemble, dans cette douche

On allait passer une nuit incroyable ici, loin des regards indiscrets et des jugements. Je n'avais aucune idée de ce à quoi ressemblerait notre relation à l'avenir, mais nous aurions ce moment. J'avais passé sept longs mois à le regretter, à le désirer et à fantasmer sur divers scénarios. Et certains avaient été sexuels, ça ne servait à rien de me le nier.

J'ai pris une grande bouffée d'air.

— Jack ?

Il est entré avec une trousse de toilette noire et l'a jetée sur le comptoir.

— Ouais ?

— Je, je pensais... Gah. J'avais la gorge si bloquée que j'avais l'impression d'avoir besoin de séances d'orthophonie. Et mes joues étaient rouges. J'ai tournée involontairement les yeux vers la douche.

Jack a suivi mon regard puis m'a regardée. Et j'ai vus la même pensée traverser son esprit. Ses yeux se sont rétrécis, ses narines s'évasant légèrement. Sa pomme d'Adam a fait un petit bond quand il a avalé.

— A quoi pensais-tu ?

Mes doigts tremblants ont trouvé les boutons de mon short et je l'ai dégrafé, puis je l'ai fait glisser sur mes cuisses jusqu'à ce qu'il tombe. Je l'ai enjambé et je me suis déchaussée.

Les yeux de Jack ont suivi mes jambes, puis sont retournés à mes mains, attendant de voir ce qu'elles allaient faire ensuite, je suppose. La vapeur de la douche chaude remplissait la pièce.

J'ai attrapé mon t-shirt, je l'ai enlevé et je suis restée debout en bikini.

— Je me disais que... tu m'as tellement bien lavée sous la douche l'autre fois... tu, tu pourrais le refaire ?

La bouche de Jack n'a plus formé qu'une ligne droite, et sa main s'est agrippée au comptoir, les phalanges blanches.

— Déshabille-toi, Jack, ai-je dit doucement en levant les bras pour délasser le haut de mon bikini.

— Arrête ! a- t-il dit rudement.

Je me suis figée.

Il a lâché le comptoir et il a tiré son t-shirt par-dessus sa tête.

— Je veux bien faire ça. J'ai dégluti. Entre dans la douche, a-t-il dit d'une voix rauque, le regard intense.

J'avais la forte intuition d'avoir libéré une sorte d'animal en Jack. Et plutôt que d'être inquiète, ça m'a envoyé une poussée de désir ardent à travers tout le corps. J'ai hoché la tête avec un petit sourire en entrant dans la douche. En avançant sous le jet chaud, je me suis tournée pour regarder la forme vague de Jack à travers la vitre embuée alors qu'il enlevait ses chaussures et son short. Malgré l'humidité et l'eau qui coulait sur moi, ma bouche s'est asséchée à sa vue entrant dans la douche complètement nu et excité.

Waouh !

La vue de sa forme musclée avec le tatouage hideux, beau mais laid à cause de sa signification, m'a fait frissonner. Mes yeux sont remontés jusqu'aux siens. Il me regardait attentivement, ses yeux verts plongés dans les miens.

Un petit pli entre ses sourcils m'a fait savoir qu'il était aussi nerveux. Peut-être qu'il avait peur que tout cela ne soit qu'une farce, ou bien de franchir une ligne et d'aller trop loin avec moi. Je ne le savais pas.

J'ai relevé mes cheveux trempés pour exposer le nœud de mon maillot de bain, je me suis retournée et lui ai présenté mon dos.

— Tu peux m'enlever ça, s'il te plaît ?

Ses doigts ont touché mon cou et ma colonne vertébrale. Le haut est tombé vers l'avant et je l'ai arraché, le laissant choir sur le sol de la douche. Il s'est approché de moi, son excitation était dure dans mon dos.

... Causant un frisson involontaire qui m'a traversée...

Ses mains ont glissé autour de mon ventre, et après une brève hésitation, il les a fait remonter pour recouvrir légèrement mes seins.

J'ai serré les dents sous le choc de la sensation.

Putain...

J'ai laissé retomber ma tête.

Les réactions se succédaient en cascade. Le soulagement d'avoir ses mains sur moi était loin d'être suffisant. Comment pouvais-je lui dire à quel point je le désirais ?

Parfois, le regard dans ses yeux était complètement en désaccord avec ses gestes lents et doux.

Je *voulais* qu'il perde le contrôle. Je voulais voir Jack sous son jour le plus primal. Je voulais être l'objet de son désir ardent. De son amour, pas de sa douleur ou de sa vengeance.

En entendant son souffle dans mon oreille, j'ai pris une décision.

VINGT-SEPT

J'AI ATTRAPPE LE flacon miniature de gel douche et j'en ai versé dans ma main. Je me suis éloignée en glissant derrière Jack dans la douche. On a échangé nos places.

J'ai fait mousser le gel dans ma main et j'ai étalé le produit sur son dos musclé, en massant la surface glissante et tendue puis dans ses cheveux, utilisant mes ongles pour gratter légèrement son cuir chevelu.

— Qu'est-ce que tu fais ? a-t-il dit dans un souffle, la tête baissée vers l'avant sous le jet. Il a levé les mains pour s'agripper au mur pendant que l'eau s'écoulait sur lui. Merde, ça fait du bien.

En souriant, j'ai pris plus de gel, le parfum du romarin et de la bergamote tourbillonnaient avec la vapeur, et je lui ai passé à nouveau les mains dans le dos. J'ai glissé sur ses fesses, et comme je le sentais tendu, j'ai retenu mon souffle et j'ai passé la main devant pour saisir son membre épais et ferme dans ma main.

La main de Jack s'est immédiatement posée fortement sur mon poignet. Fort.

« Bon Dieu, » a-t-il presque suffoqué. Puis il s'est déplacé, me faisant tourner vers lui, me soulevant sous le jet d'eau chaude et me ramenant contre le mur de carreaux froids qui m'ont coupé le souffle. J'ai à peine eu le temps de voir son visage rougi et ses beaux yeux avant que sa bouche ne prenne la mienne.

Saisissant sa nuque et sa tête, je me suis accrochée à lui, en lui rendant ses baisers enfiévrés, et en faisant tournoyer ma langue autour de la sienne. La tension s'enroulait dans mon corps, une masse de chaleur me brûlait de l'intérieur et une douleur brûlante ne demandait qu'à être soulagée.

« S'il te plaît, a chuchoté Jack en s'écartant de ma bouche. S'il te plaît, arrête-moi, » a-t-il répété avant de m'embrasser à nouveau. Il s'est pressé contre mon entre jambes, là où j'avais littéralement mal tellement j'avais envie de lui.

— Pas question putain, ai-je bredouillé dans un souffle gémissant.

Aussitôt, Jack s'est écarté, presque choqué puis il s'est mis à rire, toutes fossettes dehors. Il m'a encore embrassée.

— Je ne sais jamais ce qui va sortir de ta bouche. Tu me tues !

— Ouais, eh bien, tu es en train de me tuer là. J'ai besoin d'enlever ce bas de bikini. Un point c'est tout !

Jack a ricané et ses épaules étaient secouées d'un rire silencieux alors qu'il redescendait pour s'abaisser à mes pieds. Puis il s'est agenouillé et a posé un baiser sur mon ventre.

J'ai inhalé et retenu mon souffle, mes doigts s'emmêlant dans ses cheveux épais et mouillés.

Quand il m'a regardée il souriait encore.

J'ai regardé, hypnotisée, quand il a saisi mes fesses, comme il l'avait fait dans la douche extérieure chez Devon, lorsque je n'avais pas été capable de le regarder, puis il a fait glisser mon maillot le long de mes jambes. Quand celui-ci a touché le sol je l'ai enjambé.

Il a soutenu mon regard quand j'ai levé les yeux sur lui. Il semblait m'envoyer une sorte de défi, s'attendant peut-être à ce que j'annule tout ça. Peut-être qu'il se sentait nerveux. Je l'étais, moi. Mais il y avait d'autres sentiments beaucoup plus forts. En remontant une main vers mon mollet, il a levé mon genou et, comme je ne l'arrêtais toujours pas, il a passé ma jambe par-dessus son épaule.

Le choc et l'excitation m'ont fait gémir malgré moi.

Il a levé un sourcil, puis a continué à faire remonter sa main à l'intérieur de ma cuisse. Je ne pensais pas être capable de regarder ça mais je n'allais sûrement pas l'empêcher de faire ce à quoi il pensait...

— Oh mon Dieu...

J'ai gémi quand ses doigts ont trouvé mes plis lisses et ne se sont même pas arrêtés avant de glisser en moi. J'ai fermé les yeux, la tête en arrière et j'ai heurté le mur de la douche.

La respiration de Jack était aussi rapide et hachée que la mienne.

— Ne sois pas timide et regarde-moi maintenant, Keri Ann. La voix de Jack était rude. J'ai ouvert les yeux et j'ai regardé l'expression sur son visage. Je n'avais jamais vu sa bouche aussi crispée que ça. Cela a ajouté une épaisse couche d'intensité aux sensations qui se développaient déjà et qui me traversaient alors que ses doigts glissaient dans mes plis et que son pouce faisait des cercles.

J'ai commencé à haleter.

— Putain, je pourrais jouir rien qu'en te faisant ça.

Ses paroles m'ont choquée, mais en même temps elles m'ont fait frissonner. Alors fais-le, ai-je dit dans un souffle désespéré. Je ne veux pas ressentir ça toute seule.

Jack a gémi.

— Tu n'es pas la seule... je te le promets. Il a tendu une main libre vers le bas.

J'ai voulu garder les yeux ouverts. Pour le regarder faire.

Oh mon Dieu. Je ne pensais pas pouvoir voir quelque chose de plus sexy.

De toute ma vie.

Puis, avec un grognement d'homme affamé, il s'est penché en avant et a remplacé son pouce, qui dansait en rythme sur moi, par sa bouche chaude et je me suis laissée faire, haletant et frissonnant contre le mur carrelé. J'ai gémi longuement pendant que les sensations continuaient, et je me suis pressée contre sa bouche, mes mains dans ses cheveux le tenant contre moi. Je voulais que ça ne s'arrête jamais.

— Oh, mon Dieu, Keri Ann, a grogné Jack et tout son corps s'est secoué. Mes mains ont quitté ses cheveux et j'ai glissé le long du mur pour le rejoindre sur le sol, j'ai tendu la main pour couvrir la sienne et prendre part à son soulagement.

Il m'a saisi le visage, m'a embrassée profondément, puis nous nous sommes serrés dans les bras, agrippés à nos corps respectifs qui tremblaient et se convulsaient encore.

L'eau de la douche, maintenant plus froide, se déversait sur nous.

JACK, EN SHORT propre et en t-shirt, puisqu'en fait il savait depuis longtemps que nous allions dormir ici, et moi dans le peignoir blanc et moelleux que j'avais trouvé dans la salle de bain, nous nous sommes installés confortablement sous le porche dans le canapé pour deux en osier. Nous avons choisi de ne pas utiliser les balancelles, aussi mignonnes soient-elles, pour pouvoir nous asseoir ensemble.

Nous avions trouvé des crevettes locales réfrigérées et de la sauce cocktail dans le réfrigérateur, et nous nous en régalions, avec le champagne.

Je me sentais grisée et décadente je n'étais pas tout à fait sûre de ne pas être dans un rêve.

Même si le ciel était encore clair sous les derniers rayons de soleil, nous avions allumé les lampes tempêtes et les bougies à la citronnelle qui entouraient le plancher dehors afin d'éloigner tout moustique.

— Merci de m'avoir confié les pages de ton journal, ai-je dit en abordant un sujet que j'avais l'intention d'aborder. Qu'est-ce que tu voulais dire par le fait que la pluie se fout de ta gueule en Angleterre ?

Il a gloussé.

— C'est parce qu'il ne pleut pas vraiment, c'est un semblant de pluie, juste assez humide pour t'emmerder...

— Hmmm. On dirait que l'Angleterre est un endroit où il t'est difficile de passer du temps. Tu as l'air... plus sombre là-bas que quand tu es avec moi. Ici.

Jack a bu une gorgée de son champagne. Le verre avait l'air si délicat dans sa grande main. Il l'a posé sur la table.

— C'est vrai. Je suis comme ça, là-bas. Mais en fait, je suis comme ça depuis un moment. Je... il a inspiré et m'a regardée avec un étrange sourire asymétrique, les sourcils froncés, tout en empoignant ses cheveux. Je ne suis pas doué pour exprimer ce genre de choses. Je sais que j'ai l'air différent avec toi. Je le remarque aussi, mais je me sens plus *Moi* que jamais. Est-ce que ça a un sens ?

J'ai secoué lentement la tête d'un côté à l'autre.

« Je suppose que tu me fais voir qu'il y a un monde sans conneries, où je peux être moi. Je suis tellement sur mes gardes partout ailleurs, tellement tendu. A propos de tout. Dans le monde dans lequel je vis, on ne peut jamais rien prendre pour argent comptant. Chaque décision que je prends pourrait être celle qui démolit tout ce pour quoi j'ai travaillé. Ce pourrait être un choix de film, mais pire encore, ce pourrait être un mauvais endroit, un mauvais moment ou un mauvais mot. Ils t'aiment, et puis la minute d'après ils te détestent. Il y a eu des moments, au début, où je prenais des trucs, une ligne de coke, une pilule, n'importe quoi, juste pour pouvoir sortir de chez moi et me mettre en piste, ou un tranquillisant juste pour m'endormir la nuit. Ça finit par te faire changer.

Ça me démangeait de le toucher, alors j'ai posé la main sur son avant-bras.

Il l'a regardé quelques secondes. J'ai passé beaucoup de temps en Angleterre, à essayer de digérer ce qui s'y était passé avec mon père et qui il était et... pourquoi il m'avait brûlé, et toutes les autres... il a grimacé... merdes qu'il a faites. J'ai écrit un tas de trucs à ce sujet dans ce journal, tu n'as pas besoin de lire ça, crois-moi. Mais je l'ai transformé en quelque chose. Comme un scénario sur lui, sur qui il était, ce qu'il avait fait. Je ne veux pas l'honorer, ou en faire quoi que ce soit, j'avais juste besoin de voir ça posé sur le papier, comme si c'était un film, comme si c'était un scénario, pour pouvoir traiter le truc, tu vois ? Le voir objective-ment. Et sache que sans mon passé, je ne serais pas qui je suis aujourd'hui.

— Alors d'une certaine façon, c'était bien que tu y ailles ? Comme si ça devait se faire... Je pense qu'il y avait des morceaux de toi... que tu avais besoin de recoller.

Il a hoché la tête et regardé fixement vers la mer.

« Même si j'ai détesté que tu ne m'aies pas dit ce qui se passait et que tu ne sois pas revenu ici, je te comprends. »

Jack s'est tourné vers moi.

— Viens ici, a-t-il chuchoté en prenant ma flûte à champagne et en la posant à côté de la sienne. Je me suis rapprochée, mais il a glissé un bras autour de ma taille et m'a attirée sur ses genoux. Mon peignoir était grand et bien ceinturé, mais le mouvement lui a été fatal et a révélé une grande partie de mes cuisses nues. Jack a jeté un coup d'œil en déglutissant. Merde, je ne voulais pas faire ça. Maintenant, je vais être distrait !

J'ai ri doucement et j'ai couvert mes cuisses du mieux que j'ai pu. Quand j'ai levé les yeux, Jack me regardait d'un air sérieux.

Il a tendu la main et écarté une mèche de cheveux de mon visage.

« Je suis désolé de ne pas t'avoir tout dit quand c'est arrivé. »

J'ai cligné des yeux lentement. Puis j'ai hoché la tête, accep-tant ses excuses, mais en attendant d'en savoir plus.

« Je ne t'ai jamais quitté pour *elle*. Ce n'était pas *elle*, a dit Jack doucement. J'ai été en état de choc pendant un moment, à l'époque où je pensais que j'allais devenir père. Je n'allais pas laisser un de mes enfants grandir sans moi. Et je devais savoir au fond de moi le genre de personne qu'Audrey était, qu'elle ne me laisserait jamais faire partie pleinement de la vie de son enfant si je n'étais pas *avec* elle. Je suis venu ici juste après avoir découvert qu'elle avait menti. Il a secoué la tête. Tu te souviens que j'ai écrit avoir atterri à la galerie de Hilton Head Island où tu avais cette exposition ?

— Oui, mais tu n'as jamais dit comment, ou pourquoi tu n'es pas venu me voir. Ça me fait toujours de la peine.

— Un coup de bol, je suppose. J'ai vu quelque chose à ce sujet dans le magazine qu'on m'avait donné avec la voiture de location. J'y suis allé tout droit. Pour voir ce que tu avais fait... cette vague en bois sculpté m'a vraiment touché. C'était si beau et si douloureux à voir. J'ai réalisé à quel point être avec moi pouvait te faire du mal...

J'étais assise, figée, de peur que même ma respiration ne l'empêche de parler.

... Non seulement à quel point je t'avais blessée de toute évidence, par ce qui s'était passé, mais aussi que le fait d'être avec moi, d'être vue comme étant avec moi pourrait te nuire sur le plan professionnel. C'est quelque chose que je comprends parfaitement.

J'ai secoué lentement la tête, songeant à me défendre, mais il avait raison. C'était un point de vue différent, mais le même problème que celui que je lui avais déjà exposé, d'être avec lui en tant que petite amie.

Il a mis un doigt sur mes lèvres, m'empêchant de faire une objection. Je pensais déjà à ne plus te revoir pour ces raisons, et seulement pour ces raisons, mais je suis allé à Butler Cove quand même. Je voulais te voir. M'excuser ou quelque chose comme ça, je ne savais pas vraiment. Peut-être être égoïste et te courir après quand même. Et puis Sheila a appelé, c'est mon attachée de presse, et elle m'a parlé des photos.

Le simple fait de me rappeler les photos a fait remuer violemment mes entrailles.

J'étais en train de rouler vers toi et j'allais apporter une tempête de merde avec moi. Jack a secoué la tête et fermé les yeux. Je n'ai pas pu le faire. Je m'en suis retourné. Je ne pouvais pas te faire ça. Et j'ai littéralement promis de ne pas m'approcher de toi avant la fin du contrat. Il a un peu remué en me regardant.

Je l'ai regardé fixement. Je n'arrivais pas à croire qu'il était venu là, si près, et qu'il s'en était retourné. Mon cœur s'est pincé. Même s'il l'avait fait pour me protéger.

Audrey a aussi fait des déclarations sur mon mauvais caractère, en disant qu'elle avait peur de moi. Elle essayait tous les angles. Elle avait une vidéo de moi en train de frapper Colt, et chez moi j'avais perdu la tête et j'avais frappé le mur quand j'avais appris que la grossesse était fausse, a-t-il ajouté en me regardant. Ça aurait tourné au cauchemar si quelqu'un avait pensé que ma main était dans un plâtre parce que je...

J'ai essayé de retenir un frisson, en vain. Oui, ça aurait été du sensationnalisme grotesque. *Jack Eversea dans un accès de violence avec Audrey Lane...*

J'avais mal pour lui. Je ne pouvais tout simplement pas imaginer quelqu'un lui faire délibérément du mal, et pire encore, je ne pouvais pas supporter l'idée de ce qu'il avait dû ressentir en ayant été trahi comme ça. J'ai tendu la main et j'ai passé mes doigts dans ses cheveux puis j'ai caressé son cou jusqu'à sa mâchoire. Puis ses lèvres. Ses lèvres étaient si douces. En me penchant je l'ai embrassé doucement.

Il s'est raclé la gorge.

Alors Peak a utilisé ça. Ils ont calmé Audrey en lui disant qu'ils avaient besoin de moi à l'étranger. En Angleterre. Mon Dieu, je ne voulais pas de ça. Je ne voulais pas y retourner. Mais mon contact principal à Peak m'a dit que si je ne saisissais pas cette opportunité ils ne soutiendraient peut-être pas le projet de *Dread Pirate Robert*. J'avais déjà dit à Devon que je le ferais, et nous avions d'autres investisseurs qui se retireraient si Peak n'était pas impliqué.

Jack a pris une de mes mains et l'a posée sur sa poitrine.

Et une part de moi se demandait si tu voudrais me revoir de toute façon.

Son t-shirt était chaud et doux, et je pouvais sentir le battement régulier de son cœur sous mes doigts.

J'ai pensé à te contacter tant de fois, mais je ne savais pas comment. Est-ce que tu imagines si tu avais reçu un texto ou un coup de fil de ma part à l'improviste ? Et qu'est-ce que j'aurais dit ? Chaque jour qui passait, il devenait de plus en plus difficile d'imaginer cela comme une possibilité.

— C'est bon, Jack, ai-je chuchoté, parce que je ne savais vraiment pas quoi dire d'autre. Il avait raison, un coup de fil de sa part m'aurait rendu folle. Et même si je n'aimais pas ça, tout cela avait un sens pour moi, mais j'ai malheureusement invité quelques autres pensées malvenues. Tu vas encore être sous contrat pour le film *Dread Pirate Robert* ?

— Ils vont essayer, j'en suis sûr. Mais le rôle principal féminin n'a pas encore été choisi et je m'assurerai qu'elle sache pour toi et moi.

— Je vais probablement avoir besoin d'un "non" ferme, Jack.

J'ai levé les sourcils.

Il a ri.

— Bien sûr, c'est un "non" ferme. Pas de contrat impliquant une relation amoureuse, point final.

— Alors, qu'est-ce qu'il y a entre toi et moi ?

— Tu existes, donc je suis ?

J'ai pouffé.

— C'est Jack l'existentialiste qui parle ?

— Non, c'est du vrai Jack. Et le vrai Jack a de vrais sentiments pour toi qui pourraient lui faire un peu peur.

Je connaissais ce sentiment.

— Pourquoi sont-ils si effrayants ? ai-je chuchoté.

Les dernières couleurs avaient quitté le ciel, permettant aux bougies de projeter leur lueur chaude et laissant les yeux de Jack dans l'ombre.

— En partie parce que je ne sais pas si tu veux du vrai Jack et de sa vie de fou et tout ce qui va avec. Et je ne suis pas sûr qu'à l'avenir, je sache séparer tout ça. Ça pourrait encore te faire mal.

C'était aussi ma plus grande peur. Un obstacle à franchir demain quand nous retournerions à la réalité.

Au moins, on avait ce soir.

VINGT-HUIT

JACK ET MOI avons parlé pendant des heures alors que les étoiles perçaient le ciel au-dessus de l'eau maintenant sombre, et nous avons continué à parler alors que la pleine lune se levait. À un moment donné, j'ai fait mine de quitter ses genoux, pensant qu'il était probablement ankylosé, mais il m'a serré plus fort.

— Non.

C'est tout ce qu'il a dit.

Donc je ne l'ai pas fait.

Nous avons encore parlé de son emploi du temps pour le film, et il m'a posé des questions sur le long processus d'entrée à la SCAD. Je lui ai parlé de mes succès au cours des derniers mois et du fait qu'il était difficile de croire que les gens veuillent vraiment voir mes œuvres, sans parler de les acheter. Il m'était arrivé d'avoir l'impression que tout le monde me faisait plaisir, peut-être en faisant une faveur à Faith, qui m'avait tellement soutenue en m'exposant dans sa boutique et en m'aidant avec ma première exposition en galerie.

— Ne perds jamais ton humilité, m'a dit Jack. Mais tu dois admettre ton don.

— Je sais, je sais. Je n'ai pas l'habitude d'être si peu sûre de moi. Je passais mes doigts dans ses cheveux doux, sentant l'effet langoureux du champagne. Il n'y a que deux choses qui m'ont fait ressentir ça. Mes réalisations artistiques et toi.

— Ton travail est magnifique. Et il ne faut pas manquer de confiance en toi en ma présence, a murmuré Jack. Ses mains sont venues de chaque côté de mon visage et il m'a attirée vers lui, s'arrêtant à quelques centimètres. Ses yeux, les paupières lourdes, étaient posés sur mes lèvres.

Il m'est venu à l'esprit que l'instant dans l'espace et le temps avant que les lèvres ne se touchent, la petite piqûre exquise du désir, les pulsations imprimées par le désir, étaient la partie la plus sous-estimée du baiser. Il devrait y avoir des sonnets et des poèmes épiques écrits sur l'espace avant un baiser, et la poussée d'adrénaline qui arrive avec le moment du contact.

Je me suis mise à remuer la bouche avec avidité, glissant et frôlant sa lèvre inférieure, la capturant entre mes dents, l'apaisant avec ma langue.

Un faible grondement est sorti de la poitrine de Jack, et ses mains n'étaient plus si douces quand elles m'ont saisie, pétrissant et caressant mon dos, mes cuisses, me serrant plus près et tâtonnant le nœud qui retenait mon peignoir.

Notre respiration s'est accélérée, toujours rythmée par les baisers profonds et les battements de nos cœurs.

La bouche de Jack a glissé dans mon cou, suçant ma peau, enflammant mes terminaisons nerveuses et provoquant une éruption volcanique qui a parcouru mon corps jusqu'à mes orteils.

— Il faut que je te mette dans un lit. Sa main a glissé à l'intérieur de mon peignoir, sur la peau de mon ventre et dans mon dos, me dénudant peu à peu. Une épaule du peignoir a glissé. Il s'est éloigné, les narines évasées, parcourant mes seins de ses yeux mi-clos et descendant jusqu'à la jonction de mes cuisses alors que je m'asseyais à cheval sur lui.

J'ai tendu la main et défait le bouton de son short cargo, puis j'ai tiré la fermeture éclair vers le bas, révélant ainsi le tissu tendu de son boxer.

Ses lèvres se sont légèrement écartées, et j'ai entendu qu'il déglutissait difficilement.

« Genre, tout de suite ».

— Tu vas refaire ce truc d'homme des cavernes ? ai-je demandé. Et j'ai gloussé, parce qu'il était déjà en train de se lever avec moi dans ses bras.

En serrant mes jambes autour de sa taille, je me suis accrochée à lui quand on a plongé latéralement pour passer la porte. Je l'ai refermée du pied puis j'ai tiré les rideaux d'une seule main.

Il a reculé jusqu'au lit et s'est assis lourdement. Sa bouche s'est instantanément retrouvée sur la mienne, et j'ai levé les genoux plus haut, puis je les ai glissés sous moi pour pouvoir enlever son t-shirt et me serrer contre lui. Je voulais ma peau contre la sienne.

Sentir son érection me torturait. J'ai basculé vers l'avant, et il a immédiatement réagi, il a donné un coup de reins et s'est pressé contre ma chaleur humide.

— Seigneur, a-t-il murmuré dans un souffle en s'écartant de ma bouche.

Le souffle court et haché, j'ai changé de position et je me suis mise à genoux sur le sol.

— Qu'est-ce que tu fais ? a-t-il chuchoté, et le témoin rouge sur ses pommettes m'a dit tout ce que j'avais besoin de savoir. Son abdomen sculpté était contracté.

— Je te mets tout nu. J'ai souri et je l'ai aidé à enlever son short et son sous-vêtement. Puis je me suis placée entre ses genoux.

— C'est peut-être la chose la plus sexy que je n'aie jamais vécue, a-t-il dit d'une voix rauque en s'accrochant au matelas. Tu réalises que je vais t'imaginer assise ici comme ça à chaque fois qu'on ne sera pas ensemble ?

— Juste assise ici ? J'ai levé un sourcil, puis je l'ai saisi d'un main. Pas quand je fais ça?

— Merde, a-t-il dit entre ses dents, sa peau rougissant encore plus.

Je me suis penchée en avant.

— Ou ça ?

Du coin de l'œil, j'ai brièvement vu ses articulations blanchir quand je l'ai pris dans ma bouche. Je pense qu'il a littéralement grogné, et l'une de ces mains aux phalanges blanches a empoigné mes cheveux alors qu'il se soulevait et bougeait avec moi. Sa réaction a déclenché un élan de désir réciproque jusqu'au creux de mon ventre.

— Putain ! Je ne pense pas pouvoir faire ça. Il m'a écartée de lui. Je ne tiendrai pas longtemps.

Il a tâtonné dans la poche du short jeté plus loin, pour chercher un préservatif, puis il m'a remise à califourchon sur lui en m'embrassant profondément.

Tout mon corps palpitait de désir.

« Détache tes cheveux. » Sa main a couru le long de ma colonne vertébrale, puis jusqu'à mes seins, pour caresser mes bouts sensibles.

J'ai respiré fort, arquée vers l'avant. J'avais besoin de plus, et je l'ai obtenu quand ses mains m'ont palpée et que sa bouche a suivi. Il m'a aspirée dans la chaleur chaude et humide de ses lèvres.

Tremblante, j'ai dégagé mes cheveux de mon chignon, les laissant tomber, encore mouillés et lourds le long de mon dos.

Jack s'est écarté et m'a observée. Ses doigts ont parcouru mon ventre. Ils ont caressé l'intérieur de mes cuisses, puis ont glissé sur ma chair lisse et sensible, m'ont donné du plaisir et ont déclenché des gémissements dans ma gorge.

« Tu es si belle, Keri Ann », a-t-il murmuré. Puis il m'a soulevée, d'une main appuyée dans le creux de mon dos, et m'a guidée au-dessus de lui.

Oh mon Dieu.

J'étais si prête, si excitée, mais je ne l'avais fait qu'une seule fois avec lui.

— Ça va ? a-t-il chuchoté, ses yeux fouillant les miens. Rigides et immobiles, ses épaules tremblaient sous mes doigts.

J'avais l'impression qu'il se débattait physiquement pour ne pas me pénétrer d'un coup. J'ai hoché la tête parce que je ne pouvais pas parler à cause de l'émotion qui m'obstruait la gorge.

Sa main a glissé le long de ma colonne vertébrale, jusqu'à mes cheveux, il les a enroulés dans ses doigts et m'a embrassée.

Quand ma langue a trouvé la sienne et glissé profondément dans sa bouche, il m'a attirée vers le bas, m'a installée sur lui et m'a prise.

C'était trop bon, et on avait attendu si longtemps. La sensation de lui en moi remplissait tout mon être de fourmillements exquis. Ma peau était en feu, tous les nerfs que je possédais en faisaient l'expérience pour la première fois. J'ai reculé ma bouche de celle de Jack pour pouvoir me concentrer. Pour essayer de retenir le cri qui semblait sur le point d'être arraché de ma gorge.

— Merde, Jack a sifflé entre ses dents en gémissant. C'est tellement bon d'être en toi.

Il balançait les hanches, et j'ai ouvert les yeux, les dents serrées, tandis que les sensations me traversaient avec ses mouvements.

« Comment est-ce que ça peut être aussi bon ? » Ses yeux m'imploraient désespérément, comme si je pouvais lui répondre. Comme si j'avais jeté un sort sur lui.

Je ne le savais pas. Je n'avais jamais rien connu de tel. Même l'incroyable première nuit que nous avions partagée était pâle par rapport à la profondeur de l'émotion qui était attachée à la sensation de Jack en dessous de moi. Jack en moi. Jack me tenant dans ses bras et glissant en va et vient quand je bougeais sur lui. Et mon Dieu, qu'est-ce que je bougeais ! Je ne pouvais pas m'en empêcher. J'étais propulsée par un besoin si fort que je n'arrivais pas à reprendre mon souffle.

— Mon Dieu, Jack... J'ai hoqueté, je ne pouvais plus rien retenir.

L'orgasme m'a envahie quand il est arrivé. Il s'est frayé un chemin à travers moi si vite que j'ai à peine entendu Jack qui murmurait des mots apaisants en me serrant contre lui et en glissant ses doigts dans mes cheveux, me maintenant ancrée à lui.

ENSUITE, NOUS nous sommes jetés dans un enchevêtrement de chair nue, de membres et de draps, sa bouche faisant l'amour avec la mienne, et trouvant ensuite mes mamelons tendus. Je me suis arquée dans son baiser, ses bras sous l'arc de ma colonne vertébrale, qui me soutenaient. Ses mains et sa bouche parcouraient le paysage de mon corps, cherchaient tous mes secrets, créaient de futurs fantasmes, et me cajolaient au point de ne faire de moi qu'un imbroglio tremblant de besoins et de délicieuses tortures qui n'existaient que pour être soulagés.

— S'il te plaît, ai réussi à dire à un moment donné.

— Je veux y aller doucement pour toi, m'a-t-il répondu dans un souffle. Il s'est installé entre mes jambes, et j'ai revu notre première fois, lorsque nous avions fait l'amour dans cette même position.

J'ai passé les doigts dans ses cheveux bruns foncés en bataille, et j'ai soulevé son visage jusqu'au mien.

— Je ne sais pas... Les images de lui et d'Audrey s'estompaient à chaque moment que nous passions ensemble, mais je voulais qu'elles disparaissent tout à fait. Je voulais que ce soit *nous* quand j'imaginais Jack sauvage et un peu brutal... J'aime la lenteur... mais aussi quand c'est rapide, ai-je murmuré, faisant écho à ses paroles de l'autre soir.

Son bas ventre s'est collé au mien, dur et lourd contre ma cuisse, si près de là où j'avais envie et où j'en avais besoin. Encore une fois.

« Doux, mais brutal aussi » J'ai labouré son cuir chevelu avec mes ongles. Il a soupiré fort, ses yeux verts sont devenus plus sombres. Il regardait ma bouche et attendait les mots qu'il savait proches. Doucement.... puis vraiment... J'ai serré ma main fermement dans ses cheveux et j'ai dégluti, lui donnant du courage, en le regardant droit dans les yeux. Vraiment... fort.

Jack a expulsé une longue bouffée d'air, retenue pas ses lèvres serrées et il semblait lutter pour contrôler quelque chose.

J'ai humidifié ma lèvre inférieure et je l'ai prise entre mes dents, un peu nerveuse à cause de mon audace, en attendant ce qu'il allait faire.

Il a soulevé son corps, telle une ombre sombre sculptée dans la lumière de la lampe de chevet et il a pris mes mains, pour les coincer de chaque côté de ma tête. Ses yeux flamboyaient, sa bouche s'est incurvée en un sourire asymétrique et ses genoux ont écarté mes cuisses plus largement.

— C'est toi qui as demandé, a-t-il dit finalement et il s'est enfoncé en moi, chaud et dur.

J'ai crié mais il n'a pas arrêté.

Je ne voulais pas qu'il le fasse.

Il le savait.

Jack était sauvage et magnifique. Le visage gravé par la détermination, le besoin et une sorte de vénération douloureuse qui m'a fait trembler sous lui. Un animal, mais aussi un homme. Une force motrice de la nature dont les yeux brillaient alors que sa peau scintillait sous la sueur, et à ce moment, et à ce moment seul, je suis devenue une femme. Je n'étais plus la fille qu'il connaissait. J'étais une femme qui avait forgé son propre avenir, qui avait fait ses propres choix, qui avait eu un chagrin d'amour et un premier amour et qui exigeait maintenant qu'on lui fasse l'amour comme à une égale. J'avais des désirs, des besoins, et en ce moment mon désir premier c'était de regarder Jack Eversea, mon Jack, mon doux, mon vulnérable, et pourtant secret Jack, en train de perdre la tête.

Je me suis arquée, j'ai enroulé mes jambes autour de sa taille et

je l'ai accompagné dans le mouvement, coup pour coup. La sensation de son corps tellement envahissante mais si légitime.

Il a fermé les yeux et serré mes mains plus fort. Son poids les
enfonçant dans le lit et le corps tremblant il a grogné :

— Bon Dieu.

— Regarde-moi, Jack, ai-je murmuré en respirant laborieuse-
ment, faisant écho à ce qu'il m'avait dit quand nous avions fait
l'amour pour la première fois.

Il a obéi, les yeux presque noirs, les pupilles si grandes, et je
l'ai senti ralentir.

— Non, j'ai besoin de toi, Jack. Ne... ne t'arrête pas. *S'il te plaît
ne t'arrête jamais.*

Je me suis cambrée d'avantage, propulsant mes hanches en
avant, l'élan venant d'une partie plus profonde et primitive
en moi.

— Aahh, mon Dieu, Keri Ann, je... et merde. Il a serré les
dents et ses coups de reins se sont faits plus rapides, plus forts. Je
ne peux plus !

Une main a quitté la mienne et s'est plaquée sous ma colonne
vertébrale, m'attirant vers lui pour que nos corps soient collés,
peau contre peau.

Le contact m'a fait trembler et crier, enflammant le fusible en
moi et m'emportant avec lui alors qu'il perdait tout semblant de
retenue. Mes deux mains, soudain libérées, je lui ai agrippé le dos
et mes doigts se sont enfoncés dans sa chair. Je me suis accrochée
alors que nous bougions tous les deux, luttant presque, tout en
nous jetant de plein gré dans les vagues du plaisir.

LA LUMIÈRE DU JOUR perçait à travers les fentes entre les
rideaux alors que nous étions encore enroulés l'un dans l'autre. Je
me suis réveillée lentement, en faisant le point sur notre environnement et j'ai senti les battements réguliers du cœur de Jack

contre moi. Des images de toutes les choses que nous avions faites la nuit dernière, entrecoupées d'endormissements et de discussions, ressurgissaient dans mon esprit, envoyant une autre vague de désir à travers moi. Ce truc où il m'avait mise sur le ventre et avait fait glisser sa langue le long de ma colonne vertébrale... Seigneur ! Et les choses qu'il avait dites... Je me sentais comme une déesse aux yeux de Jack. Une déesse vénérée, pour qui on tombe à genoux.

Il ne m'avait jamais donnée de noms affectueux, comme Bébé, ou ma chérie, toujours mon prénom. Encore et encore, mon prénom. Comme une prière qui tombait de ses lèvres. C'était brut. Un rappel, avec chaque sensation, que c'était *nous*, juste là, à ce moment-là. *Moi* qui lui faisais ressentir ce qu'il ressentait.

Jack avait raison, notre relation était aussi réelle que possible. Elle était plus que réelle. Tout le reste, toutes les pensées, toutes les idées qui ne l'incluaient pas, semblaient être pâles et fades. Comment diable allais-je exister en dehors de cette extension de *nous* ? Comment allait-on garder ça secret ?

— Arrête de penser si fort, ai-je entendu venir de la voix étouffée de Jack à côté de moi.

J'ai dégluti, me sentant coupable, puis j'ai ri.

— Désolée, je n'avais pas réalisé que j'étais si bruyante.

Sa tête émergeait à moitié de l'oreiller, ses cheveux se dressaient dans tous les sens. *Putain, c'était pas juste, tellement il était beau.*

Je me suis assise et j'ai instinctivement tiré mes propres cheveux vers l'arrière pour les attacher dans le chouchou que je gardais autour de mon poignet, puis j'ai rapidement couvert mes seins nus avec mes bras.

— Tu plaisantes ? a-t-il demandé en souriant, tendant la main et m'arrachant doucement le bras. C'est la plus belle vue que je puisse imaginer en me réveillant.

J'ai dégluti, sentant la rougeur envahir mes joues, et je me suis coulée sous les couvertures avec lui.

— Je pense que je vais devoir profiter de cette magnifique baignoire à pattes d'aigles. J'ai mal à des muscles dont j'ignorais l'existence.

Jack s'est appuyé sur un coude et il a tourné mon visage vers le sien pour m'embrasser doucement.

— Désolé, a-t-il murmuré avec un sourire qui disait le contraire. Puis il a baissé la tête et m'a regardée, sa main traçant paresseusement des cercles sur mon cou et ma poitrine.

Je l'ai regardé dans les yeux en comptant les petites taches brillantes parmi la mer de verts irisés qui entouraient ses pupilles sombres.

— Parfois tes yeux sont translucides comme du verre poli de couleur verte et d'autres fois ils sont sombres, presque gris, comme une forêt profonde. Et parfois, comme maintenant, c'est comme des piscines dans lesquelles je veux me jeter.

J'ai souri à mon propre ridicule.

Sa main qui avait paresseusement tracé des cercles sur ma peau a soudain pris la mienne et l'a pressée fermement contre la peau dure et lisse de son torse, comme si je pouvais soulager une douleur en lui.

Mon propre cœur s'est mis à battre lourdement dans ma gorge, ce qui a rendu ma respiration difficile. Je n'ai rien dit, ne me faisant pas confiance pour parler, espérant qu'il puisse voir dans mes yeux ce que je ne pouvais pas faire sortir de ma bouche.

Et j'espérais que j'étais assez forte pour m'occuper de ce bel homme et de tout ce qu'il m'offrait et ne pas laisser mes peurs nous briser le cœur à tous les deux.

VINGT-NEUF

JACK ET MOI étions assis sous le porche avant de partir, en train de manger notre petit déjeuner constitué d'œufs et de biscuits. Il avait regardé ces derniers d'un air curieux avant de les déclarer géniaux. Les biscuits étaient des cookies en Angleterre, apparemment.

J'avais les yeux rivés sur la beauté de l'océan devant nous, mais mon esprit était submergé par l'inquiétude à cause du vernissage de mon expo. Toujours aussi nerveuse à l'idée d'avoir l'attention sur moi et de ne rien avoir à porter, j'avais une nouvelle préoccupation bien plus grande, à savoir comment Jack pourrait être présent à l'événement sans éclipser tout ce pour quoi j'avais travaillé si dur.

— J'ai visité des endroits incroyables dans le monde entier, a murmuré Jack, les yeux rivés sur moi. Mais ma plus grande envie c'est de t'emmener les découvrir tous. Les voir à travers tes yeux, que tu sois là avec moi.... et te faire l'amour dans chacun de ces lieux.

Sa fossette a fait une brève apparition et il a tourné la tête.

La chaleur s'est accumulée dans mon ventre, mais elle s'est accompagnée d'un frisson lorsque les paroles de Joey me sont revenues. Jack s'attendrait-il à ce que je le suive partout dans le monde ? Ce n'est pas que je ne voulais pas aller partout avec lui, c'est vrai. Mais ....

Le petit-déjeuner que nous venions de prendre commençait à ressembler à du ciment, plus j'imaginais Jack avec moi pour le vernissage. Je voulais qu'il soit à la fête. Je voulais qu'il soit là pour me soutenir. Je voulais qu'il soit là, même pour m'aider à vaincre ma peur de l'attention portée sur moi, mais franchement qui se souciait d'une serveuse sortie de nulle part et de ses sculptures alors qu'ils pourraient se focaliser sur Jack ? Cette pensée m'a fait réfléchir. J'avais peur de l'attention des autres, mais je ne voulais pas que Jack me fasse de l'ombre ? J'étais tellement perdue.

Le souci supplémentaire au sujet de la maison et de mon doute de pouvoir aller à la SCAD a ajouté son poids à ces pensées qui me tourmentaient déjà.

— Qu'est-ce qui ne va pas ?

Et je détestais qu'on quitte bientôt ce cocon d'intimité.

— Comment sais-tu toujours quand quelque chose ne va pas ? lui ai-je demandé, en penchant la tête pour le regarder.

Il a haussé les épaules.

— Franchement ? J'ai l'impression étrange d'être toujours à l'écoute de ce qui se passe en toi. Ça affecte mon humeur. Il m'a regardée puis s'est levé et il a mis ses mains dans ses poches de jeans. Appuyant une épaule contre le pilier, et s'est tourné vers la vue qui m'hypnotisait tellement, et il a haussé les épaules. En ce moment, je commence à me sentir anxieux et sur les nerfs. Et comme je sais que je n'ai peur, ni des voiturettes de golf, ni des bateaux, qui sont tous les deux dans notre futur proche, je ne peux que supposer que je suis en train de sentir une mauvaise vibration. Il m'a fait un clin d'œil.

— Je sais que je t'ai dit que j'étais nerveuse à l'idée d'être vue avec toi. Ce que cela signifiera. A quoi ça ressemblera... pour moi.

— Oui, j'ai compris. Vivre dans un aquarium, c'est ma vie

depuis six ans, et pour être honnête, je n'y suis toujours pas habitué.

— Alors comment on fait ça ?

Il a soupiré.

J'ai regardé son profil et sa pomme d'Adam qui bougeait pendant qu'il déglutissait. Ses épaules, qu'il venait à nouveau de hausser, sont restées en l'air, exprimant une certaine tension et ses muscles étaient soulignés à travers son mince t-shirt en coton blanc.

J'ai attendu.

Puis son visage s'est transformé, et il a pointé du doigt droit devant. J'ai suivi la direction de sa main et j'ai regardé juste à temps pour voir une éclaboussure et une nageoire sombre et brillante. Un groupe de dauphins s'amusait juste au large de la côte, à moins de cent mètres de nous.

Je me suis levée d'un coup, j'ai saisi sa main, et nous avons couru jusqu'au bord de l'eau, l'herbe fraîche et humide sous nos pieds nus. Il n'y avait pas de sable ici, mais des rochers par endroits qui avaient été placés pour stabiliser le littoral.

Les dauphins nageaient en groupe, d'abord dans un sens, puis dans l'autre, tout en dos brillants et brume vaporisée, ondoyant et disparaissant chacun leur tour.

— J'aimerais avoir mon kayak, ai-je murmuré.

Jack m'a passé un bras autour des épaules et m'a serrée contre lui en déposant un baiser sur ma tête.

— Tu sais que les gens se lassent vite et passent rapidement à une nouvelle histoire, non ? a-t-il demandé en revenant à notre conversation précédente. Je veux dire, si on fait ça et qu'on sort au vu de tous, ça va craindre pendant un certain temps. Les gens voudront nous photographier ensemble, te photographier. Se renseigner sur toi. Mais après, du moment qu'il n'y a pas de drame, c'est plus facile. Ça ne s'arrêtera pas, mais ça deviendra plus facile.

Mon rythme cardiaque a pris une accélération paniqué. J'ai secoué la tête.

— Je ne pense pas que...

— N'y pensons pas pour l'instant. D'accord ? Il m'a fait tourner pour que je lui fasse face, en passant ses doigts dans mes cheveux et en inclinant ma tête vers l'arrière.

J'ai cligné des yeux devant son beau visage et j'ai essayé de calmer mon cœur.

— Je ferai tout ce que je peux pour te protéger de cette folie, je le jure, a-t-il dit doucement.

J'ai hoché la tête, et il m'a embrassée longuement, en me serrant dans ses bras. Ce n'était pas la folie médiatique qui me rendait nerveuse. C'était le fait que je ne serais connue qu'à cause de ça.

Nous avons verrouillé le cottage derrière nous et laissé la clé pour le service de nettoyage. Je détestais partir. Je n'étais pas sûre d'avoir une autre occasion de passer du temps comme ça, Jack et moi tout seuls. Nous sommes retournés vers le quai avec la voiturette de golf. On aurait dit que le bateau était déjà là. Et Jazz était dessus, en train de faire les cent pas.

— Mais qu'est-ce que...

— Oh purée, vous alors ! a-t-elle hurlé en sautant du bateau sur le quai. J'ai pas arrêté de vous appeler...

— Quoi ? Pourquoi ? ai-je dit en m'avançant vers elle.

— C'est un putain de cauchemar, Jack, lui a-t-elle lancé d'un air sévère. Pourquoi tu ne me dis pas quelle *source proche de l'acteur* est au courant pour Keri Ann ? Parce que j'aimerais bien le couper en deux.

Un jet de glace froide m'est tombé dessus alors que mon sang quittait ma tête.

— Quoi ? ai-je répété, mais sans le son.

Mes oreilles bourdonnaient et ma vision devenait noire sur les bords. Le jus d'orange et le café se sont transformés en un vil mélange dans mon ventre.

— Qu'est-ce que tu racontes ? a demandé jack.

J'ai regardé Jazz, espérant au-delà de tout espoir que je comprenais mal le sens de sa question. Mais j'ai vu son visage, et j'ai remarqué tardivement les pages qu'elle tenait dans sa main et qu'elle lui mettait sous le nez.

Comme l'air choqué de Jack confirmait mes pires craintes, j'ai trébuché en reculant.

— Putain ! a crié Jack en s'attrapant les cheveux et en se penchant en avant. Puis il a levé la tête et s'est tourné au ralenti pour me regarder, le visage sombre.

J'avais mal au ventre.

Les photos ? L'idée m'a traversé l'esprit.

Jack a hoché la tête. Il avait l'air détruit. Seigneur, et en pleine souffrance. Il avait encore été trahi, mais je ne pensais qu'à moi en ce moment.

Jazz est passé devant lui et elle a marché vers moi. Son visage était un masque d'inquiétude et de rage mélangées. J'ai secoué la tête, comme si l'empêcher de m'approcher et de me montrer les photos ferait perdre toute réalité à la situation.

— Je ne veux pas les voir, s'il te plaît, non, ai-je dit quand Jazz s'est approchée. Elle m'a prise dans ses bras. J'ai enfoui mon visage dans ses cheveux qui sentaient la vanille.

— C'est pas bon, a-t-elle chuchoté-t-elle contre mon oreille. Vraiment pas bon. C'est un journaliste. Il s'est pointé et il a parlé à Joey ce matin, il lui a donné ceci, il voulait une déclaration de ta part. Joey serait venu ici lui-même, mais il ne voulait pas mener le type jusqu'à toi, alors il m'a appelée. Tu peux gérer. D'accord ? Tu peux carrément gérer ça.

J'ai encore reculé.

Elle m'a saisi le visage et s'est transformée en un pilier de force quand elle a réalisé que je n'y arrivais pas.

« Sérieux. Tu peux gérer ça. Tu as connu pire. »

J'ai hoché la tête, mais je ne savais pas avec quoi j'étais d'accord.

Derrière Jazz, Jack s'est entretenu brièvement avec Dan, le capitaine du bateau, puis il a commencé à parler au téléphone. Il faisait des allers et retours et donnait des coups de pied à des objets imaginaires. Je voulais le prendre dans mes bras parce qu'il avait toujours eu à vivre ça. Je voulais que lui aussi me prenne dans ses bras et me dise que c'était une blague.

En prenant une inspiration profonde et vivifiante, je me suis tournée vers Jazz. Il fallait que je voie tout pour savoir à quoi j'avais affaire. Ce à quoi *nous* avions affaire, me suis-je corrigée.

— Très bien, montre-moi.

Le bourdonnement nerveux dans mes oreilles m'a fait perdre l'équilibre.

Dès que j'ai vu les photos de Jack et moi sept mois auparavant, comme Jack l'avait décrit, mon estomac s'est finalement rebellé. Je me suis retournée et j'ai avancé au bord du quai. Alors que je regardais en bas, le remue-ménage s'est transformé en un spasme aigu et j'ai cédé, ouvrant la bouche et vomissant mon petit déjeuner et mon pire cauchemar dans les roseaux des marais et la boue noire.

Joli.

Plus tard, les mots qui accompagnaient les photos se sont joints à la foule de tortures dans ma tête. J'ai essuyé mes yeux mouillés et j'ai pris le journal des mains de Jazz.

Jack s'est approché, une bouteille d'eau à la main.

Le titre, *Audrey perd son bébé à cause du chagrin causé par les frasques de Jack*, était suivi d'une chronologie désordonnée, remontant bien avant que je ne rencontre Jack. J'étais l'une d'une longue série de conquêtes, selon l'article, mais j'avais une signification particulière parce que j'avais causé une telle faille dans leur relation qu'elle en avait perdu son bébé. Et dans son chagrin, elle avait cherché le réconfort auprès du réalisateur de son nouveau film. *OK, peu importe.* Mais tout était si... *crédible.*

— Écoute, je peux lui parler, a dit Jack à celui qui était au téléphone. Il m'a donné la bouteille d'eau mais ne m'a pas regardée.

S'il te plaît, regarde-moi.

— Que Sheila et mon avocat le contactent. Vois si on peut trouver un accord avant qu'il ne rende l'histoire publique. Il ne peut pas utiliser les photos sans être poursuivi. Je possède les droits. Et je peux te promettre que je le poursuivrai en justice, ce connard. Mais en réalité, il va les utiliser, puis se rétracter, et il aura quand même un impact.

— Je n'arrive pas à croire qu'une fille puisse être une telle salope, a grimacé Jazz.

« Oui, a murmuré Jack toujours au téléphone. Elle a juste attendu qu'on soit sortis du contrat et a fait exactement ce qu'elle voulait depuis le début. » Il s'est tourné vers le bateau, en regardant au loin.

Il ne m'avait pas touchée depuis qu'on avait quitté le cottage. J'en ai ressenti vivement le manque. En même temps, je me sentais irrationnellement en colère et irritée contre lui. J'avais l'impression que s'il me touchait, j'aurais un mouvement de recul.

— Nous devons aller à Savannah, nous a dit Jack, alors qu'il terminait son appel. Devon viendra nous chercher. Je m'arrangerai pour rencontrer ce type là-bas plutôt qu'à Butler Cove. Alors peut-être que vous pourrez rentrer chez vous sans qu'il vous embête. Il s'est dirigé vers le bateau.

Seigneur. Est-ce que ça allait être ça ma vie ?

— Comment va Joey ? ai-je demandé à Jazz, d'une voix rauque. Elle a pincé les lèvres.

— Super en colère. Il a dit que Jack lui avait juré que ça n'arriverait pas.

— Quand as-tu fait ça ?

Il a haussé les épaules, sans se retourner.

— Hier. Sur la plage.

S'il te plaît, regarde-moi, ai-je encore souhaité, en vain.

Nous sommes montés sur le bateau et le téléphone de Jazz a sonné. Elle l'a sorti de sa poche arrière.

— Oh, quel tas de merde !

— Quoi ?

— Cette fille, Ashley, dit à tout le monde qu'elle t'a embrassé, Jack. Apparemment, la photo de vous qu'elle a publiée sur Facebook il y a quelques jours est devenue virale, et maintenant elle invente toutes sortes de conneries.

— Super, ai-je murmuré pour moi alors que ma poitrine se serrait.

Je ne pouvais même plus regarder Jack. Il avait dit qu'il me tiendrait à l'écart de la folie, et même si je savais qu'il ne pouvait pas empêcher Audrey de sévir, sa stupide soirée avec Devon n'avait fait qu'empirer les choses. Et pour être honnête, une part de moi-même lui en voulait aussi pour Audrey. Son comportement antérieur aurait dû l'alerter sur sa méchanceté et son côté rancunier. Je savais que j'étais irrationnelle et que Jack était blessé aussi. On devrait s'en occuper ensemble... mais on s'était juste fermé l'un pour l'autre. C'était angoissant, mais je ne pouvais pas m'en empêcher.

Je me suis assise à l'arrière du bateau sur un coussin en skaï blanc souple pendant que nous traversions à toute vitesse la voie navigable intérieure, en direction d'une marina à Tybee, juste au sud de Savannah. La sensation normalement apaisante d'être sur l'eau semblait sonner comme un glas.

Sentant enfin les yeux de Jack sur moi, je pouvais pratiquement l'entendre me supplier de le regarder, mais j'avais peur qu'il ne voie que des accusations dans mes yeux. J'ai pris une autre gorgée d'eau quand Jazz est arrivée et s'est assise à côté de moi, glissant un bras autour de mes épaules.

Jack s'est levé en soupirant et s'est dirigé vers la proue du bateau.

Merde.

L'idée d'Ashley disant partout qu'elle et Jack avaient fait des trucs ensemble me donnait de l'urticaire. Ça n'avait pas d'importance que je sache qu'ils ne l'avaient pas fait. La perception était un fait. J'ai frissonné. Et quand il serait en tournage et que cela arriverait ? Est-ce que je serais si sûre que ça ne serait pas vrai à ce moment-là ? Est-ce que je faisais entièrement confiance à Jack ? Étais-je une personne assez sûre d'elle ?

Je ne voyais pas comment cette relation pourrait faire quoi que ce soit d'autre que mettre en avant toute la faiblesse de mon manque de confiance en moi.

J'avais promis à Jack de prendre le meilleur et le pire, mais je n'étais pas sûr d'être assez forte pour ça.

DEVON NOUS A retrouvés à Tybee. Jazz était apparemment allée le voir en premier après l'appel de Joey pour lui dire ce qui se passait, et il nous avait suggéré de nous diriger plutôt vers Savannah. Il était d'avis qu'il était plus facile de rester incognito dans des endroits où les gens ne s'attendaient pas à ce que nous soyons. Et ne sachant pas quel était le moment choisi par le journaliste pour le reportage, cela semblait logique.

Après notre panne de communication commune, Jack était resté sans cesse au téléphone pour le reste du trajet en bateau jusqu'à la marina de Tybee. D'après ce que j'ai pu entendre, il a parlé d'abord avec Sheila et son agent, puis avec un avocat qu'ils ont dû consulter pour rédiger des documents en vue d'un éventuel procès.

Finalement, Jazz et moi avons décidé d'utiliser à bon escient notre temps à Savannah. Nous avons demandé à Devon de nous déposer au centre-ville afin de faire une autre tentative de shopping vestimentaire.

Puisqu'on y était et tout.

Mon frère devait venir nous chercher plus tard dans la voiture de Jazz parce qu'on n'osait pas lui faire prendre sa voiture ou mon camion au cas où quelqu'un essaierait de le suivre.

C'était une situation bizarre et flippante comme dans un film de cape et d'épée. J'étais sûre que beaucoup de gens s'en sortiraient, confrontés au danger... Je ne trouvais pas ça du tout excitant. Je me suis demandé ce que ça me ferait d'avaler un Xanax. Et je voulais gifler Jack parce qu'il se comportait comme s'il était le seul affecté.

Avec à peine un mot pour les gars, et pas un mot de la part de Jack, nous sommes descendues du bateau pour nous rendre directement dans un grand magasin. J'ai essayé de me débarrasser de l'horrible sentiment de solitude que j'éprouvais devant l'immobilisme de Jack. Et je savais que je lui faisais subir la même chose.

— ÇA MARCHE PAS, a gémi Jazz en me détaillant de la tête aux pieds entre les rideaux de la cabine d'essayage.

— M'en parle pas... ai-je acquiescé d'un air morose.

J'étais bien d'accord avec elle sur nos mauvais choix vestimentaires. Ce n'était pas qu'ils étaient tous horribles, mais comment diable pouvais-je choisir quelque chose pour une occasion aussi mémorable ? Quelque chose dans mes moyens. Et dans lequel je n'avais pas l'air d'aller au bal du lycée.

Tout d'abord, je n'avais jamais été à une soirée d'adultes en costume-cravate. Deuxièmement, j'étais l'invitée d'honneur. *Gloups*. Et troisièmement, il pourrait y avoir une célébrité du top 10 d'Hollywood sur la liste. Et j'allais être dépeinte comme sa potiche de service. Et avec la hache d'un tabloïd sur le point de tomber, j'étais en mode anxiété maxi.

— Alors, écoute. Qu'est-ce qui peut arriver de pire ?

Jazz a toujours aimé jouer l'avocat du diable.

— Euh...

— Parce que, je vais te dire comment je vois les choses. Elle s'est appuyée contre le chambranle de la porte de la cabine d'essayage, la main sur la hanche et la tête penchée d'un côté. Un dieu d'Hollywood extrêmement beau fait de la publicité gratuite à une artiste extrêmement talentueuse, mais relativement inconnue. Elle s'est retournée rapidement pour s'assurer que nous étions toujours seules et a agité les sourcils. Oh, et il vénère le sol sur lequel elle marche. J'ai tout dit ?

— Bon, Jazz. Je sais. J'ai roulé des yeux. Ça sonnait bien quand elle le disait comme ça. Mais tu me connais...

— Ouais, ouais, c'est sûr.

— Et il s'est comporté horriblement ce matin, ai-je grommelé.

— ça c'est vrai. Il avait juste promis à Joey d'éviter ça, et c'est arrivé quand même... et en quelques heures. Il doit se sentir comme une merde. Non pas que je l'excuse.

— Et toutes ces conneries avec Audrey ? J'ai l'air pire que le dernier rencard de Tiger Woods maintenant.

— On s'en fout. Tu n'as pas l'air, et tu ne l'auras jamais, d'un coup d'un soir s'il est toujours avec toi, non ?

— Ouais, bon, ai-je soupiré. Mais tu sais que l'idée d'être connue comme la dernière belle plante de Jack ou sa dernière "paire de fesses" comme Joey l'a si élégamment dit, n'est pas en haut de ma liste.

— Eh bien, ça serait sur la mienne.

J'ai levé les sourcils.

Je plaisante, a-t-elle ajouté. Non sérieux, je plaisante. Il est trop sexy et *il fait toujours battre mon cœur* ! Elle a posé une main sur sa poitrine en levant les yeux au ciel. Mais ce garçon veut vraiment être avec toi. Et toi tu essaies de faire quelque chose de toi-même. Il peut comprendre ça, non ?

— Oui, sans parler du fait qu'être la petite amie de Jack éclipsera carrément le but de la soirée, qui est de m'établir comme une artiste légitime.

Elle a jeté un regard désapprobateur sur le dernier morceau de satin et de mousseline de soie que je portais.

— Quoi que tu décides de faire, on doit te trouver une robe.
Tu ressembles à une pâtisserie, là.

Je savais que j'avais mauvaise mine, et ce tourbillon de jaune
citron me donnait un teint de malade. On l'avait essayé en désespoir de cause. *On ne sait jamais... il faut le voir porté...*

— Quel genre de pâtisserie ressemble à ça ?

— Je ne sais pas. J'essaie de ne pas regarder les pâtisseries dans
les yeux de peur qu'elles ne me sautent dans la bouche, a-t-elle dit,
sérieusement.

J'ai ricané.

Tu ressembles à une pâtisserie comme j'imagine qu'elle devrait
être. Toute douce et gonflée et tout. Certainement pas genre « Artiste ingénue avec sexy star d'Hollywood comme copain ».

— J'abandonne, ai-je gémi.

— Tu ne peux pas. On a juste besoin d'aide. Jazz a sorti son
téléphone et commencé à envoyer des SMS.

— Qui ?

— T'as pas dit que Colt avait cette magnifique amie qui a
organisé tes rendez-vous au spa. Elle saura, non ?

— L'argent, Jazz. L'argent. J'ai dépouillé mon corps de l'affreux
accoutrement et j'ai remis mon jean.

— Pfou ! C'est un investissement.

— Ouais, ben même.

Je l'ai poussée hors du vestiaire alors qu'elle se penchait sur
son téléphone, les pouces s'agitant à toute allure. Il n'était pas
question que je dépense trop d'argent pour une robe à ce stade,
avec toutes les autres obligations financières qui m'attendaient.
J'ai envoyé un texto à Colt et lui ai dit d'oublier tous ceux de Jazz,
à partir de maintenant.

— Imagine, a continué Jazz, sans me prêter attention. Tu
n'auras plus à choisir tes robes pour les soirées de Jack. Tu auras
les designers les plus sexy qui se feront un honneur de le faire
pour toi.

Je me suis figée un moment. *Seigneur ! Vraiment ?*

Non, mais je rêve ! Jazz a levé les yeux au ciel quand elle a remarqué mon expression. Parfois, j'ai l'impression qu'on t'a fait tomber d'un vaisseau mère sur cette terre. Comment c'est possible que tu ne trouves pas ça super excitant ?

J'ai secoué la tête.

Nous avions encore des heures à tuer avant que Joey ne vienne nous chercher, alors Jazz et moi sommes allées passer le temps dans notre café préféré, *Sentient Bean,* qui donne sur Forsyth Park. J'ai pris un café au lait, elle a bu un thé noir avec du miel local.

— Alors, tu flottais pratiquement au-dessus de la voiturette de golf ce matin avant que je fasse exploser ta bulle ? Jazz m'a jeté un regard de côté.

J'ai tourné la tête et j'ai regardé dans le parc la longue file de mamans de la brigade des poussettes qui avaient l'air d'avoir fini leur jogging. Oui, je devais me concentrer sur les bonnes choses qui précédaient mon pire cauchemar.

— Je flotte encore, ai-je soupiré en faisant un petit sourire. C'était incroyable. L'endroit était tellement magnifique. Je lui ai dit que la lampe de chevet était une de mes pièces. Mais au-delà de ça, on a vraiment parlé, tu sais. A propos de nous, à propos de tout. Mais, pas sur la façon de gérer tout ça, évidemment.

— Vous n'avez que parlé ? Merde, tout cet isolement romantique et cette tension électrique, et pas de sexe ?

— Jazz !

Je suis devenue rouge comme un coquelicot. Non pas parce que je ne me confiais habituellement pas à Jazz, mais parce que mon esprit s'était immédiatement rempli de toutes les choses intimes que Jack et moi avions faites.

— Ho, là, là ! C'est si bon que ça ?! Jazz a secoué la tête. Trop de la chance, non mais... vraiment quoi.

J'ai dégluti et secoué la tête comme si je pouvais en déloger Jack une seconde. *Comme si c'était possible !*

— Je pensais que toi et Brandon vous, enfin... tu sais bien... non ?

— Merde, K. Comment tu peux le faire si tu n'arrives même pas à le dire ? Répète après moi : faire l'amour.

— Arrête de changer de sujet, qu'est-ce qui se passe ?

— Ce n'est pas moi qui change de sujet, mais... Jazz a soupiré et haussé les épaules. Bof.

— Bof ? Genre bof, peut-être qu'on va le faire ? ou le sexe avec lui c'est bof.

— Le sexe avec lui c'est carrément *bof, bof.* C'est fini de toute façon. Il est gentil et tout, mais honnêtement, ma zone érogène la plus importante, c'est mon cerveau. Quand mon cerveau le regarde comme si c'était un pauvre chiot perdu, je peux te promettre que c'est la chose la plus éloignée de l'érotisme. Même s'il essaye de toutes ses forces, a-t-elle ajouté.

Joey avait clairement causé sa perte. Il l'avait rendue accro au mâle têtu, autoritaire et alpha.

— Allons voir Mme Weaton quand on rentre, a suggéré soudain Jazz. Elle doit bien avoir une merveille vintage cachée dans son placard. Son passé est si mystérieux, tu ne trouves pas ?

— Super ! Excellente idée ! Quelque chose de vintage ce serait parfait.

COMPLETEMENT AUX ANGES de nous avoir Jazz et moi entassées dans sa petite cuisine pleine de formica, Mme Weaton s'agitait pendant que Jazz lui posait trente-six-mille questions.

— Si vous voulez savoir, je suis sortie avec Montgomery Clift au début des années cinquante, a-t-elle déclaré en nous regardant pleine d'espoir.

Jazz m'a jeté un coup d'œil.

— Son nom me dit quelque chose. Elle l'a cherché sur son téléphone. Ah ouiii ! Donc vous êtes sortie avec un acteur vous aussi. Il était canon !

J'ai regardé et j'ai admiré ses cheveux foncés et ses pommettes dignes d'un sonnet.

— Oooh. Laissez-moi regarder, a imploré Mme Weaton.

Jazz a retourné le téléphone vers elle. Elle a soupiré tristement, a tendu un doigt tremblant, puis l'a laissé tomber au dernier moment.

« Oui, il était drôlement beau. Si beau et si torturé. Ça me rappelle beaucoup ton Jack. Oh, et il était si rêveur. Il m'a brisé le cœur, bien sûr, quand il a commencé à sortir avec Elizabeth Taylor. Bien qu'il ait dit que c'était pour la galerie. Quel beau couple ils formaient. Elle a reniflé. De toute façon, c'était une âme triste. Un acteur brillant, comme je n'en ai jamais vu. Il vivait dans ces personnages, il les emmenait tous à bord. Ses yeux ont pris un air lointain. Il a eu un terrible accident de voiture et n'a plus jamais été entièrement lui-même. Son apparence et son esprit ont changé à jamais. » Elle a installé sa frêle silhouette sur sa chaise puis posé une assiette de biscuits devant nous.

Jazz a jeté un regard noir à l'assiette et a cédé immédiatement. C'était dur de ne rien manger de ce que Mme Weaton faisait.

« Moi je le trouvais toujours beau, a-t-elle continué d'une voix tremblante. Je l'ai vu une fois avant la fin, à une fête à New York. « *Iris*, m'a-t-il dit, tu as toujours été trop bien pour moi, » et il a embrassé les phalanges de ma main gauche. Elle les a caressées doucement de ses doigts osseux, les yeux brillants. Je ne l'ai plus jamais revu. Il est mort quelques mois plus tard. Crise cardiaque, disent-ils, mais je pense qu'il était accro aux analgésiques après son accident. Je pense... qu'il ne pouvait pas supporter de vivre une vie aussi publique et de se sentir... diminué. »

Mes yeux se sont remplis de larmes, et Jazz a passé un doigt rapide sur sa joue.

— Il est peut-être mort le cœur brisé parce qu'il ne pouvait pas être avec l'amour de sa vie, a dit Jazz, toujours aussi romantique.

— Tellement, tellement tragique, a terminé Mme Weaton

avec un sourire larmoyant en regardant Jazz. Bref, j'ai quelque chose qui pourrait marcher. Je l'ai porté à cette fête à New York, en fait. C'était celle de ma mère dans les années vingt. Venez m'aider. Jazz et moi avons aidé Mme Weaton à ouvrir le grand coffre en cèdre au pied de son lit. J'aurais dû accrocher tout ça, mais je préférerais qu'elles restent dans le coffre et ne soient pas mangées par les mites.

Nous avons à tour de rôle retiré couche après couche de papier de soie et d'emballage plastique et les avons déposés sur le lit. Leur contenu étant indiscernable, à part un soupçon de couleur ici et là. En touchant à peine l'emballage, Mme Weaton a jeté un coup d'œil sur chacun d'eux. Finalement, j'ai soulevée avec précaution un paquet plus lourd et elle a hoché la tête.

Nous l'avons déballé pour trouver une magnifique robe à rabat, complètement transparente, faite de centaines de milliers de minuscules perles et de sequins brodés de façon complexe jusqu'à une frange perlée en bas.

« Elle a été perlée à la main. Tout l'était à l'époque, a dit Mme Weaton. Tu peux porter une combinaison de n'importe quelle couleur en dessous. J'en portais une de couleur chair. Je l'ai peut-être encore, ou une pareille. Elle a fait un clin d'œil. Ça a fait tourner quelques têtes ! »

Jazz a gloussé.

— Espèce de coquine !

— C'est parfait, ai-je dit, émerveillée.

Mme Weaton est allée vers sa commode et en a sorti une combinaison couleur champagne. J'ai enlevé mon short et j'ai essayé la combinaison, puis j'ai enfilé la robe, Jazz l'ayant soigneusement passée par-dessus ma tête.

— Vous êtes sûre que ça ne vous dérange pas ?

— Waouh ! a dit Jazz.

— Chérie, j'espère que ça t'apportera tout l'amour et le glamour du monde. Je ne pouvais pas l'imaginer aller dans une meilleure maison. Cette robe t'était destinée.

J'ai serré dans mes bras sa silhouette osseuse et qui sentait si bon, aussi fort que j'osais, la poitrine emplie d'émotion.

— Maintenant, je dois surmonter ma peur d'être là-bas avec Jack et de me sentir comme un imposteur qui fait croire aux gens qu'il a du talent.

— Oui, il faut que tu surmontes ça, chérie, m'a dit Mme Weaton en tapotant mes cheveux avec tendresse. Tu as *énormément* de talent.

Jazz a pincé les lèvres et a levé les yeux vers moi. *J'te l'avais dit,* exprimait son visage.

Après m'être encore changée, nous nous sommes dit au revoir et nous avons soigneusement porté la belle robe chez moi. J'étais soulagée d'avoir une chose de moins à m'inquiéter avant la soirée du lendemain soir.

Mon téléphone a vibré quand on est entrées chez moi. Une boule s'est formée dans ma gorge. C'était un texto de Jack.

Visiteur du soir : J'espère que vous êtes tous rentrés sains et saufs.

Bon sang. On ne s'était pas parlé de la journée. Il m'avait à peine regardée et ne m'avait pas touchée une seule fois depuis que nous avions appris pour l'article. Maintenant, son court texto assez froid me glaçait.

Moi : Oui. Comment ça s'est passé ?

Il y a eu une longue pause avant que mon téléphone ne vibre à nouveau.

Visiteur du soir : Je n'ai pas réussi à dissuader le type. Mais il ne va peut-être pas donner ton nom pour l'instant...

Moi : C'est super. Attends, comment ça pour l'instant ?

Visiteur du soir : Oui... s'il obtient une exclusivité sur notre relation... Je suis désolé.

Putain de merde. La panique a encore envahi mon organisme. Une part de moi-même voulait mettre fin à tout ça avec Jack. C'était trop dur. Mais c'était à peu près comme si je m'arrachais le cœur moi-même avec un objet contondant. Pourtant, il était bien arrivé que des gens se coupent les bras pour sauver leur peau.

Moi : On devrait parler. De vive voix.

Visiteur du soir : Dev et moi on reste à Savannah pour l'instant, on va rentrer tard ce soir.

J'ai vu une nouvelle bulle apparaître à l'écran, me montrant que Jack était en train d'écrire autre chose. Puis elle a disparu et aucun message n'est arrivé.

Mon cœur s'est serré. Je voulais lui dire qu'il me manquait. Je voulais qu'il dise quelque chose, n'importe quoi pour soulager cette douleur, ce sentiment que nous étions séparés l'un de l'autre sur le plan émotionnel. Je voulais dire quelque chose de drôle et de gentil, mais toute inspiration avait disparu. Je paniquais et je le savais. J'avais passé une nuit incroyable avec Jack, et soudain la réalité d'aujourd'hui m'avait fait paraître tout cela comme un rêve impossible. Comment pourrions-nous avoir un avenir ensemble ? Un avenir que je pourrais gérer ?

AYANT DU faire sauter mon service de midi encore une fois aujourd'hui, je me suis dirigée vers le travail pour le service du soir. J'avais parlé à Brenda du journaliste au téléphone et je m'étais excusée sans fin. La possibilité que je ne puisse plus travailler au Grill beaucoup plus longtemps sans me sentir comme une curiosité dans une foire agricole pesait lourd. Dès que tout le monde saurait que j'étais avec Jack, je devrais réexaminer la situation, mais j'avais besoin d'argent. Maintenant plus que jamais.

Brenda était là, et une fille du nom de Lisa, qui travaillait la plupart des étés et qui était venue de temps en temps pendant les mois d'hiver. Elle avait dû me remplacer ces derniers jours. Normalement hors saison, une seule serveuse pouvait s'occuper du déjeuner, mais les affaires avaient repris à l'approche de la saison. L'excitation à propos de Jack et Devon ne s'était pas encore calmée non plus. Cela n'avait pas arrangé les choses du fait que quelques journaux locaux aient repris l'histoire.

— Euh, Keri Ann. Brenda m'a attrapée alors que j'allais à la cuisine juste après 21 h. La soirée avait été très chargée et commençait à peine à se calmer. Elle a hoché la tête vers le bar où un homme d'âge moyen avec un tee-shirt noir à manches longues et des lunettes à bords noirs était assis et me fixait, en faisant glisser son doigt machinalement le long d'un verre d'eau givré. Ses cheveux noirs étaient clairsemés, son visage était quelconque.

Je crois que c'est le journaliste, a murmuré Brenda. C'est lui qui était là l'autre jour pour demander des trucs sur Jack.

Un coup de chaud m'a soudain submergée. Ça ne servait à rien de fuir ce type. Il savait clairement qui j'étais.

— D'accord, je reviens tout de suite.

J'ai apporté à la cuisine la vaisselle sale que je tenais. Hector me tournait le dos et la vapeur s'échappait de l'énorme lave-vaisselle industriel. Je l'ai rejoint, et nous avons travaillé rapidement ensemble, pour charger une nouvelle machine.

Je savais qu'Hector se sentait personnellement responsable de Jack et moi, car il était aux premières loges depuis notre rencontre.

— J'ai besoin de chance ce soir, Hector. Il y a un type là-bas qui m'attend pour me parler et me faire passer pour une... J'ai cherché un mot qu'il comprendrait, *una puta*.

Voilà. Le mot espagnol pour pute devrait suffire, vu la gravité
de la situation.

Hector a sifflé entre ses dents et s'est tourné vers moi en croi-
sant les bras.

— Non. Mademoiselle Keri Ann. Ses yeux ridés étaient
sérieux. Tu as les anges qui volent au-dessus de toi. *Todo estarà bien.*

Sauf qu'il a dit *los àngeles* à la place des anges, ce qui m'a fait
rire malgré mon humeur sombre.

Il a souri et m'a serrée dans ses bras.

— OK. J'ai soupiré lourdement. J'y vais.

Debout sur le quai de Broad Landing dans la lumière grise du petit matin, j'attendais Jack.

Je lui avais envoyé un texto après le travail hier soir pour lui dire que j'avais rencontré Tom Price, le journaliste. Tom avait l'air d'un type assez sympa au début. Je m'étais présentée à lui peu de temps après être sortie de la cuisine, ce qui semblait l'avoir surpris.

— Je suppose que vous vous attendiez à ce que je m'enfuie ?

— Peut-être, a répondu Tom Price. Soit ils courent, soit ils veulent de la publicité ou de l'argent pour l'histoire. Ça m'en dit long sur vous, même si je ne m'y attendais pas.

J'ai haussé les épaules.

— Je ne veux pas de ça non plus.

— D'une façon ou d'une autre, je vous crois. Alors pourquoi vous me parlez ?

— Vous voudriez que je ne le fasse pas ?

Cela a semblé le secouer pendant un moment.

— Je crois que je vous aime bien, a-t-il dit.

— Assez pour que mon nom reste en dehors de cette histoire ?

— Probablement pas tant que ça, a-t-il admis, ses yeux marron clignotant comme des poissons derrière les verres de ses lunettes. En plus, c'est mon rédacteur en chef qui décide, pas moi.

— Vous aimez ce que vous faites ?

Il a souri.

— Êtes-vous toujours aussi directe ?

— J'essaie. Alors, vous aimez ou pas ?

— Je n'ai jamais rencontré quelqu'un comme vous dans l'exercice de mes fonctions.

— Je pourrais dire la même chose. Mais vous n'avez toujours pas répondu à ma question.

— C'est moi qui suis censé poser des questions.

— Alors allez-y. Je ne répondrai peut-être pas, mais je ne mentirai pas.

Ma vertu ou ma chute, je n'ai jamais su.

Il a froncé les sourcils.

— Je vous enregistre, c'est bon ?

J'ai regardé le portable posé sur le bar.

— Quelque chose me dit que vous ne demandez pas toujours la permission.

Il a ri, révélant des dents tachées par le tabac.

— OK. Avez-vous une liaison avec Jack Eversea ?

— Non. Puis, devant son froncement de sourcils, et parce que j'avais déjà vu l'article proposé et que je savais qu'il n'y avait aucun moyen de le cacher, j'ai admis : Mais j'ai une relation amoureuse avec lui.

Il a souri, un sourire lent, comme un chat.

— Merci. C'est tout ce dont j'avais besoin. Tom Price a glissé son portable dans sa poche et il s'est levé. Je vais vous dire un truc, Keri Ann Butler, parce que vous avez l'air d'être une gentille... et je comprends pourquoi vous lui plaisez...

J'ai dégluti. Quelque chose m'a dit que j'avais foiré royalement.

— Quoi ?

— Si vous traînez avec les Jack Everseas du monde entier, ne parlez pas aux gens comme moi. Jamais. Et ne vous attendez pas à être connue pour autre chose que pour l'attention qu'il choisit de vous donner. Quand il en aura fini avec vous, vous cesserez d'exister, pour lui et pour tous les autres.

DES COQUILLAGES et des graviers ont crissé derrière moi et j'ai entendu Jack s'éclaircir la gorge. Sa seule présence m'a électrisée. Il m'avait manqué. Je ne l'avais pas vu depuis que nous étions rentrés de notre escapade intime sur l'île et que nous avions dû faire face à notre premier obstacle majeur. Un obstacle que j'avais l'impression qu'on n'avait pas réussi à franchir tous les deux.

Ses doigts chauds se sont mêlés aux miens, et je les ai serrés. J'ai souri malgré mon humeur sinistre.

Jack m'a retournée vers lui, les mains sur mes épaules. Ses cheveux bruns foncés étaient en bataille, comme s'il avait tiré dessus ou dormi sous un oreiller.

Ça me démangeait de glisser mes doigts dans ses boucles brillantes et d'attirer son visage carré et ses lèvres pleines jusqu'aux miennes.

Ses yeux parcouraient mon visage, et il a dû avoir la même pensée, parce que nous nous sommes tous les deux rapprochés l'un de l'autre, et nos lèvres se sont rencontrées, le soulagement de le toucher glissant à travers moi comme une vague de désir.

— Bonjour, ai-je bredouillé entre les baisers.

— Tu m'as manqué, a-t-il dit dans un souffle.

Les bras de Jack ont parcouru mon dos et je me suis pressée contre lui, en fondant mon corps contre sa grande charpente. En quête de confort.

— Moi aussi.

— Mon Dieu, je suis désolé d'avoir si mal réagi hier matin quand on a appris. J'avais l'impression de t'avoir déçue, je t'ai déçue en fait et je ne pouvais pas supporter de voir à quel point tu étais bouleversée.

— Je suis désolée aussi, Jack. Et je suis désolée qu'Audrey continue d'essayer de te faire du mal.

— C'est la dernière personne qui me préoccupe, crois-moi. C'est pour toi que je m'inquiète. Et comment cela nous affecte.

On s'est embrassés un peu. Puis j'ai reculé pour le regarder d'un air sérieux. Il semblait sur le point de dire autre chose.

— Je ne veux pas que tu viennes à mon vernissage, Jack. J'ai parlé dans l'urgence, avant de me dégonfler, avant qu'il ne dise quelque chose pour me faire changer d'avis. J'ai pris mon courage à deux mains. J'allais probablement dire les choses de travers. Je ne veux pas que tu sois là...

Il a tressailli.

Merde. Et maintenant, après cette histoire, après Ashley, s'ils me voient avec toi, les gens vont penser le pire de moi.

J'aurais aimé ne pas avoir l'air si puéril et mesquin. Si égoïste et indifférent. C'était tellement inhabituel pour moi, et je le savais.

— Non, ils ne le feront pas. Parce que je leur dirai que tu es ma petite amie.

Mes yeux piquaient à cause des larmes proches.

— Je l'ai déjà fait. J'ai admis devant Tom Price qu'on avait une relation. Je n'étais probablement pas censée faire ça à cause de la façon dont il s'est comporté. Je suppose que tu ne lui as pas confirmé, toi.

— Non, je ne le fais jamais. Jack a secoué la tête. Mais ça n'a pas d'importance. Ne le laisse pas t'atteindre.

— Tu es peut-être habitué à ce cirque — J'ai essuyé mes yeux en pensant aux paroles de Tom Price et à la façon dont elles avaient mis le doigt sur ma peur de n'être que la petite amie de Jack — et tu te moques de ce que les gens disent de toi, mais pas moi. Tu as dit que tu essaierais de me tenir à l'écart de la folie médiatique. En quoi le fait de venir à un vernissage avec moi s'insère-t-il là-dedans ? Je suis déjà tellement nerveuse d'y aller de toute façon. Il y a des gens de la SCAD qui viennent, et peut-être la presse. Je ne veux pas m'inquiéter de ce que pensent les gens. Puis l'aspect plus sordide m'a fait trembler. Et si je suis censée être ta petite amie, qu'est-ce que les gens penseront que tu faisais avec Ashley ? Surtout si l'histoire d'Audrey est vraie. J'ai pensé à l'Angleterre. Surtout avec ta réputation. Je serai juste la prochaine d'une longue liste.

— Ma réputation ? Jack a dégluti. Ouais, je suppose que j'ai mérité ça. Mais tu sais, Keri Ann, il y aura toujours une Ashley. Quelqu'un qui dit qu'il me connaît, ou qu'il a fait quelque chose avec moi. S'il te plaît. S'il te plaît, sois assez forte pour *nous* faire passer au-dessus de ça.

Il avait raison.

— Je le veux Jack, je vais essayer d'être assez forte pour faire face à ça. Mais dans l'état actuel des choses, tu me demandes d'abandonner ma propre identité, une identité que je ne fais que découvrir. Ma mère l'a fait pour mon père, et excuse le cliché, elle a vécu une vie de désespoir tranquille. C'est ce que Joey voit pour moi avec toi, et je comprends maintenant. C'est ce que tu me demandes. De ne jamais être reconnue pour ma propre personne, d'être toujours mentionnée en référence à toi.

Il m'a attrapé les épaules.

— Même si les gens parlent, ça ne durera pas éternellement. Du moins pas avec la même intensité. Je sais que j'ai promis de garder notre histoire secrète, mais je n'ai plus le contrôle, à cause d'Audrey. Ça va pas être possible, en fait. J'aimerais...

— Quoi ? J'ai hoqueté. La panique s'est emparée de moi. Alors tu veux continuer comme d'habitude et me mettre dans la position du dernier interlude romantique de Jack Eversea ? Puisque ton prochain film va être tourné ici, comme c'est pratique d'avoir une fille du coin qui n'attend que de s'occuper de tes nuits solitaires ! Et en prime, elle peut profiter de ta notoriété pour se faire de la publicité.

J'ai soupiré lourdement, regrettant déjà mes paroles et l'amertume dans ma voix. La façon dont je venais de réduire la chose étonnante qui se passait entre nous à une anecdote bon marché et superficielle. Je n'avais pas besoin de la presse people pour le faire, je l'avais fait moi-même.

Les yeux de Jack étaient sombres.

« Mon Dieu, je suis désolée, ai-je dit en m'essuyant les yeux. Je suis vraiment désolée. Tu sais que ce n'est pas ce que je ressens pour nous. »

— Je ne pense pas que je le sache vraiment. Je sais que tu as peur. Il a passé une main dans ses cheveux. J'aimerais que tu n'aies pas peur d'être avec moi. Ses yeux se sont posés sur les miens, et il avait l'air si triste. Les gens m'utilisent tout le temps. Ils utilisent mon nom et mon statut pour tout. Être vu avec moi, vouloir que j'utilise ou que je porte leur produit, leurs vêtements, que j'en parle, que j'aille à une fête pour accroître leur visibilité. Il a ricané la bouche tordue. Encore et encore. Mais pour *une fois*. Il a donné un coup de pied au sol. Pour une seule putain de fois, je veux faire ça pour de bon, pour quelque chose que je choisis, en dehors de toutes ces conneries. Même au-delà de mes œuvres de charité et de l'argent que je donne à ceci et à cela, même aux tortues marines...

— Tu donnes de l'argent aux tortues marines ? l'ai-je coupé.

Les premiers rayons orange du soleil brillaient sur ses cheveux bruns.

— Depuis que je t'ai rencontrée, oui, a-t-il dit avec dédain, puis il m'a regardée attentivement. Je veux pouvoir utiliser qui je suis pour t'aider. Je veux t'aider à payer la SCAD, je veux t'aider à garder ta maison.

Seigneur. La honte m'a brûlée de l'intérieur. Il avait dû entendre toute la conversation que j'avais eue avec Joey.

Et je sais que tu ne me laisseras pas faire, a-t-il poursuivi avant que je puisse réagir. Tu as trop de fierté, tu penses que j'ai pitié de toi ou quelque chose comme ça. Ce n'est pas le cas. C'est loin d'être le cas. Oui, je veux aller à ton vernissage, a-t-il dit avec ferveur. Si tu ne veux pas utiliser mon nom, je veux y aller et être là pour toi, en tant que ton petit ami, pas comme Jack Eversea. Je sais que c'est la plus grande chose que tu aies jamais faite. Et je suis si fier de toi, même si je n'ai pas le droit de l'être.

— Mais tu ne peux pas être là en tant que mon petit ami et pas en tant que Jack Eversea, lui ai-je dit doucement, les yeux baissés vers sa poitrine. C'est la même chose pour tout le monde.

— Tu as raison, et qu'y a-t-il de mal à cela si ça implique que plus de gens viennent et que plus de gens prêtent attention à ton foutu talent ? Et non, puisque nous sommes honnêtes, je ne veux pas qu'on garde notre relation secrète. Il s'est cogné fort la poitrine. Je ne suis qu'un mec, là. Un imbécile peu sûr de lui, quand il s'agit de toi, un idiot déprimé, qui a créé cette vie de grande illusion. Mais c'est ça ma vie. Sans elle, je ne t'aurais pas, mais avec elle, je ne peux pas vraiment être avec toi ? Ça n'a pas de putain de sens. Je veux que tu me voies au travers de toute cette comédie... Je veux l'approbation de ton frère seulement parce que je réalise que je ne t'aurai jamais pleinement sans ça. Je veux aussi que tu te foutes de savoir qui nous regarde. Je veux que tu sois fière d'être avec moi et que tu te moques de ce que les gens disent de nous. Il a encore montré sa poitrine du doigt. Parce que *moi* je me fiche de ce que les gens disent de nous.

Mes yeux me piquaient vivement et ils se sont remplis à nouveau de larmes au point de me brouiller la vue. Toute ma joie et mon bonheur d'être avec Jack — et mes peurs qui suffisaient à tout gâcher — ont déferlé aveuglément ensemble.

— Je ne pense pas être prête, ai-je dit d'une toute petite voix.

— Qu'est-ce que tu dis ?

— J'ai besoin, j'ai besoin de temps. J'aimerais pouvoir nous mettre sur pause. J'ai tressailli quand Jack a trébuché à reculons. S'il te plaît, Jack. S'il te plaît, essaye de comprendre. Ça va être déjà assez dur pour moi de faire ce pas professionnel sans me soucier de savoir si les gens sont là pour moi ou pour toi. J'ai croisé les bras sur ma poitrine. J'ai... j'ai besoin de faire ça toute seule. Si ça se passe bien, j'ai besoin de savoir que ça s'est bien passé grâce à moi et seulement grâce à moi. Et si ce n'est pas le cas, alors tant pis.

— ça se passera bien, quoi qu'il arrive, a-t-il dit, exaspéré. Mais tu me punis pour quelque chose que je ne maitrise pas !

Le silence, empli de tension, décrivait un arc entre nous.

Puis Jack a posé ses mains sur mon visage, ses pouces ont glissé sous mes yeux alors que je les fermais, et une énorme vague d'émotion dans ma poitrine s'est transformée en pleurs.

— Je suis désolée.

Je suis très laide quand je pleure et ça seul aurait dû m'arrêter, mais ça n'a pas marché. J'ai pleuré et pleuré, en secouant les épaules, jusqu'à ce que Jack me presse contre son torse puissant, et me berce, une main dans mes cheveux. M'apaise. Me murmure à l'oreille comme un enfant. Même si c'était moi qui aurais dû être apaisante, même si c'était moi qui le punissais pour quelque chose qu'il ne pouvait pas changer. Je détestais être si pathétique, ce n'était pas moi. Ça n'avait jamais été moi. Et ça m'a fait pleurer encore plus fort.

Je voulais m'enfuir. Je voulais remonter dans le passé avant de m'être jetée à l'eau et avant d'avoir rencontré Jack. Je voulais retourner à la fade période d'attente d'une vie pas encore commencée. À l'époque où les rêves n'étaient que des concepts et non les sirènes sinueuses et scintillantes qu'ils étaient désormais, me poussant à faire un saut dans le vide, au risque de me précipiter sur les rochers si je faisais quelque chose d'aussi stupide que d'essayer de les saisir de trop près. Je ne pouvais qu'imaginer que leurs douces promesses allaient me glisser entre les doigts.

— Mon Dieu, arrête de pleurer, Keri Ann, tu me tues.

Je me suis arrachée des bras de Jack, en me frottant les joues et le nez avec le dos de la main.

Joli.

Mon Dieu, ma relation avec Jack avait pleinement déployé

toutes les émotions terrifiantes dont j'étais capable, et ce faisant, je l'avais blessé. J'avais blessé la personne que j'aimais de tout mon cœur.

— Tu es si belle, si talentueuse, si honnête. Et tu es forte. Laisse-moi faire partie de ta vie, et sois assez courageuse pour faire partie de la mienne. Je sais que tu peux l'être, j'ai vu ta force. S'il te plaît, crois en nous. Sa voix s'est brisée.

Je me tenais là, muette, laissant ses mots couler à flots à travers moi.

Il a soupiré profondément, la douleur et la frustration se reflétant dans ses yeux.

« Je resterai à l'écart si c'est ce que tu veux. Mais je ne le fais que parce que tu me le demandes. On va devoir trouver une solution. Si je n'abandonne pas ce que je fais et qui je suis, ça va toujours se mettre entre nous. Je sais que je t'ai dit que je pouvais te laisser en dehors de ça, ou essayer, mais j'ai réalisé que je ne pouvais pas vraiment. Tu dois nous choisir de toute façon, Keri Ann. »

Jack, abandonner qui il était ? Jamais. L'imaginer sans sa passion, c'était comme si je décidais de ne plus jamais rien créer. Ça n'arriverait pas. Mais Jack étant Jack, il devait supporter les Audrey, les Ashley et les tabloïds, les Tom Price qui attendent dans les coulisses pour saisir une bouffée de scandale.

Cela signifiait probablement aussi qu'il parte pendant des mois pour des projets de tournage. Et si j'y allais avec lui, qu'est-ce que ça signifiait pour ma vie ? Quel genre de vie aurais-je si je pouvais sauter dans un jet pour être avec lui ? Pas celle d'une étudiante consciencieuse, c'est sûr. Et un jour, s'il en avait fini avec moi ? Alors quoi ? Qui serais-je alors ?

Qui étais-je sans Jack ? J'avais besoin d'être sûre maintenant, et j'avais besoin de fixer la frontière maintenant, sinon je serais toujours avalée par le raz-de-marée de sa notoriété, et de sa vie. Je ne serais toujours qu'un prolongement de lui.

… Et je cesserais d'exister ….

Les mots du journaliste et l'histoire de Joey sur Maman m'ont fait frissonner.

Toutes les raisons pour lesquelles j'avais rejeté Jack quand il se tenait dans ma cuisine étaient encore valables et donc très, très réelles. Et pourtant, je les avais mises de côté, j'avais laissé Jack entrer, et j'étais tombée encore plus amoureuse de lui que jamais. Maintenant, je nous faisais du mal à tous les deux.

« Et tu sais, Keri Ann, il a glissé une main dans ma nuque en inclinant mon visage pour me faire un baiser sur le front, que ça se passe bien ou pas, ce sera toujours à toi parce que tu l'as réalisé, et tu le mérites, peu importe qui se présente à la fête. Tu as du talent, il faut juste que tu le croies. »

Je me tenais dans les bras de Jack, la brise fraîche du matin se frayant un chemin dans nos cheveux, laissant sa force et sa certitude couler en moi et essayant désespérément d'y croire.

Puis il a lâché prise.

Rappelle-toi... il a expiré profondément, sa mâchoire s'est tendue, les muscles se contractaient encore et encore. Il avait l'air en plein torture... rappelle-toi juste que... Il a dégluti, m'a attrapé la main et l'a appuyée contre sa poitrine... Tout ce qu'on voit à l'extérieur... c'est à toi *ici*. S'il te plaît, mon Dieu, ne le rejette pas.

TRENTE-DEUX

LE MATIN DE mon vernissage s'est levé, beau et ensoleillé. Un contraste total avec mon humeur. Je m'inquiétais de la soirée qui m'attendait et j'étais accablée par la façon dont j'avais fini les choses avec Jack.

Il m'avait laissée sur le quai. Je l'avais regardé s'éloigner et monter dans la Jeep et je n'avais rien fait pour l'arrêter.

Au petit déjeuner, Joey et moi avons parcouru Internet pour voir s'il y avait l'article, mais il n'y avait rien. J'avais l'impression d'avoir la tête sous une guillotine.

— J'ai vérifié aussi, a dit Jazz quand elle est arrivée pour venir me chercher pour notre virée à Savannah. Il n'y a rien.

Nous devions passer la journée au spa où Karina, l'amie de Colt, avait pris mes rendez-vous. Je les avais supplié et supplié par téléphone pour pouvoir amener Jazz, et ils avaient finalement dit qu'elle pouvait venir et qu'ils allaient essayer de la maquiller ou de la coiffer. J'étais réticente à y aller tout court, mais Jazz m'a transpercée d'un regard aiguisé. Je voyais bien qu'elle voulait dire quelque chose du genre que « Si j'étais photographiée, il fallait que je sois vue sous mon meilleur jour ». Mais au final elle a dit :

— Ce serait dommage de gâcher la fabuleuse robe de Mme Weaton avec des cheveux médiocres de serveuse.

Je lui ai donné une tape sur le bras et Joey s'est moqué de nous. Nous avions prévu de nous retrouver à la maison. Le Westin envoyait un de ses vans nous chercher. Colt et son rencard, Karina devaient nous rejoindre là-bas.

La journée est passée comme dans un brouillard. On m'a préparée et pomponnée. Les mains, les pieds, les cheveux et le maquillage. Jazz avait raison, une fois qu'on leur a expliqué comment était la robe, ils ont fait un travail impressionnant avec mes cheveux. Ils m'ont fait une mise en plis, puis un balayage derrière une oreille et le reste en une sorte de joli tourbillon sur le côté de la tête. Ils ont pris un bandeau argent pour entourer mon front et qui descendait dans ma nuque en une cascade de soie vaporeuse. J'avais l'impression d'être une starlette hollywoodienne d'antan, et je me sentais vraiment bien. Par contre, je n'ai pas aimé la quantité de spray qu'ils ont dû utiliser pour empêcher le tout de se détacher. Le maquillage était impeccable. Avec mes yeux charbonnés au khôl, je me reconnaissais à peine.

— Waouh ! a dit Jazz quand on a retourné ma chaise.

— Waouh, toi-même !

Ils avaient bouclé ses cheveux blonds en une cascade de vagues et en avaient noué la moitié en une tresse lâche et élégante. Elle portait une robe rouge, évasée qui allait frapper mon frère comme un coup sur la tête.

Mon cœur s'est emballé à l'idée de ne pas partager tout cela avec Jack. Une stupeur mélancolique m'a envahie et j'ai serré les dents pour ravaler ma tristesse.

Nous sommes rentrées chez nous, les vitres fermées, ne bougeant à peine, de peur que l'illusion peinte sur nous ne s'efface. Nous avons allumé la radio à fond, et en écoutant *Blondfire*, nous tapotions des doigts et des orteils sans bouger le reste.

A cinq heures nous étions tous les trois dans notre cuisine, en train de boire du *Prosecco* pour fêter l'évènement, dans les vieilles coupes de champagne de Nana que j'avais réussi à trouver et à dépoussiérer.

— À la première des nombreuses soirées qui vont célébrer les efforts artistiques de ma talentueuse sœur. Joey, vêtu d'un smoking loué, a levé son verre et nous avons bu. Je lui avais dit qu'il n'avait pas à porter de costume-cravate mais il avait été catégorique.

— Yoo hoo hoo ! Mme Weaton a chantonné en entrant dans la cuisine, vêtue d'une élégante robe violette. Ne commencez pas sans moi !

— Mme Weaton, je pensais que vous alliez m'appeler pour que je puisse vous escorter pour traverser la cour, l'a réprimandée Joey et il s'est penché pour embrasser sa joue en papier mâché.

— Oh, chérie, la robe est fabuleuse sur toi, a-t-elle dit d'une voix chantante. Regardez-vous, les filles, vous êtes époustouflantes !

— Merci.

J'ai souri. La robe était vraiment parfaite. J'étais à peu près aussi à l'aise que je pouvais l'espérer, vu que j'étais sur le point de m'exposer au grand jour et de me lancer dans la création d'un personnage public. Il m'est alors venu à l'esprit que si j'avais du succès, j'aurais à affronter les critiques, moi aussi. Bien sûr, ce serait à une plus petite échelle que Jack. Mais les opinions des gens, bonnes ou mauvaises, factuelles ou erronées, sur moi et mon art, allaient devenir une réalité, peu importe que Jack soit dans ma vie ou pas.

— Les autres sont arrivés ? a demandé Mme Weaton.

— Liz avait un problème de baby-sitting. Cooper, Vern et Jasper nous rejoignent là-bas. Colt aussi. Donc je suppose qu'il n'y a que nous quatre. J'ai haussé les épaules. Asseyons-nous sur le porche et attendons le van.

Alors que nous sortions, le minibus noir du Westin s'est garé dans l'allée, sous la mousse Espagnole qui pendait. Et une autre voiture s'est pointée derrière. Paulie, Brenda et Hector en sont sortis.

— Qu...quoi ? ai-je bégayé. Qui tient le Grill ?

— C'est la première chose à laquelle tu penses ? a dit Paulie tout raide. Il était vêtu d'un costume beige froissé et ses cheveux gris étaient peignés soigneusement pour former une queue basse. Tu crois vraiment qu'on laisserait notre Keri Ann s'attaquer au monde sans notre soutien ? Il a soufflé. J'ai coincé un panneau « fermé » à la fenêtre.

J'avais les larmes aux yeux.

— Non, non, non. Jazz battait follement des mains devant mon visage. Non, non tu ne pleures pas !

— Désolée. J'ai reniflé, puis j'ai ri à travers mes larmes, et j'ai serré tout le monde dans mes bras avec précaution.

— Faith vient aussi, a dit Jazz. Nous serons tous là pour te soutenir, OK ? Mais pour l'amour de Dieu, ne gâche pas ce maquillage. Bon il faut sécher ça maintenant.

C'ÉTAIT SURRÉALISTE d'être là dans le foyer bondé et ceinturé de cordons de l'hôtel et d'être entourée par des choses que j'avais créées de mes propres mains. Certaines que j'avais fabriquées nonchalamment, d'autres qui portaient en elles les souvenirs et les impressions de toutes mes émotions refoulées.

Après avoir été accueillie par Allison, la coordonnatrice des événements, puis par Mira, la conservatrice de *Picture This*, qui m'avait proposé de s'occuper de toutes les transactions de la soirée, on m'a présentée à la rédactrice en chef *d'Arts et culture*, un journal local. Quelques minutes plus tard, une très gentille dame m'a remis une carte de visite en carton épais et m'a dit qu'elle était de *Moss & Magnolia Magazine* à Charleston et qu'elle aimerait faire un reportage sur moi. Je frétillais, sachant que c'était un magazine haut de gamme, qui présentait le meilleur en matière de style de vie du sud. Je crois que j'ai hoché la tête, muette.

— Est-ce que j'ai vraiment tout raté, là ? ai-je demandé à Jazz au fur et à mesure que nous avancions parmi les gens.

Jazz m'a assurée que j'avais été gentille et charmante. Après quelques autres présentations et quelques sourires tendus devant les caméras, j'ai ramené Jazz au milieu de la pièce, dans la zone calme au cœur de la tempête, pour respirer. La musique du quatuor à cordes dans le coin était à peine perceptible sous le bourdonnement des conversations qui rebondissaient sur les planchers polis.

Ma sculpture de la vague, une sorte de monument en mémoire de la période où ma relation avec Jack était au plus bas, était posée sous un projecteur qui faisait seulement briller le morceau de verre poli rouge. Je me sentais liée à elle à peu près aussi fortement que je sentais qu'elle m'était complètement étrangère. Comme quelque chose que je ne reconnaissais pas mais que je connaissais intimement. C'était très déconcertant.

— Ho, là, là, a dit Jazz. Elle est toujours belle, mais la voir ici, sous les projecteurs, la rend tout simplement... waouh ! Et pourquoi tu ne veux pas la vendre au fait ? Elle a attrapé au vol deux cure-dents avec quelque chose de délicieux qui sentait bon au bout, sur le plateau d'un serveur et m'en a tendu un.

— Tout tourne autour de Jack. Ce serait bizarre que quelqu'un d'autre en soit le propriétaire.

J'ai senti un tapotement sur mon épaule et je me suis retournée pour découvrir que Tom Price s'était faufilé derrière nous.

— Re-bonjour, a-t-il ronronné en remontant ses lunettes sur son nez.

Un frisson m'a traversée et je l'ai regardé fixement, sans voix.

Non !?

— Jessica Fraser.

Jazz a tendu la main. Je lui ai donné une tape dessus sans réfléchir. Tom Price a levé les sourcils, et j'imagine que Jazz a fait la même chose.

— Tom Price, lui a-t-il dit.

— Comment avez-vous su que j'étais là ? ai-je finalement réussi à dire.

— Oh, *petite orpheline Keri Annie*, votre vie est publique maintenant. Ou bien est-ce que cette activité artistique n'est qu'un passe-temps ? Hmm ?

J'ai dégluti.

Je suis juste venu faire savoir à Keri Ann, que l'article est sorti ce soir. Il a regardé Jazz, puis moi, sans cligner de ses yeux marron.

J'ai entendu Jazz pratiquement grogner à côté de moi.

Mais vous devriez avoir le temps de profiter de votre soirée, de votre succès et tout et tout. Où est mon copain Jack ?

— Vous espériez qu'il serait là pour que vous puissiez avoir des photos d'eux ensemble ? a répondu Jazz d'un ton sec.

— Eh bien, oui. Je ne suis pas venu pour ces amuse-gueules pas très originaux, a-t-il dit en faisant tourner un cure-dent entre un pouce charnu et un index. Mais je me contenterai d'une photo de Keri Ann. J'aurais pensé qu'il serait là pour vous faire un peu de pub. Bien que j'aie entendu quelqu'un dire qu'un critique new-yorkais était ici. Un coup de fil amical de Jack, pour demander une faveur pour sa petite copine ?

— Eh bien, c'est manifestement faux. Jazz a plissé les yeux en le regardant.

— Est-ce que ça a vraiment de l'importance ? Tom Price a baissé la tête et craché le dernier mot comme un filet de bave.

Mon visage était rouge colère. Je fulminais, impuissante.

« Mais je vous souhaite bonne chance, Keri Ann. Vraiment. Excusez-moi. »

Il s'est retourné pour se mouvoir lentement à travers la foule, donnant toutes les apparences d'un homme doux et affable en train d'admirer de l'art.

— Il est vraiment méprisable, ai-je dit tout bas, les doigts tremblants.

— Allons te chercher du champagne et calmer tes nerfs.

— Tu crois que c'est vrai ? Tu crois que Jack a tiré quelques ficelles pour m'amener la presse ?

— Franchement ? Elle m'a tendu un verre. Non. Je pense que la galerie l'a fait ou le bouche à oreille. Jazz a fait une pause. Mais s'il le faisait, je ne lui en voudrais pas. Je ferais la même chose pour toi si je pouvais. Je t'aime et je veux que tu réussisses. Si c'était en mon pouvoir de montrer ton talent au monde entier, je le ferais. Elle m'a regardée d'un air sérieux. Et si c'était en mon pouvoir, et que tu ne me laissais pas faire ça pour toi, je serais vraiment blessée... J'aurais l'impression que tu ne m'accordes aucune importance.

J'ai dégluti, difficilement, en levant mon verre pour prendre une gorgée apaisante. Le champagne avait un goût de sable lorsqu'il est passé à côté de mon cœur battant et qu'il a atterri dans mon estomac.

— Je devrais manger quelque chose de plus substantiel, c'est tout ce que j'ai dit.

Nous avons trouvé Joey, debout à côté de Colt et Karina, près du buffet. Colt et Karina formaient un très, très, beau couple.

— Merci beaucoup de m'avoir fait participer à cette aventure, Keri Ann, m'a dit Karina en m'embrassant sur la joue.

Je lui ai présenté Jazz.

— Merci beaucoup de nous avoir aidées à être présentables.

J'ai ri de façon légère, mais à l'intérieur mon esprit tourbillonnait, passant en revue tout ce que Jack avait dit, puis ce que Tom Price avait dit aussi. J'étais un personnage public maintenant. Un tout petit poisson dans un petit étang, je vous l'accorde, mais quand même, je faisais mon entrée. Et j'étais en train d'écarter Jack de tout ça. Est-ce que je voulais qu'il m'exclue lui aussi quand son travail serait reconnu ? Non, je voudrais le soutenir et partager ça avec lui.

Avant de le rencontrer, je ne m'étais même pas réalisée en tant qu'artiste. Tant de choses avaient changé en moins d'un an. Où serais-je si Jack n'avait pas bouleversé ma vie ?

Les gens diraient ce qu'ils voulaient de moi, comme artiste. Je ne contrôlerais jamais ça et je ne pourrais même pas essayer de le faire. Certaines personnes aimeraient ce que je fais. D'autres pas.

Les pensées s'entrechoquaient les unes aux autres avec fracas, mais toutes pointaient du doigt la même chose : Jack.

Bon Dieu. Il fallait que j'aille dans un coin tranquille pour lui envoyer un texto. Lui dire simplement que je pensais à lui ou quelque chose comme ça. Ou peut-être juste « s'il te plaît, viens ici pour être avec moi, on s'en fout de ce que les gens pensent ». Il me manquait. C'était physiquement douloureux.

Toute la joie et le succès de la soirée étaient comme des châteaux construits sur du sable mouvant. J'étais reconnaissante d'avoir le soutien et l'amour de tous mes amis, mais je comprenais finalement ce que Jack avait voulu dire quand je l'avais rencontré pour la première fois, quand il avait parlé du vide en dessous du succès. Le vide en dessous de ce qu'il faisait. Il me demandait de lui donner tout son sens, d'être sa fondation, son point d'ancrage, et je ne voulais pas qu'il le soit pour moi.

Mira s'est approchée de moi alors que j'étais perdue dans mes pensées, acquiesçant sans réfléchir à quelque chose que Cooper ou Vern avaient dit. Tout notre groupe était au complet, en train de dévorer tout le buffet, comme s'ils n'en avaient jamais vu auparavant.

— Keri Ann, a-t-elle commencé à dire avec un sourire confus. Quelqu'un a fait une offre pour acheter *Ever Broken Sea*. J'ai pensé que je devais te le faire savoir.

Mes yeux se sont écarquillés. Jazz, à côté de moi, l'a entendue.

— Je croyais qu'elle n'était pas à vendre, at-elle demandé.

— Eh bien, Keri Ann m'a dit que si quelqu'un offrait le prix exact, elle a agité la main, ce montant secret dont elle m'a parlé en décembre dernier, elle vendrait. Elle m'a regardée pleine d'espoir.

— Quel montant ? a demandé Jazz.

J'ai soupiré.

— Le montant exact que je dois encore à Jack pour les planchers qu'il a fait refaire à la maison. Je ne lui ai rien payé depuis décembre, alors je lui dois toujours de l'argent. Mais j'entends par là, au centime près. J'ai regardé Mira les sourcils froncés.

Elle a souri largement, probablement reconnaissante de connaître enfin l'histoire qui se cachait derrière cette étrange demande.

— Et il l'a trouvé, a dit Mira avec satisfaction. Je l'ai rencontré lorsqu'il est arrivé à la Galerie avant l'ouverture de ton exposition, a-t-elle expliqué. C'était le jour où tu l'as installée, en fait. Il a été hypnotisé par elle, dès qu'il a franchi la porte.

— Oh mon Dieu, je pourrais mourir. C'est tellement romantique, s'est exclamée Jazz en posant une main sur sa poitrine.

— En quoi c'est romantique ? ai-je demandé à Jazz d'un air grognon. Je lui dois de l'argent et maintenant il me paie pour que je puisse le rembourser ?

— Pour l'amour de Dieu, a dit Jazz. Sors de ta tête, Keri Ann, et fiche lui la paix. Il veut être là pour toi et tu ne le laisses pas faire. Il veut t'aider, et tu n'acceptes rien. Il aime tellement ce que tu as fait qu'il ne veut pas que quelqu'un d'autre le possède. Et il sait assez bien comment ton esprit fonctionne pour comprendre tes énigmes idiotes. Elle s'est emparée de ma main. Et il t'aime assez pour jouer selon tes règles, de toute façon.

Il y a eu un moment de silence entre nous trois. Un silence qui me permettait de sentir tout le poids du seau de vérités que Jazz venait de déverser sur moi. Même Mira a pris un air rêveur et a posé sa main sur son cœur.

J'ai croisé les bras en hochant la tête d'un air absent.

— Alooors... ? Je le rappelle ou pas ? a finalement demandé Mira.

J'ai essayé de sortir mon téléphone en fouillant dans mon petit sac du soir.

— Je l'appellerai.

— Je veux dire, est-ce qu'on fait la vente ? Il va y avoir des invités déçus à qui on a dit qu'elle n'était pas à vendre. J'ai eu quelques personnes qui m'ont déjà demandé.

— Oui, a dit Jazz. On fait la vente, elle n'a pas besoin d'occuper la ligne de Jack pour l'instant.

— Je vois. Je vais devoir faire attention à la façon dont je gère ça. Il y a quelques prétentieux ici ce soir qui n'aimeraient pas qu'on leur ait dit qu'elle n'était pas à vendre alors qu'en fait, elle l'était. Je vais devoir trouver une solution.

J'ai finalement composé son numéro, même si mes mains tremblaient. J'aurais peut-être dû aller dans un endroit plus intime... le téléphone à l'oreille, j'ai fait signe à Jazz, en donnant un coup de tête pour indiquer que je m'éloignais, et j'ai appuyé ma main contre mon autre oreille pour noyer le bruit de la foule.

Tout à coup, il y a eu un étrange brouhaha autour de moi dans le hall d'entrée, un moment électrique, et j'ai entendu des gens se taire alors qu'on poussait des cris et des couinements à l'autre bout de la pièce au plancher ciré, près de la réception.

Mon téléphone a glissé de mon oreille quand j'ai vu Jack.

TRENTE-TROIS

C'ÉTAIT JACK comme je ne l'avais jamais vu ailleurs qu'en photo. Vêtu d'un costume noir sur mesure, une chemise blanche impeccable ouverte au col, les cheveux négligemment coiffés en arrière. Il était incroyablement beau. Du genre qui vous fait vous arrêter net devant une couverture de magazine dans un kiosque à journaux. Et il était à dix mètres de moi, en chair et en os.

Il arborait un sourire décontracté, tout en clin d'œil et charme éclatant, alors qu'il prenait un stylo tendu par l'une des deux concierges qui avaient quitté leur poste. Sa belle main a dansé sur le papier et il l'a rendu. Une foule se formait, mais j'ai vu ses lèvres bouger et sa main aller immédiatement dans sa poche de poitrine, pour sortir son téléphone.

Il a souri quand il a baissé les yeux sur le téléphone, une fossette est apparue et ses yeux ont immédiatement survolé la foule pour plonger dans les miens.

Je continuais à l'appeler.

Il a mis le téléphone à son oreille, en me regardant plein d'espoir, ignorant le petit groupe qui l'entourait, attendant patiemment. Les gens tenaient en l'air leurs téléphones portables pour prendre des photos. Le photographe engagé pour l'événement ne pouvait pas non plus passer à côté de l'occasion.

J'ai ramené le téléphone jusqu'à mon oreille et j'ai entendu son souffle.

— Salut, a-t-il dit doucement, d'un air sérieux.

J'ai frissonné. Nous étions dans une pièce pleine de monde, et je me sentais seule avec lui.

— Salut, ai-je répondu, soudain, à court de mots. L'étrange pensée que nous n'avions jamais eu de conversation téléphonique m'a traversé l'esprit.

Ses lèvres tremblaient, et il a levé un sourcil.

— Tu m'as appelé ?

— Je voulais que tu sois là. *En fait.*

Il a expiré.

— Et me voilà.

— Je vois ça. J'ai levé les deux sourcils, lui posant la question tacite. Pourquoi était-il venu alors que je lui avais demandé de ne pas le faire ?

— Eh bien. Il a plié un bras contre sa poitrine, puis il a brièvement enlevé le téléphone de son oreille et je l'ai entendu s'excuser, disant qu'il serait bientôt avec tout le monde. J'ai entendu dire qu'il y avait un vernissage ce soir avec une artiste très talentueuse et il y avait quelque chose ici que je voulais. Et c'est dingue mais je parlais à mon assistante, et quelque chose qu'elle m'a dit m'a aidé à comprendre comment je pourrais l'obtenir. J'ai décidé que je devais probablement venir en personne.

— Tu n'aurais pas pu appeler ?

— J'aurais pu, mais je voulais absolument m'assurer de ne pas rater ma chance, a-t-il murmuré, la voix chargée de sens.

— Tu sembles avoir l'habitude d'ignorer mes demandes. J'ai souri et j'ai fermé les yeux un instant. J'ai ajouté en souriant : Tu t'es fait beau, et j'ai rouvert les yeux.

Il a penché la tête en arrière en riant, faisant probablement se pâmer quelques filles autour.

— Tu es magnifique.

Les têtes près de lui ont soudain semblé comprendre qu'il parlait à quelqu'un qu'il pouvait voir et se sont tournées vers moi. Je me suis tournée en regardant ailleurs à contrecœur, et j'ai incliné mon visage pour cacher le téléphone.

« Je suis content que tu aies appelé. »

— Je suis contente que tu sois venu.

— Donne-moi quelques instants et j'arrive.

En raccrochant, j'ai remarqué tardivement que le shérif Graves en civil gérait la foule autour de Jack. Je suppose que Jack lui avait proposé de faire quelques heures supplémentaires en tant que garde du corps.

Waouh, des gardes du corps. C'était un autre aspect que je n'avais même pas envisagé. J'ai soufflé bruyamment.

Jazz s'est approchée de moi avec Mme Weaton. La journaliste *d'Arts et culture,* le journal local, se tenait à ma gauche, elle semblait en état d'ébriété. Ses yeux allaient et venaient de Jack à son téléphone en tapant frénétiquement des SMS que je pouvais facilement deviner. Loin de m'agacer, j'ai trouvé ça amusant.

— Je veux bien en être. On dirait que Christian Grey vient d'arriver, a dit Mme Weaton en reniflant.

Jazz s'est presque étouffée avec son champagne, et j'ai gloussé.

— Quoi, tu crois qu'une vieille comme moi n'aime pas les livres coquins ?

— Pas du tout, ai-je dit, sérieusement. Jack a éclipsé tous les petits amis de fiction que j'avais eus de Darcy à…

— Christian Grey ? a demandé Jazz avec dédain. Moi, je pense plus à Gideon Cross. Cet homme sait porter un costume.

— Pourquoi pas ce sacré Jack Eversea tout simplement ? a dit la journaliste à côté de moi, s'immisçant dans notre conversation.

J'ai levé les yeux sur Jazz.

— Oui, Jazz, pourquoi pas ce sacré Jack Eversea ?

— Eh bien, tu t'habitues vite à l'idée on dirait. Jazz m'a poussée du coude.

— Le champagne m'a aidée. Accordons à chacun le mérite qui lui revient. Et son geste romantique, aussi. J'ai apprécié que tu mettes le doigt dessus.

— Quel geste romantique ? La dame à côté de moi m'a encore interrompue. Désolée, Shannon Keith, on s'est rencontrés tout à l'heure. *Arts et Culture*.

— Bonjour, Shannon, a dit Jazz. Romantique parce qu'il vient d'acheter sa pièce maîtresse.

— Oh. Super. Je croyais qu'elle n'était pas à vendre. Et attendez, c'est cool, mais pourquoi c'est romantique ?

J'ai jeté un œil noir à Jazz, qu'elle a volontairement ignoré.

— Parce qu'il veut sortir avec elle. Parce qu'il est amoureux d'elle.

— Jazz !

— Je pense que je vais aller chercher un autre de ces petits gâteaux au crabe avant qu'ils ne soient tous partis, a dit Mme Weaton.

— Quoi ? C'est sur le point d'être rendu public. Et si quelqu'un entendait la vraie histoire ? Quoi qu'il en soit, on dirait que ce gland de Tom Price est parti et a raté la meilleure partie de la soirée. Quelle andouille !

L'œil de Shannon a glissé entre nous, puis s'est posé sur Jack qui juste à ce moment-là levait les yeux et me fixait. Elle a dégluti.

— Cette histoire va faire ma carrière, n'est-ce pas ? a-t-elle murmuré

— Probablement. Jazz a souri. Ça va certainement aussi faire ma soirée.

— MESDAME ET MESSIEURS, a annoncé Mira en prenant le micro près du quatuor à cordes. Merci à tous d'être venus ce soir pour célébrer les talents artistiques uniques de ces artistes locaux.

Elle a prononcé mon nom avec plusieurs autres, que j'avais rencontrés à notre arrivée.

Il y a eu des applaudissements polis et un « Ouais ! » hurlé du côté de mes amis.

Mes joues sont devenues écarlates quand des gloussements ont fusé dans la pièce. J'ai regardé Jack et le shérif Graves qui étaient à quelques mètres. Les mains de Jack étaient fourrées dans ses poches, une grosse et élégante montre en acier inoxydable brillait à son poignet. Sa peau était superbe contre le blanc éclatant de sa chemise. Il en avait défait quelques boutons et sa clavicule était soudain la partie la plus sexy du corps d'un homme dans toute l'histoire de l'humanité. Je n'arrivais pas à croire que la créature devant moi était Jack. *Mon* Jack.

Nous n'avions pas encore eu l'occasion de nous saluer face à face.

Il m'a fait un clin d'œil et ses yeux sont tombés sur ma bouche. Il s'était finalement rendu dans la zone ceinturée de cordons où se déroulait le vernissage, en se frayant un chemin à travers la foule, sans être accosté. La plupart des élégants mécènes des arts qui circulaient ici ne se livraient pas à de telles manifestations publiques d'adulation.

La sécurité de l'hôtel avait été renforcée et les deux policiers qui étaient arrivés et avaient serré la main du shérif de Butler Cove prenaient leur tâche très au sérieux. Ils montaient la garde à l'entrée de notre soirée et renvoyaient les piques assiettes.

« Je suis sûre que vous avez compris maintenant que nous allions procéder à des enchères, a poursuivi Mira, et qu'Allison, notre coordonnatrice des événements vous a proposé un petit écriteau pour y participer. Je crois qu'Allison pourrait faire apparaître un éléphant rose si on lui demandait gentiment. Elle a fait une pause pour laisser la place aux rires. Nous changeons légèrement le format de la soirée. Jusqu'à présent, Mlle Butler était réticente pour vendre la pièce maîtresse de cette exposition, intitulée *Ever Broken Sea*. Elle a toutefois accepté de la vendre aux enchères ce soir. Je suis sûre que ceux d'entre vous qui ont posé des questions sur cette œuvre seront heureux d'entendre cela. Et il se trouve que j'ai ma licence de commissaire-priseur. » Elle a gloussé.

Mira m'avait assurée qu'elle utiliserait le prix que j'avais donné comme réserve. J'ai à peine suivi, car j'étais encore sous le choc que la soirée se passe si bien, que les gens veuillent écrire des articles sur moi, et qu'il y ait ici des gens *prétentieux*.

Et Jack.

J'étais encore sous le choc à cause de Jack. Qu'il soit ici, dans ma vie, et sur le point de rendre publique notre relation. C'était presque trop énorme pour l'envisager.

Les enchères ont commencé à cent dollars. Jack a gardé son écriteau sous le bras et m'a regardée en se mordant la lèvre.

Un couple âgé, l'homme grand et décharné avec une allure aristocratique, sa femme, distinguée, avec un chignon gris élégant et portant une robe noire discrète, semblaient les plus intéressés. Tout d'un coup, Colt a levé sa pancarte, portant l'enchère à plus de mille dollars. Il m'a fait un clin d'œil. Joey lui a tapé dans le dos, clairement de mèche.

Alors que les enchères montaient en flèche, mon cœur battait la chamade. Elles ont oscillé au prix de réserve pendant deux longues secondes, puis Jack a fait bouger sa pancarte presque imperceptiblement. Je ne l'aurais pas remarqué si Mira ne l'avait pas mentionné. J'ai retenu mon souffle.

Le couple d'un certain âge s'est regardé, puis la femme a hoché de nouveau la tête.

— Putain de merde, a chuchoté Jazz à côté de moi.

Shannon griffonnait à toute vitesse.

J'ai dégluti. Le murmure a atteint des niveaux inquiétants quand les gens ont regardé Jack et ont vu qu'il me regardait.

Le couple a finalement réalisé que Jack n'abandonnerait pas.

— Une fois, deux fois... a entonné Mira.

Jazz m'a serré la main.

— Vendu ! Il y a eu un soupir collectif, une libération du suspens.

J'ai souri, je n'ai pas pu m'en empêcher. Même si je voulais lui dire qu'il était idiot d'avoir gaspillé son argent. Puis j'ai gloussé et lâché prise, des larmes de joies me voilant les yeux, et j'ai vu le sourire de Jack.

— À moins que les gens n'essaient de dire que tu as planté les autres enchérisseurs, je pense que ça prouve que ceux qui disaient que tu tirerais parti de la réputation de Jack avaient tort, a dit Jazz en riant.

— Ha, probablement pas. Mais tu es une bonne copine, Jazz. Je t'aime.

— Je t'aime aussi, K.

Jack est allé serrer la main de ses co-enchérisseurs et j'ai reçu des embrassades de tous mes amis. Même Hector, qui s'essuyait les yeux, tout fier. Je l'ai serré fort dans mes bras. Mira s'est approchée avec Jack et un photographe.

— J'ai besoin d'une photo avec l'artiste et le vainqueur des enchères. Elle a souri.

Tout le monde semblait nous regarder.

Je me demandais si Jack et moi devions faire semblant de ne pas nous connaître. Je veux dire, on ne devrait sûrement pas se prendre dans les bras et nous embrasser maintenant, mais j'avais trop envie de me jeter contre sa grande carcasse. Il était tellement sexy dans son costume. J'ai rougi en pensant qu'on serait bientôt seuls tous les deux, un peu plus tard. Oh mon dieu, il y aurait un plus tard, non ?

Respire profondément, Keri Ann.

J'ai souri.

Jack m'a tendu la main et j'ai glissé mes doigts dans ses doigts chauds et rugueux, les sentant s'enrouler autour des miens. Puis il les a soulevés jusqu'à sa bouche, et, gardant ses yeux sur moi, il a passé ses lèvres douces sur mes articulations. Mes joues, déjà enflammées, sont devenues encore plus cramoisies.

— Je te dis qu'il y a quelque chose avec cette robe, a dit Mme Weaton à Jazz.

Nous avons posé pour des photos, Mira entre nous, puis elle s'est éloignée, et j'ai temporairement arrêté de respirer quand la main de Jack a serré ma taille, m'attirant plus près pour le photographe de Shannon. Il sentait si bon. Le luxe. L'homme. *A moi.*

Je lui ai présenté Shannon.

— Shannon va écrire la vraie version romantique de vous deux, a dit Jazz. Tu viens juste de rater cet âne de Tom Price. Il était encore là toute à l'heure, faisant de ma copine une traînée en mal de glamour.

— C'est vrai ? Jack s'est tourné doucement vers Shannon. Vous êtes journaliste indépendante ?

Elle a hoché la tête comme si, Jack reposant son attention uniquement sur elle, elle n'arrivait plus à faire fonctionner sa bouche. Je connaissais ce sentiment. Elle a enfin retrouvé sa voix. J'écris pour le journal local, mais je suis aussi payée pour des articles en dehors de ce qu'ils m'ont demandé de couvrir.

— On va aller dans un endroit où nous pourrons parler dès que les choses se seront calmées, a-t-il dit. Il a posé sa bouche près de mon oreille, mettant le feu à mes nerfs. Et peut-être qu'après ça, je pourrai t'enlever cette robe, m'a-t-il chuchoté.

Il s'est écarté, et je l'ai tiré par l'oreille pour qu'il redescende vers ma bouche.

— Seulement si tu gardes ton costume, ai-je murmuré.

Jack a expiré brusquement, et en s'éclaircissant la gorge, il m'a rapidement lâchée.

— C'était quoi tout ça ? a demandé Shannon.

— Il avait des épinards entre les dents, a répondu Jazz pour moi.

TRENTE-QUATRE

LA SOIRÉE s'est prolongée encore un peu, surtout après l'excitation inattendue provoquée par la présence de Jack et la vente aux enchères impromptue.

J'ai circulé une fois de plus au milieu de la foule, avec Jazz à mes côtés, remerciant les gens d'être venus. Quand je me suis approchée du couple de personnes d'un certain âge qui avaient enchéri contre Jack, ils m'ont saluée chaleureusement et se sont présentés.

— Je suis désolé que vous ayez raté *Ever Broken Sea*, ai-je avancé. Mais j'espère que vous avez passé une bonne soirée. J'apprécie vraiment votre soutien.

— En fait, on ne rentre pas les mains vides. La femme a souri. Nous sommes des supporters enthousiastes des étudiants de la SCAD. J'ai cru comprendre que vous aviez été acceptée pour commencer à l'automne. Félicitations. Je pense qu'il est très sage de suivre ce programme et de ne pas utiliser vos premiers succès comme une raison de ne pas jeter des bases et de vous faire des contacts. Être un artiste est un business de nos jours, pas un caprice. Pour réussir, il faut plus d'intelligence que de chance.

Mais quelque chose me dit que vous allez avoir beaucoup de succès.

— Merci, Madame. J'ai souri.

J'ai dit au revoir et j'ai planifié des entretiens téléphoniques avec quelques autres personnes. Et quand Allison nous a demandé de la suivre, j'ai rapidement embrassé Joey et mes autres invités. Colt a proposé de ramener Joey et Jazz chez eux. Je devais rentrer avec Jack.

Nous sommes allés dans une petite salle de conférence. Jack a donné à Shannon les contacts de son attachée de presse et de son assistante. Puis il lui a conseillé de publier le récit de mon vernissage réussi, sans l'angle relationnel si elle voulait que nous continuions à être coopératifs.

J'ai regardé Shannon en m'excusant, bien qu'elle ne semblât pas avoir de problème avec ses directives.

Il lui a conseillé de nous montrer l'article pour approbation, et s'il était bon, son attachée de presse, Sheila, la mettrait en contact avec quelques mensuels nationaux au lieu de le faire publier dans un journal local.

Shannon a dégluti difficilement et a hoché la tête.

Je me sentais étrangement détachée de la conversation comme si nous parlions de quelque chose qui touchait de parfaits inconnus, pas Jack et moi. C'était presque un soulagement de le laisser nous traiter comme un couple en public. Après tout, si quelqu'un avait de l'expérience, c'était Jack. Et regarder Jack faire, en mode « ça rigole pas » était plutôt sexy.

Vu la façon dont il s'était comporté ce soir, je savais qu'il allait faire de son mieux pour n'utiliser sa notoriété que pour moi, pas contre moi. Peu importe avec quoi Tom Price avait éclaboussé Internet.

Jack m'a tendu la main pour prendre la mienne, glissant ses doigts entre les miens pendant que nous nous asseyions côte à côte pour parler à Shannon du fait de révéler notre relation ou pas.

J'ai réalisé que j'avais aussi le choix de ne pas laisser entrer cette folie médiatique.

J'étais une guerrière.

J'étais forte.

Je protégerais ce que j'avais avec Jack, et il me protégerait à son tour, du mieux qu'il pouvait. Je ne lui avais jamais autant fait confiance qu'à ce moment-là.

Shannon est partie, et Jack et moi avons été escortés, entre le shérif Graves et un autre agent, pour traverser la réception désormais vide, puis à l'extérieur et à l'arrière d'une limousine noire qui nous attendait.

J'ai dégluti en glissant sur les superbes sièges en cuir, et en faisant attention à ne pas déchirer les perles de ma robe.

— Oh là, là, où est-ce que tu as trouvé ça ? Un peu trop chic pour La Lowcountry, non ? J'ai regardé à l'intérieur.

Jack a ri.

— Je ne savais pas si j'aurais besoin de place pour tes amis sur le chemin du retour.

Il s'est glissé à côté de moi.

Le shérif Graves a passé sa tête à l'intérieur.

— Je monterai à l'avant avec le chauffeur... pour vous laisser un peu d'intimité sur le chemin de l'aéroport.

— Attends, quoi ? L'Aéroport ? J'ai regardé Jack quand le shérif a fermé la portière

— Ne sois pas fâchée, d'accord ?

— Je te promets que si tu commences une conversation avec cette phrase, tu peux être sûr que je le serai. C'est quoi ce bordel, Jack ? Tu pars déjà ? Je croyais qu'on allait affronter ça ensemble ? Ce n'est pas juste que tu ne sois pas à Butler Cove si tous les Tom Price du monde entier commencent à venir nous harceler. Ils ne se concentreront que sur moi ! S'il te plaît, ne fais pas ça. Et arrête de sourire. Je rigole pas là !

Mon cœur battait la chamade et mes joues me chauffaient. Mais contrairement à ce qui causait habituellement ces folles réactions physiques en présence de Jack, cette fois, j'étais très en colère.

Le sourire de Jack s'est transformé en un éclat de rire.

Je lui ai tapé le genou et j'ai commencé à me glisser vers l'autre bout de la banquette.

Il m'a serré fort le poignet.

— Lâche-moi, ai-je dit en geignant.

— Non ! Il a encore ri. Laisse-moi t'expliquer. Il s'est penché en avant et a appuyé sur un bouton. Puis il a parlé dans l'habitacle. Hé, vous pouvez faire quelques tours de l'île ? Notre vol n'est pas prévu avant plus d'une heure, et Keri Ann a besoin de se changer.

— Bien sûr, a dit une voix. En heures supplémentaires ?

Jack a souri.

— Bien sûr. Il a relâché le bouton, puis il a allumé une faible lumière latérale pour que nous puissions mieux nous voir. Du moins, j'ai supposé que c'est pour ça qu'il le faisait. Une chanson de John Legend s'est répandue doucement à l'intérieur.

Tranquille.

— Me changer ? ai-je demandé, en reconnaissant tardivement, pisé sur le siège, un petit sac que j'avais acheté quelques années auparavant pour un week-end de camping à Hunting Island. Comment t'as eu ça ?

— Jazz était peut-être dans le coup... Il a fait une petite grimace inquiète.

Ma bouche s'est ouverte toute seule.

Attends.

— *Notre vol*, tu as dit ?

Il a hoché la tête.

— Je ne savais pas quand l'histoire allait tomber, alors j'ai demandé à Jazz de m'aider au cas où tu aurais besoin de t'éloigner des projecteurs à tout moment.

Un début de nausée a tourbillonné dans mon estomac.

— Où va-t-on ? Oh et puis, c'est pas grave. Et eux ? Comment ils vont faire pour gérer ça ? C'est ce que tu fais d'habitude ? Bien sûr que ça l'est. C'est comme ça que je t'ai rencontré. Est-ce que c'est ce que... J'ai dégluti. Je ne peux pas partir comme ça ! C'est comme ça qu'il va falloir qu'on soit ? Comment est-ce que je vais pouvoir travailler ? Garder un emploi ?

Jack a encore cherché à me prendre la main et je l'ai arrachée en m'éloignant de lui. Comment est-ce que je vais aller à l'école d'Art ? Un morceau de la robe s'est coincé et a cédé, de minuscules perles se sont déversées sur mes pieds. Merde ! J'ai essayé d'attraper le fil et de les arrêter, ce qui a empiré les choses. J'avais les larmes aux yeux.

— C'est bon, on va arranger ça. La main de Jack s'est refermée sur la mienne, là où je tenais la robe. Et il s'est avancé vers le bord du siège en face de moi, en écartant les genoux et en se penchant en avant. OK, at-il dit doucement. Lâche-moi, je m'en occupe. Ses mains ont pris le relais des miennes et ont fait un petit nœud dans les franges, arrêtant l'hémorragie de perles. Puis il a tendu la main entre ses pieds et les a toutes ramassées avec soin. Je me suis penchée aussi pour l'aider. C'est bon, a-t-il dit encore.

Je l'ai regardé, sa tête penchée, ses cheveux doux, ses mains fortes s'assurant qu'il avait bien toutes les perles. Je me suis battue avec moi-même pour ne pas le toucher. Je savais que je paniquais à nouveau à l'idée d'être avec lui. Je ne voyais pas à quoi ressemblerait notre relation.

— Tu ne peux pas toujours venir acheter mes œuvres d'art, tu sais. Je me suis raclée la gorge. Et si je n'ai pas les moyens d'aller à l'école, ou si nous perdons la maison, tu ne pourras pas intervenir et me sauver. Tu le sais, n'est-ce pas ?

Il a soupiré.

— C'est juste de l'argent, Keri Ann. As-tu une idée de combien je gagne ? Ça n'a de sens que si j'en fais quelque chose de significatif.

— Je ne peux pas, je ne veux pas t'être redevable comme ça. Nous n'allons pas répéter cette vente aux enchères, aussi amusante qu'elle ait été.

— Tu es trop fière, tu sais ça ? Et tu ne me serais pas redevable. Si tu étais ma femme, par exemple, pourquoi me le devrais-
tu ?

Ma respiration s'est bloquée pendant qu'il parlait et j'ai eu une
sorte de hoquet. Le choc a envahi mon système nerveux, me laissant toute étourdie.

Jack a continué à ramasser des petites perles. Il en a transféré
une poignée dans la poche intérieure de sa veste.

J'ai levé une main tremblante vers ma poitrine, en abaissant
mon menton. J'ai pensé à l'avion. On devait arrêter la voiture. Il
fallait qu'il me ramène à la maison. J'ai commencé à respirer difficilement, en pleine panique.

Puis j'ai senti sa main serpenter à la base de ma nuque, il a levé
mon visage pour que je le regarde.

— Respire, Keri Ann. Tout va bien se passer. On va trouver
une solution. Chaque chose en son temps. Mais pour l'instant,
jusqu'à ce qu'on sache quelle sera la réaction à cette histoire, on
doit partir quelque part. Il a passé son pouce sur ma lèvre inférieure puis baissé les mains. Et peut-être que ça ne sera rien ?
Peut-être que je veux juste être seul avec toi ?

J'ai regardé dans ses yeux d'un vert foncé profond et ma vision
s'est brouillée. J'avais besoin de retrouver le calme que j'avais
ressenti tout à l'heure, quand j'avais une telle confiance en lui. Je
lui faisais confiance. Je ne voulais pas le quitter. Mais Seigneur,
être sa femme ? J'ai expiré lentement en frémissant. Il faudrait
qu'on en parle. Beaucoup. Dans longtemps, longtemps.

Il m'a observée, attendant ma réaction. Il semblait savoir qu'il
m'avait foutu la trouille. Et après une soirée comme celle qu'on
avait eue, il ne pouvait pas m'en vouloir. Mais mon Dieu, je voulais
tellement cet homme. Je voulais qu'il me regarde comme il l'avait
fait, pour toujours.

Cédant enfin à l'envie de le toucher, j'ai tendu la main et je l'ai
passée dans ses cheveux.

Il s'est immobilisé en fermant les yeux.

Puis il a expiré lentement, et il a pris mes mollets en faisant glisser légèrement une main sur ma peau. Ses doigts ont manipulé la petite boucle de mes sandales d'argent à chaque cheville, puis ont fait glisser chacun des talons pour me déchausser.

En remontant le long de mes mollets, il a relevé la robe perlée jusqu'à mes genoux.

— Mets-toi à genoux, a-t-il murmuré en se penchant en arrière pour créer un espace entre nous. Ses yeux étaient sombres, un peu inquiets. Laisse-moi t'aider à enlever ta robe.

J'ai fait ce qu'il m'a demandé, agenouillée entre ses cuisses prises dans ce costume foncé, sentant la vibration de la voiture sous moi. Avec précaution, il a soulevé la délicate robe perlée au-dessus de ma tête, me laissant dans la combinaison champagne juste en dessous, et il a posé soigneusement la robe sur la longue banquette à côté de lui.

Les larmes ont coulé même quand j'ai souri.

Le visage de Jack, inquiet, s'est un peu plus crispé.

— Merde. J'ai un doute affreux. Es-tu heureuse ou triste en ce moment ? S'il te plaît, aide-moi.

— Bon Dieu, les deux. Je ne sais pas. J'ai ri. Ce que tu fais, ce que tu me fais ressentir, c'est incroyable. Tu enflammes mes soucis et mes peurs jusqu'à ce que je sente qu'ils vont me brûler vive. Puis je les retrouve en train de flotter comme des lanternes dans le ciel. Tu m'as demandé si je pouvais être fière d'être avec toi. Ce n'est pas que je ne suis pas fière de toi. Au contraire, la plupart du temps, je ne comprends même pas pourquoi tu veux être avec moi.

J'ai eu un hoquet, ça y est je pleurais...

— Comment peux-tu ne pas comprendre ? Il m'a regardée d'un air sérieux. C'est comme demander pourquoi on respire de l'air. Parce que c'est comme ça qu'on a été faits. Je te le dis, c'est comme ça pour moi. Ce que je ressens pour toi n'a jamais été une décision. C'est comme ça c'est tout. J'ai été fait pour t'aimer. Je ne suis jamais tombé amoureux, j'y étais déjà. Dès le premier instant.

Il a essuyé une larme sur ma joue. Tu sais que tu es belle même quand tu pleures ?

S'il continuait à parler comme ça, je finirais en sanglots, le cœur qui saigne à travers ma poitrine.

— Embrasse-moi, Jack.

Il a souri, et en me prenant la joue, il a approché mon visage du sien, mais il s'est arrêté à cinq centimètres.

— Il fut un temps où tu me demandais de ne pas le faire.

— Oui, eh bien. Tu as certainement corrompu *cette* fille-là.

Il a souri.

En me penchant vers l'avant, j'ai remonté ma main le long de ses cuisses recouvertes de tissu, sentant la dure tension de ses muscles sous mes doigts. Puis j'ai touché ses lèvres avec les miennes.

Je me suis déplacée doucement au-dessus de sa bouche, me délectant de la sensation de ses lèvres et ressentant une secousse d'excitation alors que sa langue impatiente pénétrait ma bouche. Sa main s'est enfoncée dans mes cheveux pour tirer sur le petit chignon.

— Tu étais incroyablement belle ce soir, mais j'en assez de tes cheveux relevés, a-t-il chuchoté contre ma bouche. Une main a balayé ma colonne vertébrale pour descendre jusqu'à l'arrière de ma cuisse nue. Puis elle est remontée sous ma combinaison. Et je n'arrêtais pas d'imaginer que tu étais nue sous ces perles.

La chaleur s'est infiltrée en moi comme une vague, s'accumulant en une forte pulsation. J'ai serré les doigts sur ses cuisses.

Y a-t-il une chance que je t'aie assez corrompue pour que tu me laisses te faire l'amour maintenant ? a dit Jack d'une voix rauque.

Mon cœur battait la chamade.

— Maintenant ? Genre ici ? Je regardais autour de moi l'intérieur faiblement éclairé, les yeux écarquillés.

Il a hoché la tête puis s'est enfoncé dans le siège.

« Ils vont entendre. »

— Non, pas de souci.

Ses mains chaudes et rugueuses m'ont fait remonter, sont passées sur ma culotte de dentelle, jusqu'à ma taille. Il a expiré une bouffée d'air entre ses dents puis il m'a soulevée pour me faire chevaucher ses genoux.

Une chaleur nerveuse et piquante a balayé ma peau et ma poitrine. Je me sentais nue et exposée contre son corps tout habillé.

Mes nerfs semblaient pétiller quand j'ai vu son visage, la rougeur de ses pommettes, l'arrondi de ses narines, ses lèvres serrées. Il m'a regardée comme si j'étais sa fin et son commencement.

J'ai passé un doigt le long de son cou et sur sa pomme d'Adam saillante qui montait et descendait. J'ai défait quelques boutons de plus de sa chemise blanche et j'ai glissé mes mains contre sa poitrine dure, sentant son cœur s'accorder avec le mien dans un tonnerre puissant.

Jack m'a simplement observée. Il attendait.

Puis j'ai foncé droit sur la boucle de sa ceinture, la défaisant avec des mouvements saccadés.

« Dans ma poche gauche, a-t-il chuchoté, la respiration laborieuse alors que je le touchais. »

J'ai hoché la tête et mes doigts ont tremblé quand j'ai senti le préservatif. Jack a arrêté ma main et a pris le relais. Se préparer était loin d'être une réalité clinique pour faire l'amour. C'était la chose la plus érotique à regarder. De savoir ce que nous allions faire.

J'ai frissonné.

Puis il a passé ses mains dans mes cheveux, en levant les yeux sur moi. J'ai soutenu son regard. « On n'est pas obligés. Je ne veux pas que tu sois nerveuse. Ou que tu te sentes mal à l'aise. On a l'éternité, on n'a pas besoin... »

Je me suis levée, j'ai défait ma culotte et je me suis rassise sur lui.

Jack a laissé sortir un rugissement guttural du fond de sa poitrine et s'est soulevé en me serrant dans ses bras. La tête contre mon cou, il m'a fait descendre sur lui si fermement, que j'avais l'impression que tout mon corps allait exploser tellement il me remplissait.

J'ai sursauté.

— Oh, mon Dieu, a-t-il gémi contre ma peau, et sa bouche s'est ouverte sur moi.

Il se tenait immobile, son corps tremblait et frissonnait sous mes mains.

Je me suis balancée doucement vers l'avant.

Puis nous avons bougé ensemble. Nous deux ensemble. Ses doigts agrippés à mes hanches.

À un moment donné, il a réussi à faire glisser la combinaison par-dessus ma tête, et j'ai arraché la veste de ses épaules, puis écarté sa chemise. J'avais besoin de sentir sa peau contre la mienne.

En me regardant, il a incliné la tête pendant que je lui serrais les épaules, puis les cheveux, tirant sur des touffes ébouriffées.

— Je t'aime, Jack, ai-je chuchoté, brisée, quelque chose en moi se défaisant en admettant ce que je n'avais jamais dit à voix haute.

Il a fermé les yeux un moment.

— Je t'aime aussi, Keri Ann. Je t'aime tellement que c'est littéralement une douleur physique dans ma poitrine. Il a expiré, lourdement. Tout ce que tu veux, je le ferai. Je te donnerai tout ce dont tu as besoin. Ma vie. Pour toujours.

— Jack.

Les yeux me piquaient.

Ses mains se sont enfoncées dans mes hanches, et il a remué plus fort sous moi. Je me suis mordu la lèvre pour contrôler mes réactions, en regardant ses yeux qui s'illuminaient, s'obscurcissaient, se voilaient, plein de passion, noyés par l'émotion.

J'y lisais mon avenir.

Je voulais fermer les yeux et me délecter des sensations qui me traversaient, m'emportaient dans une spirale de plus en plus serrée, mais je ne pouvais pas détourner le regard.

Les sensations sont devenues plus grandes que nous. Et soudain, la vague s'est écrasée sur moi, me tirant par en dessous et me faisant tourbillonner, me chamboulant de la tête aux pieds, encore et encore. J'ai suffoqué, essayant de trouver de l'air, et mes yeux se sont finalement refermés sous l'assaut, pour que je ne sente que Jack se raidir sous moi. Le sente s'accrocher à moi comme s'il n'allait jamais me laisser partir.

Je n'avais aucune idée d'où nous allions. Ce soir ou demain, ou n'importe quel jour pour le reste de ma vie. Ou comment nous pourrions gérer tous nos espoirs et nos rêves.

Les miens.

Les siens.

Les nôtres.

Mais on le ferait ensemble.

Jack

ÉPILOGUE

JACK

Q*uatre ans plus tard...*

MON TALON REBONDIT NERVEUSEMENT DE HAUT EN BAS. JE suis assis dans mon bureau à côté des baies vitrées qui s'ouvrent sur le patio et l'océan, devant un joli petit bureau ancien que Keri Ann a trouvé. Le bureau vient d'un pensionnat en Angleterre et ressemble étrangement à ceux devant lesquels je m'asseyais à l'époque. Plein de noms gravés, de dates, de trous et d'encre de stylo plume. Des sillons profonds probablement taillés à la pointe aiguisée d'un compas pendant un cours de maths ennuyeux, et d'autres, j'en suis sûr, sont le résultat d'une plume de stylo à encre qui n'a probablement pas dépassé le moment de son sacrifice. Ma partie préférée du bureau c'est les initiales gravées avec une date : 1961. Une flèche pointe vers elle avec les mots "mon père", puis le garçon, qui il soit, a grossièrement gravé ses propres initiales en bas avec une autre date : 1983.

Nous étions en Angleterre il y a trois ans pour rencontrer ma mère quand elle l'a trouvé.

Je jette un coup d'œil par la fenêtre jusqu'à l'endroit où elle est assise sur une chaise longue, absorbant la vitamine D du soleil d'hiver et enveloppée dans un pull en cachemire crème que je lui ai acheté et dont j'ai menti sur le prix.

Keri Ann feuillète chaque page. Elle n'a pas levé les yeux depuis trois heures. À un moment donné, je sais qu'elle aura besoin de bouger, de s'étirer, de manger, d'aller aux toilettese, je ne sais quoi. Son visage est passé de l'angoisse à la colère, aux larmes, aux morsures nerveuses des lèvres et à un petit sourire ici et là. J'aimerais pouvoir calculer exactement les mots qu'elle lit qui causent chacune de ces émotions, mais je ne peux que deviner où elle en est dans le scénario. À un moment donné, elle l'a jeté par terre et a posé la tête sur son dossier en regardant en l'air. Maintenant, elle approche de la fin.

J'ai failli sortir tout à l'heure pour lui demander à quelle partie elle en était, et si elle était juste ennuyée et fatiguée, ou si elle réagissait à ce qu'elle lisait. J'ai réussi à me retenir et je me suis contenté de faire semblant de travailler au bureau sur quelque chose d'inspirant pour la laisser finir ce qu'elle lisait, mais je suis resté là pour pouvoir la regarder.

Sa main monte vers sa bouche et ses yeux sont larmoyants. Je dépose le stylo que je tiens, car je vais probablement le casser si je ne le fais pas, et j'attends. Soudain, elle jette les pages par terre, ses yeux rencontrent les miens, elle se lève de la chaise longue et vient vers la baie vitrée. Je réalise que ses joues sont mouillées.

— C'était un tel monstre, chuchote-t-elle. Mais tu m'as fait avoir pitié de lui. Elle a le regard perdu.

Je hoche la tête, je tends la main et elle la prend. Je l'attire doucement à l'intérieur pour qu'elle s'approche de moi qui suis resté assis.

Glissant ses mains dans mes cheveux, une égratignure légère qui me fait frissonner, elle tire ma tête contre elle.

En respirant son odeur, j'attends de voir si elle a encore

quelque chose à dire et je sens qu'elle baisse la tête pour la poser sur la mienne.

« J'ai mal au cœur pour ce petit garçon. Il a dû avoir si peur cette nuit-là, mais il était si courageux. Je n'arrive pas à croire qu'il se soit enfui en courant. Puis qu'il a été pourchassé ... par son père, par une personne que les enfants sont censés aimer et à qui faire confiance, et de savoir que s'il se faisait prendre ... » sa voix se brise.

Oui, toutes les horreurs indicibles auxquelles ce garçon aurait pu s'attendre, ce qui l'aurait même réveillé cette nuit-là... le fait de ne jamais revoir sa mère vivante aurait pu être le moins inquiétant comparé à ce qui pouvait lui arriver entre les mains de son père. La poitrine de Keri Ann se soulève sous ma joue à cause de l'émotion et de l'angoisse, et je la prends dans mes bras et la serre fort.

— J'avais peur, dis-je enfin quand elle se calme. J'étais terrifié, et j'ai réussi à m'en sortir. Je lui ai survécu.

— Et tu m'as fait pleurer pour *lui* aussi. Je n'avais presque pas envie qu'il meure, mais j'ai senti son soulagement. Oh, mon Dieu. C'est génial. J'ai détesté et j'ai adoré. C'est l'histoire la plus sombre que j'aie jamais lue. Et tellement plus douloureuse parce que c'est toi. Elle prend un mouchoir dans la boîte qu'elle a posée sur mon bureau.

Je la lâche un peu et je relève la tête pour regarder son beau visage rempli d'un tel tourment. Le nœud serré autour de mon cœur se détend légèrement. J'étais terrifié à l'idée de lui faire lire le script que j'ai écrit, laissant même Devon le lire en premier.

La production de *The Missing Earl*[1] commence dans onze semaines.

En Angleterre.

Devon dit qu'il n'a jamais autant précipiter les choses.

— Mais tu es sûr de toi ? Jouer le rôle de ton propre père ? Et dire à tout le monde qui tu es ?

C'était l'idée de Devon, et quand il me l'a suggérée, j'ai refusé. J'étais choqué et horrifié, et je ne pensais vraiment pas en être capable. Mais plus j'y pensais, plus je réalisais que ça ne pouvait être que moi. Et c'est sûr que ce sera vraiment le rôle le plus difficile que j'aie jamais joué, mais personne d'autre ne peut le faire. Je sais que je peux le faire. Je *vais* le faire. D'ailleurs, je suis presque sûr que je vais le faire brillamment.

Je hoche la tête.

— Pourquoi avoir attendu si longtemps pour me laisser le lire ?

— J'étais anxieux.

Je dis la vérité. J'apprécie que Keri Ann pense de moi tout le bien du monde. Je ne veux pas qu'elle n'aime pas ce que j'ai écrit. Le fait qu'elle pense que c'est bon me donne une leçon d'humilité. Le soulagement coule dans mes veines. Mais il va y avoir beaucoup de pub autour de ça.

« Et tu sais, si tu préfères que je n'annonce pas qu'il s'agit de moi, je ne le ferai pas. Ça me suffit que ça sorte. Cela ne fera qu'ajouter de la publicité sur nos vies. »

— Une publicité qui aidera un film incroyable à devenir encore plus important et époustouflant ? Bien sûr qu'il faut que tu le dises. Tu dois dire aux gens que c'est ton histoire. Elle sourit. Je peux gérer un peu plus de publicité. Et puisqu'elle sera sur toi plutôt que sur moi, peut-être que ça me fera une pause par rapport à ces gros titres stupides « Son incroyable bague de fiançailles » et « Ce petit ventre rond cacherait-il un bébé ? »

J'essaie de ne pas réagir à son observation sur les articles en question. J'ai l'impression de faire la même chose que la presse depuis trois ans... la regarder et attendre qu'elle soit prête. Bientôt ils vont sortir des articles du genre « Serait-il gay ? »

— Mais on sera en Angleterre, je lui rappelle. Les paparazzis sont pires là-bas, semble-t-il. Tu es sûre ?

— Oui, j'en suis sûre, répond-elle devant mon inquiétude. Ta mère et moi, ça va aller. En plus, je veux retourner sur la côte. Il y a tellement de verre polis là-bas. Je suis vraiment inspirée quand on est en Angleterre.

Chaque fois que nous y allons, Keri Ann insiste pour que nous séjournions chez ma mère et Jeff plutôt que dans l'un des hôtels chics que je préconise. Je cède toujours, sachant que ça fait plaisir à Maman aussi.

Faire l'amour en sourdine avec Keri Ann dans la chambre d'amis, en essayant de ne pas faire trop de bruit, me rend toujours dingue et ça fait rire Keri Ann. J'y pense en souriant et je soulève son pull en révélant son petit ventre. En l'embrassant avec respect et en passant mes lèvres sur sa peau soyeuse, je respire son doux parfum fruité.

Elle recule et passe sa main dans mes cheveux, relevant à nouveau mon visage.

—Je suis si fière de toi, dit-elle d'un air sérieux.

J'attire son visage vers moi, je capture ses lèvres avec les miennes, je sens son doux soupir, et je glisse ma langue dans sa bouche chaude. Mon Dieu, j'adore l'embrasser.

— Je suis fier de toi aussi, dis-je en chuchotant contre ses lèvres quelques secondes plus tard.

Je le suis vraiment. Elle a fait face aux répercutions d'un scandale de tabloïd avec le plus d'assurance et de grâce possible, et continue de gagner le respect du public et de faire rêver ceux qui la considèrent maintenant comme une sorte de Cendrillon au lieu de la sale croqueuse de diamants qu'Audrey avait prévue. Elle est douce et drôle avec les gens qui veulent la prendre en photo et gracieuse avec ceux qui méritent un coup de poing dans la figure.

Je ne sais pas comment elle fait.

Je tombe de plus en plus amoureux d'elle chaque jour.

Et elle n'a jamais transigé sur son désir d'obtenir son diplôme. J'ai assisté avec fierté à la remise de celui-ci cette année. J'ai fini par mettre en place un fonds de bourses à la SCAD pour les artistes locaux. Elle en était, bien sûre, une des bénéficiaires. Elle ne m'a pas parlé pendant deux semaines quand elle a découvert que c'était mon argent.

Je lui ai finalement fait comprendre qu'il s'agissait d'un fonds anonyme et que le comité de sélection ne pouvait pas le savoir.

Elle l'avait obtenu loyalement avec deux autres étudiants méritants.

J'ai vraiment aimé lui demander des excuses convenables, des excuses que nous avons tous les deux appréciées. Elle n'avait pas besoin de savoir que c'était moi qui avais conçu les critères de sélection aussi précisément qu'ils le permettraient.

Le meilleur c'est que j'avais mis en place les fonds avec l'argent que nous avions gagné en poursuivant le magazine de Tom Price pour avoir publié les photos dont il n'avait pas les droits. Je l'avais prévenu, il l'avait fait quand même, et j'avais pris grand plaisir à le remettre à sa place.

Shannon Keith, la journaliste qui était à la première grande exposition de Keri Ann, est devenue une amie. Son récit a fini par neutraliser l'opinion du public sur ce qu'Audrey avait prévu, et après que plusieurs résidents locaux aient confirmé le déroulement des faits et fait de Keri Ann une sorte de Mary Poppins, on en a eu fini avec ça.

Le dernier coup de grâce porté aux plans d'Audrey est intervenu quand son assistante, qu'elle avait toujours traitée comme de la merde, a démissionné et qu'elle est allée direct voir la presse. Elle a dévoilé toutes les magouilles d'Audrey. Elle a décrit ses rages, ses accès de colère et ses secrets pourris. L'un d'eux était qu'elle avait entendu Audrey et mon ex-agent comploter sur la fausse grossesse. Cela coïncidait avec ma nomination pour un prix pour le film que j'avais tourné en Angleterre, et cela a été catastrophique pour la carrière d'Audrey. Elle a fait quelques petits films d'art et d'essai récemment, et j'ai entendu dire qu'elle fera une apparition dans *Dancing with the Stars* la saison prochaine. Peut-être que ça aidera.

Regardant l'heure je demande soudain à keri Ann :

— Quand est-ce que tout le monde arrive ?

Combien de temps vais-je encore l'avoir pour moi tout seul ?

— Dans quelques heures. Le bateau est attendu à 18 heures. Katie va sortir pour le réceptionner. Je pense qu'on a fait tout ce qu'on a pu pour la cérémonie. Maintenant, on devrait se détendre et profiter d'être ensemble pour le week-end. Keri Ann soupire de satisfaction. Elle adore avoir tout le monde à la maison, et j'adore la voir si heureuse.

Je suis étonné de me sentir si à l'aise dans un endroit avec lequel le seul lien que j'ai, c'est elle.

— Je suis heureux de t'avoir convaincue de me laisser construire ici, dans un endroit où personne ne peut nous déranger si nous ne les y invitons pas. Mais je pense qu'il va falloir obtenir l'autorisation d'avoir un héliport, juste au cas où. Comme ça on pourra aller et venir plus facilement.

— Un héliport ? T'es dingue ou quoi ? Ça veut dire un hélicoptère. Je ne monte pas dans un hélicoptère ! Elle a frissonné. Tu m'as fait prendre des avions, contente-toi de ça, OK ?

Je glousse. J'avais dû la saouler au champagne quand on a pris notre premier avion ensemble le soir de son vernissage. Je n'avais jamais pensé qu'elle n'en avait jamais pris un avant.

Au moment où nous avions atterri à Tahoe pour quelques jours, elle était dans un sale état.

« Mais oui, elle interrompt ma rêverie. Je suis contente moi aussi que tu aies construit cet endroit. Je sais que Joey serait d'accord pour qu'on habite dans la maison des Butler quand on veut, mais c'est sympa ici, et on a tellement de souvenirs. Elle fait un clin d'œil.

— Nous.

— Nous quoi ?

— Tu as dit que *j'avais* construit cet endroit. *On* a construit cet endroit.

Elle sourit et secoue la tête.

— Qu'est-ce que je vais faire de toi ?

— M'emmener au lit avant que tout le monde n'arrive ?

Je demande ça plein d'espoir et je soulève mon sourcil d'une manière que je sais qu'elle aime.

— Un héliport... dit-elle à nouveau, incrédule, en secouant la tête et en ne mordant pas à l'hameçon.

— Quel est le problème ? Un autre résident ici en a un de l'autre côté de l'île.

— Alors je suppose que tu devrais t'en faire un ami et utiliser le sien, suggère-t-elle. De toute façon, si nous avons un héliport, quelqu'un qui n'est pas invité pourrait être tenté d'y atterrir.

Elle n'a pas tort.

— Penses-tu que quelqu'un sait qu'il y a un mariage ici ? demande-t-elle, l'idée des invités-non- invités envoyant son esprit dans une certaine direction.

— Nan.

— Hmm, dit-elle. Je me demande si nous ne devrions pas faire le nôtre ici aussi.

Je me raidis. Mes battements de cœur s'accélèrent, et je réalise que j'ai peut-être arrêté de respirer.

— Qu'est-ce que tu dis ? J'essaye d'avoir l'air curieux et pas désespérément plein d'espoir. C'est inutile, je m'en rends compte, car l'espoir surgit en moi et me fait tourner la tête.

Elle me fait un grand sourire, et mon cœur s'emballe.

— Le fait de tout préparer pour le mariage ce week-end m'a fait réaliser à quel point j'aimerais que ça soit pour nous et une fois que j'ai commencé à penser ça, je ne pouvais littéralement plus m'arrêter. Elle rit devant mon air surpris.

Je ne l'ai jamais poussée. Je sais combien elle avait besoin d'être une personne à part entière, d'avoir sa propre identité. Et ça a été dur pour elle d'y arriver et dur pour moi de rester assis sans rien faire pour elle. Je suis si fière d'elle.

Moi aussi, j'étais prêt à être père depuis qu'Audrey m'avait imposé cette idée il y a des années, sans que je m'y attende. L'idée que je pourrais créer la vie et une famille avec cette fille magni-fique, douce et incroyable, s'empare de mon cœur et de mon esprit chaque fois que nous faisons l'amour. Bien que nous ayons été scrupuleusement prudents. Mais je veux créer une petite Keri

Ann. Une petite personne, fille ou garçon, avec toute la grâce et la beauté, la force et la loyauté indéfectible de Keri Ann. Et je veux aimer cette petite créature, la protéger des monstres et créer une famille comme je n'ai jamais rêvé qu'elle puisse vraiment exister.

Chaque chose en son temps... c'est moi qui l'ai dit.

— Je suis soulagé, j'ai du mal à plaisanter avec elle, alors que tout ce que je veux, c'est tomber à genoux à ses pieds. Elle est enfin prête à m'épouser. Cependant, j'ajoute gravement. C'est toi qui vas devoir attendre maintenant.

Son front se plisse puis ses yeux s'élargissent.

« Ouais. Tu ne crois pas que je vais juste te le demander et en finir avec ça, hein ? Il va falloir transpirer un peu, dis-je en échauffant mon côté machiavélique. Je vais un peu la torturer.

— Quoi ? Pour me donner le temps de changer d'avis, demande-t-elle innocemment. Et mon sang quitte ma tête.

Sa main chaude passe sur la joue.

Je l'attrape et je l'embrasse dans la paume.

— Ne me prive pas de faire quelque chose de romantique pour toi. En plus, tu viens pratiquement de faire ta demande en mariage. Laisse-moi au moins sauver ma fierté et faire semblant d'être celui qui demande.

— Ah bon ? J'ai fait ça ? Elle se tape le front d'une main. Je suppose que tu as raison. Eh bien, n'attends pas trop longtemps, chuchote-t-elle.

Mon cœur bat très fort. Je pensais que j'étais tout le temps prêt, mais peut-être que maintenant que je fais face à mon passé et à mon père, je deviens plus entier. C'était peut-être bien d'avoir attendu. Avant de changer d'avis, j'essaie quelque chose. Moi ... J'ai du mal à me souvenir de la façon exacte dont un titre britannique doit être donné ... William John Rhys Thomas, qui aurait été le 21ième comte de Huntley s'il n'avait pas été déclaré disparu et présumé mort, alias Jack Eversea... je suis complètement amoureux de toi, Keri Ann Butler.

— Eh bien, *Monsieur le Comte Huntley*, je crois que je préfère

Jack. Tu pète plus haut que ton cul si tu t'attends à ce que je t'appelle Milord. Elle rit doucement, et me soulage en un instant de la gravité d'un nom et d'un passé, en me prenant la main. Je la glisse sous son pull, mes doigts courent sur la peau de son ventre.

Soudain, il y a une signification poignante dans cette caresse aussi simple. L'envie primitive de planter ma graine enfle et devient presque vertigineuse. Elle se penche à nouveau et m'embrasse.

Quand on s'arrête, je respire fort. Je plaisante entre deux baisers, ma main reposant encore sur son ventre :

— Mais on devrait peut-être s'atteler à concevoir un héritier, j'ai entendu dire que ça peut prendre du temps.

Elle me regarde d'en haut. Ses yeux bleus sont étonnamment brillants aujourd'hui.

— Je suppose que je suis prête pour ça aussi.

Ma main arrête sa caresse oisive, et je pose involontairement mes yeux jusqu'à son ventre. Ma bouche se dessèche instantanément lorsque j'essaie d'avaler, ce qui provoque un douloureux coup de glotte. Je la regarde à nouveau et je vois la réponse dans son sourire tremblant et ses yeux scintillants. Elle se mord la lèvre.

— Maintenant, si tu veux, dit-elle simplement, de tout son cœur.

Un raz-de-marée d'émotions me traverse, me frappe fort, me laisse presque haletant et m'oblige à fermer les yeux. Je glisse de ma chaise, mes genoux touchent le sol à ses pieds.

J'enroule mes bras autour de sa taille.

Les émotions diminuent et pendant un instant il y a un calme total en moi.

Et la paix.

Je ressens une grande paix.

The End

forever, *Jack*
playlist

DISPONIBLE SUR SPOTIFY

The Kill – Thirty Seconds to Mars
Sand in my Shoes – Dido
Last Chance – Honor by August
The Shade of Poison Trees – Dashboard Confessional
It's Over – Civil Twilight
Closer to the Edge – Thirty Seconds to Mars
Retrograde – James Blake
Smoke and Ashes – Tracy Chapman
Bonfire Heart – James Blunt
Waves – Blondfire
Green Eyes – Coldplay
All of Me – John Legend

Prochainement, vous pourrez lire le récit de leur premier Noël ensemble dans « MA STAR, MON AMOUR » et aussi de leur mariage dans « MARIAGE SUR LA PLAGE ».

J'adore avoir des nouvelles des gens :
Allez faire un tour sur :
www.natashaboyd.com/france
Inscrire ici pour vous abonner à *New Release News*
http://eepurl.com/gQOZNz

Ou pour m'envoyer un message:

Suivez-moi sur Twitter :
@lovefrmlowcntry (https://twitter.com/lovefrmlowcntry)

Tag et Suivez-moi sur : Instagram @lovefrmlowcntry

Suivez-moi sur pinterest.com/lovefrmlowcntry
Aimez ma page sur : facebook.com/authornatashaboyd

Merci!

A PROPOS DE L'AUTEUR

Natasha Boyd est titulaire d'une licence ès sciences en psychologie. Elle a vécu en Espagne, en Afrique du Sud, en Belgique, en Angleterre et a écrit la plupart des romans situés à Butler Cove alors qu'elle résidait avec son mari et ses deux garçons sur Hilton Head Island, Caroline du Sud, aux États-Unis — avec de la mousse espagnole, des alligators et des moustiques de la taille de petits oiseaux. Elle partage maintenant son temps entre la "Lowcountry" et Atlanta, Géorgie.

NOTES

QUATRE

1. Allusion à Peter Pan et les enfants perdus

SEPT

1. En dessous de neuf ans
2. Pull de cricket en laine de mouton irlandais des Iles d'Aran

NEUF

1. La mer toujours brisée : jeu de mot avec Eversea, le nom de Jack

DIX

1. Interjection yiddish : Oh malheur !

SEIZE

1. Boisson non alcoolisée composée de thé glacé et de limonade, du même nom que le célèbre joueur de golf

DIX-SEPT

1. Jeux de cartes

JOURNAL

1. « Prudence est mère de toutes les vertus » : Henry IV, (première partie)
2. On ne trouve pas la paix en évitant la vie : La traversée des apparences, Virginia Woolf
3. Il n'y a pas de beauté exquise sans une certaine étrangeté dans les proportions.

VINGT-ET-UN

1. Le **steampunk** est un courant essentiellement littéraire dont les intrigues se déroulent dans un XIX e siècle dominé par la première révolution industrielle du charbon et de la vapeur (**steam** en anglais).

VINGT-CINQ

1. Les **Gullah** ou Geechee sont des Afro-Américains qui vivent dans la région des îles et plaines côtières de Caroline du Sud et de Géorgie où leurs ancêtres cultivaient le riz.

ÉPILOGUE

1. Le comte disparu

CPSIA information can be obtained
at www.ICGtesting.com
Printed in the USA
BVHW071018060320
574325BV00001B/233